não olhe para trás

Da autora:

Coração Envenenado

Não Olhe Para Trás

não olhe para trás

S.B. HAYES

Tradução
Valéria Lamim Delgado Fernandes

BERTRAND BRASIL

Copyright © 2013 S. B. Hayes.

Título original: Don't Look Back

Capa: Silvana Mattievich

Imagem de capa: Kuzma/Getty Images

Editoração: FA Studio

Texto revisado segundo o novo
Acordo Ortográfico da Língua Portuguesa

2015
Impresso no Brasil
Printed in Brazil

Cip-Brasil. Catalogação na publicação
Sindicato Nacional dos Editores de Livros. RJ

H331n   Hayes, S. B.
      Não olhe para trás / S. B. Hayes; tradução Valéria
Lamim Delgado Fernandes. — 1. ed. — Rio de Janeiro:
Bertrand Brasil, 2015.
      322 p.; 23 cm.

      Tradução de: Don't look back
      ISBN 978-85-286-2029-0

      1. Ficção inglesa. I. Fernandes, Valéria Lamim Delgado.
II. Título.

                           CDD: 823
15-23109   CDU: 821.111-3

Todos os direitos reservados pela:
EDITORA BERTRAND BRASIL LTDA.
Rua Argentina, 171 — 2º andar — São Cristóvão
20921-380 — Rio de Janeiro — RJ
Tel.: (0xx21) 2585-2076 — Fax: (0xx21) 2585-2084

Não é permitida a reprodução total ou parcial desta obra, por
quaisquer meios, sem a prévia autorização por escrito da Editora.

Atendimento e venda direta ao leitor:
mdireto@record.com.br ou (0xx21) 2585-2002

Impresso no Brasil pelo Sistema Cameron da Divisão Gráfica da
DISTRIBUIDORA RECORD DE SERVIÇOS DE IMPRENSA S.A.

Para Karen Bond
O tempo com você nunca seria suficiente

PRÓLOGO

— Um, dois, três, quatro... qual é, Sinead? Eu não estou longe.

— Mas eu não estou vendo você, Patrick.

— Cinco, seis, sete, oito... siga meus passos, não é difícil.

O vento passava pelas copas das árvores como se centenas de vozes me contassem seus segredos. Inclino o pescoço para trás e vejo as nuvens da noite começando a aparecer. As árvores são altas e o espaço entre elas é pequeno, o que me deixa confusa e tonta.

— Patrick, está ficando escuro e eu estou com medo. Eu não quero mais brincar disso...

— Deixe de ser medrosa. Você está quase chegando... Só mais uns passos.

O vento faz meu cabelo bater nos olhos e me impede de ver. Desajeitada, avanço arrastando os pés e tentando seguir o som da voz dele, que é sufocado pela batida forte do pânico em meus ouvidos. O chão é macio e lamacento. Ele prende meu pé e me faz cair no meio da vegetação rasteira. O chão firme desaparece e começo a escorregar em um barranco íngreme de musgos, arbustos e pedras. De algum modo, consigo firmar os calcanhares e descer mais devagar. Agarro-me a uma árvore cujos galhos cresceram na direção da beira abrupta. Ela se agita e se curva, seus galhos balançam com o peso do meu pavor. Meu coração bate tão forte e tão acelerado que não consigo recuperar o fôlego. Olho para baixo e não vejo nada; a escuridão é densamente assustadora. Quero estender o braço e abrir uma brecha em sua textura na tentativa de achar uma fresta de luz. Meu pé escorrega e a árvore frágil se curva ainda mais. Ouço um estalo e grito por meu irmão para pedir ajuda. Ele é mais alto e mais forte que eu, tão firme quanto um bode selvagem. E muito corajoso, sem medo de nada. Ele me alcança em segundos. Aperto os braços em volta de seu pescoço e ele me arrasta de novo para o lugar seguro. Sangue pinga de minha cabeça, e meus braços e pernas estão cheios de arranhões, mas mal percebo.

— Você e suas pistas idiotas, Patrick! — repreendo. — Eu quase caí lá em baixo e nem dá para ver a profundidade.

— É insondável — diz ele.

— Como assim?

— Significa que não tem fim e que você continuaria a cair para sempre.

Quero espiar novamente perto da beira, mas não posso porque a escuridão pode me engolir.

— O que tem lá em baixo?

— Não dá para imaginar?

Faço que não com a cabeça.

Os cantos de seus lábios se curvam.

— Lembra da história que a mamãe nos contava sobre o inferno? Quando sua alma é má, você vai para lá e nunca mais consegue sair.

Sinto calafrios por todo o corpo, até na garganta.

— Valeu por me salvar — digo com a voz abafada.

Patrick inclina-se para enxugar minhas lágrimas com um beijo e sua voz se enche de uma alegria estranha que nunca percebi antes.

— Eu sempre vou estar ao seu lado, Sinead, você sabe disso, mas você nunca deve desistir de me achar.

— Por quê? Aonde você vai?

Patrick segura minha mão.

— Quando a gente estiver brincando, sua boba. Você vai sempre seguir meus passos, não vai?

— Eu acho que sim.

Ele aperta minha mão e suas unhas cravam em minha palma cortada, o que enche meus olhos de lágrimas.

— Sinead, isto é importante. Você tem que me prometer.

Séria, faço que sim com a cabeça.

— Eu prometo, Patrick.

Ele segura um de meus dedos e faz duas linhas cruzadas em meu peito. Seus olhos têm um azul vibrante, assim como o céu antes de começar a trovejar. Quando olho para eles, é como se eu estivesse caindo de novo.

— Jure, agora, Sinead. Jure pra valer.

— Não vou voltar atrás em minha promessa, Patrick — respondo, obediente. — Juro por tudo o que é mais sagrado.

CAPÍTULO

UM

Estávamos no meio de uma onda de calor no mês de julho, com o ar abafado e estalando, carregado como acontece antes de uma tempestade. Eu vi que algo estava errado assim que passei pela porta da frente. Os olhos de minha mãe estavam vermelhos com a parte branca deles cheia de vasinhos vermelhos. Era como se ela tivesse chorado o dia todo.

— Patrick ainda não deu notícias. Já faz mais de duas semanas.

Minha mochila fez barulho ao bater no chão de madeira.

— Ele já fez isso antes — enfatizei. — Por que você está tão preocupada dessa vez?

Ela apertou a mão sobre o peito.

— Aconteceu alguma coisa, Sinead. Estou sentindo aqui.

— Eu tenho certeza de que ele está bem, mãe.

Minha complacência pareceu irritá-la.

— Você é a que mais entende o... *problema* dele, como ele é vulnerável.

Mordi os lábios, frustrada. Esperavam que eu cuidasse de Patrick desde que comecei a andar, mesmo ele sendo três anos mais velho que eu. Sempre foi assim. Os problemas de Patrick eram meus também. E o "problema" que minha mãe mencionou de forma recatada era uma mistura nociva de vício, depressão e frequentes tentativas de autodestruição. Eu estava acostumada a juntar os pedaços da vida despedaçada de Patrick.

Minha mãe deixou cair outras lágrimas, com as mãos agitadas em volta do pescoço como um pássaro desnorteado.

— Eu acho que você deveria ir à casa dele.

De nada adiantava sugerir que ela mesma fosse até lá. Como sempre, sobrava para mim. Olhei com raiva para o relógio.

— Mas estou sem tempo agora. Eu combinei de me encontrar com Harry.

— Está sem tempo, Sinead? Quantas vezes já ouvi essa sua desculpa? Você precisa controlar sua *obsessão* irracional e pensar no bem-estar de seu irmão.

Não é irracional. O tempo é muito precioso. Será que sou a única capaz de perceber que ele está escapando de mim? Cada batida do coração é mais um segundo que passa, e é como a batida de um tambor, registrando cada momento da vida... principalmente os desperdiçados.

Eu a encarei sem rodeios.

— Você sabe por que eu sou assim. Não é algo que eu possa evitar.

Ela cortou o ar com a mão, repetindo a mesma ladainha com sarcasmo.

— Você teve um ataque de asma quando era criança e pensou que fosse morrer — disse-me fazendo um não com a cabeça. — Tudo tem que girar em torno de você? Patrick é quem mais me preocupa. E aí, você vai à casa dele?

Minha mãe parecia trazer à tona o que havia de pior em mim e, às vezes, eu tinha um prazer perverso em frustrá-la.

—Vou amanhã.

Ela fez uma pausa e tentou outra tática, agora com um tom de voz levemente adulador.

— Você é tão forte, Sinead. Patrick não é como você. Ele precisa muito mais de mim, e eu tenho que fazer todo o possível para protegê-lo. Os laços entre mãe e filho são sagrados.

E os laços que nós duas temos? Você nunca me deu a chance de precisar de você. Patrick sempre consumiu todo o seu amor e atenção. Desde que o papai foi embora, eu fiquei invisível.

Para escapar da intensidade do olhar fixo de minha mãe, meus olhos se voltaram para a nova decoração. Fazia pouco tempo que a sala havia sido pintada outra vez com uma tonalidade suave de amarelo-claro e um novo tapete bege para combinar, mas ainda parecia fria e vazia.

— Patrick é muito sensível e inteligente — continuou minha mãe. — Ele é ansioso.

Continuei sem responder nada, e ela deu sua cartada final.

— Você prometeu sempre cuidar dele, Sinead.

Relutante, fiz que sim com a cabeça. Minha mãe sabia fazer com que eu me sentisse culpada, e, lá no fundo, eu *estava* preocupada com Patrick. Coloquei rapidamente um moletom, peguei minha bicicleta e fiz o caminho mais curto, que passava pela cidade, tentando desviar dos ônibus que soltavam uma fumaça preta, dos retrovisores gigantes das *vans* brancas e dos motoristas de carros superesportivos que se achavam donos da rua. Era final de tarde, a umidade continuava a aumentar e a cidade parecia prestes a explodir. Logo fiquei sem fôlego e senti um aperto no peito, um resquício da asma de minha infância. A sensação piorava quando Patrick estava por perto, como se sua presença me sufocasse. Assim que cheguei ao seu apartamento, minha roupa e meu cabelo estavam molhados e colados na pele, com o cheiro da fumaça do trânsito.

Patrick não atendeu à porta depois de eu tocar a campainha várias vezes, embora alguém tenha notado minha presença, pois as cortinas com listras verdes em uma janela no térreo balançaram. Havia um único código de acesso para todos os inquilinos, o que não era exatamente o melhor esquema de segurança, mas, pelo menos, impedia a entrada de estranhos vindos da rua. Digitei-o e encostei a bicicleta na parede da entrada, decorada com painéis de gesso até a altura de minha cintura, antes de subir uma escadaria sinuosa de madeira. O edifício tinha funcionado como uma espécie de capela e ainda mantinha um dos pináculos mais altos e um cheiro de bolor de livros de oração amarelados, assoalhos encerados e cera de velas.

O apartamento de Patrick ficava no último andar do prédio e incluía a torre do sino e do relógio, mas o proprietário insistia que ambos estavam interditados. Quando cheguei ao topo da escada, lembrei-me da última conversa que tive com meu irmão. Patrick me disse que o som dos sinos parecia ecoar em sua cabeça, embora eles estivessem intactos há anos. Ele não mencionou o relógio, mas eu sabia que os ponteiros estavam parados nas seis horas havia séculos. Se eu morasse ali, teria encontrado uma maneira de fazê-lo funcionar novamente, contente por ouvi-lo tocar a cada quinze minutos para me fazer lembrar de como o tempo passa rápido.

Bati à porta com as mãos fechadas, dolorosamente ciente de que estava pensando o pior. Uma sensação no estômago me dizia que algo terrível estava acontecendo e que, desta vez, Patrick podia ter cumprido uma de suas tristes promessas.

"Um dia, todos vocês vão se arrepender. Vocês vão se arrepender de não terem me escutado, de não terem me entendido ou me amado mais... Eu não estarei por aqui por muito mais tempo. Isso servirá de lição para todo mundo... especialmente para você, Sinead."

A porta era feita de carvalho resistente com um arco gótico de cor atenuada pelo desgaste do tempo e veias salientes em espirais e nós enegrecidos. Encostei o ouvido na madeira morna por, pelo menos, cinco minutos, tentando criar coragem para entrar. Eu não era ingênua. Meu pai era médico e nunca me poupou das realidades de sua profissão, que pareciam uma maldição neste exato momento. Mas não dava para voltar atrás. Com as mãos trêmulas, coloquei a chave extra na fechadura. Com uma pequena volta e um giro da maçaneta da porta, entrei com hesitação, avançando de forma desajeitada com todos os sentidos aguçados. Não havia cheiros estranhos nem sons diferentes; na verdade, o silêncio era sinistro. Não dava nem para ouvir algum barulho vindo da rua lá embaixo. Meus olhos percorreram rapidamente a sala antes de eu entrar no quarto e levantar o edredom com a ponta do tênis, caso houvesse alguma coisa escondida debaixo dele.

Por mais que eu tentasse evitar, minha mente imaginava os horrores que eu esperava ver: uma mancha vermelha ofuscava minha visão como se eu tivesse acabado de olhar para o sol. Pavor, apreensão, culpa... o que quer que Patrick tivesse feito desta vez, parte da culpa era minha. Eu tinha ouvido minha mãe dizer tantas vezes que o tínhamos desapontado, todos nós. Aproximei-me do banheiro; o tempo estava parado, e meu coração batia fora do compasso. Centímetro a centímetro fui me movendo para olhar do outro lado da porta, como se limitar minha visão fosse, de algum modo, me proteger do que quer que estivesse ali. Mas a realidade se resumia simplesmente a azulejos brancos comuns com uma borda azul-metálica. O boxe estava completamente seco, sem uma gota de vapor, o que revelava que não tinha sido usado recentemente. O mesmo se dizia da cozinha, com exceção de cada uma das gotas que caíam da torneira de forma lenta e torturante.

Com um grande suspiro de alívio, sentei-me no sofá e tentei engolir em seco, com os lábios tão secos a ponto de grudarem um no outro. Agora, eu podia ficar irritada.

Você é um perfeito egoísta, Patrick, que não pensa em mais ninguém senão em si mesmo. Tudo gira em torno de você. Eu me sinto como sua prisioneira. Você me deixa tão furiosa que minha única vontade é de explodir.

Levei alguns minutos para me acalmar e serenar o coração que batia forte no peito, sem conseguir deixar de pensar no quanto as coisas poderiam ter sido diferentes sem o fantasma de Patrick pairando sobre nós. Meus pais talvez ainda estivessem juntos, em vez de terem se separado depois de anos discutindo por causa do comportamento rebelde do filho. Eu não culpava meu pai por ter ido embora. Toda vez que ele sugeria que se tomasse uma atitude enérgica com Patrick, minha mãe o impedia. Patrick precisava de amor e nada mais, insistia ela. Quatro anos atrás, quando eu tinha doze anos, meu pai aceitou trabalhar como médico no exterior para uma organização humanitária e, desde então, não consegui mais vê-lo com frequência. Patrick havia me privado de muita coisa, mas de nada adiantava sentir pena de mim mesma. Sempre cuidei dele e, enquanto ele precisasse de mim, eu não podia abandoná-lo.

Ajeitei-me e girei o pescoço, tentando aliviar um pouco a tensão. Foi então que notei o que havia de estranho na sala, tão estranho que me levantei e girei 360 graus para me concentrar em todos os detalhes. Levei apenas um minuto para perceber que tinha de contar a alguém. Imediatamente.

CAPÍTULO
DOIS

— Calma — disse Harry. — Respire fundo e me conte o que aconteceu.

Bufei alto, tentando respirar naturalmente.

— Faz mais de duas semanas que Patrick não dá notícias. Fui ao apartamento dele e vi que está tudo limpo. Está estranhamente impecável.

Harry deu de ombros.

— Então ele virou a página e resolveu não viver mais como um relaxado.

Sem convicção, fiz que não com a cabeça.

— Você conhece Patrick. O espaço dele é um reflexo do modo como ele é: caótico e descontrolado. Eu acho que algo está muito errado, e a mamãe também.

Harry franziu os lábios.

— Por que sua mãe não foi lá? Não foi bom mandar você sozinha.

Arregalei os olhos.

— Você não está entendendo, Harry. É o que se espera que eu faça, o que eu preciso fazer.

Eu tinha pedido a Harry que me encontrasse na delegacia de polícia da cidade, e ele me chamou para conversar junto ao muro do lado de fora. Olhei de forma carinhosa para seu cabelo desgrenhado, a camiseta surrada e o *jeans* rasgado; Harry nunca se preocupou com a aparência. Ele era meu melhor amigo, mas eu sempre tentava poupá-lo da confusão que era a vida de Patrick. Alisei as rugas da testa com os dedos e fechei um pouco os olhos para o sol que estava se pondo.

— Você nunca me explicou de verdade esse lance entre vocês dois, Sinead. Por que esse enorme senso de dever?

— Ele é meu irmão, Harry... isso não basta?

O silêncio de Harry dizia muita coisa. Ele sempre sabia quando eu estava escondendo algo dele. Fiquei olhando para seus olhos azul-claros, curiosa para saber por que alguém tão calmo e equilibrado como ele se preocupava com alguém como eu. Nós dois éramos loucos por ciências, separados na escola apenas por um ano, e ele já tinha deixado mais do que claro que queria que eu fosse sua namorada, mas eu não sentia o mesmo por ele. Eu parecia nunca ter tempo para pensar em relacionamentos.

— Tudo bem, tem mais uma coisa — disse com um suspiro. — Patrick fazia esse jogo comigo quando éramos mais novos; ele o chamava de "Siga os passos do Patrick". Ele me fez prometer que, aonde quer que ele fosse, eu sempre iria atrás dele.

Harry fez uma expressão séria.

— Eu me preocupo com você, Sinead. Você é tão louca e... nervosa. Você não acha que está na hora de deixar Patrick para lá e parar de fugir de todo mundo?

Ignorei a última parte.

— É claro que eu gostaria de me libertar de Patrick... e de não estar sempre estressada... mas esse lance de família é complicado.

— Me ajude a entender — insistiu Harry.

Fitei um grupo de crianças ao longe que se divertiam enquanto espirravam água umas nas outras e davam gargalhadas altas.

— A questão é que... de certa forma, eu me sinto responsável. Tudo mudou quando eu nasci. O ciúme de Patrick ficou incontrolável.

— Rivalidade entre irmãos... meio normal.

— Não era bem assim — retruquei de forma impetuosa. — Patrick tinha tanto ciúme que não era seguro ficarmos os dois sozinhos. Minha mãe realmente temia por minha segurança até... inventar uma maneira de acalmá-lo.

— Como assim?

Engoli com dificuldade, porque nunca tinha contado isso a alguém antes, mas me senti obrigada a fazer Harry finalmente entender como tinha sido viver com Patrick.

— Eu tinha que ficar toda coberta com um cobertor. Se ninguém me visse ou me desse atenção, então ele não se importava. Não sei por quanto tempo isso durou, mas a mamãe me contou quando eu era mais velha como se fosse algo divertido ou carinhoso.

Harry fez uma careta.

— Que maluquice!

Passei os dedos por meu cabelo curto.

— Eu não sei por que minha mãe teve mais um filho. Ela passou os últimos dezesseis anos tentando bajular Patrick por isso.

Harry colocou a mão sobre a minha, com a voz inesperadamente suave.

— Você já devia ter me contado isso. Eu sabia que as coisas não iam bem em sua casa... — Sua voz foi diminuindo, e, então, ele se sacudiu. — Eu vou ajudar você a achar Patrick. Talvez esse seja um sinal de alerta dele... e uma oportunidade para você se libertar e ter sua vida de volta.

É muito tarde, tive vontade de dizer. O estrago já foi feito há muito tempo e eu nunca vou poder voltar atrás. Eu nem consigo me lembrar de como era minha vida antes de os problemas de Patrick me consumirem.

Levantei-me, contraindo as mãos. Antes de pormos os pés na delegacia de polícia, Harry, como sempre, me deu suas palavras de estímulo.

— Não vá perder a cabeça, Sinead. Isso só vai atrapalhar você.

Sorri para ele. Harry sempre tentava me deixar sob controle, embora muitas vezes não conseguisse. As portas automáticas abriram-se, e eu entrei primeiro. O policial atrás da parede de vidro, sem dúvida, tinha experiência em intimidar. Ele ouviu minha história sobre Patrick com um olhar fixo e indiferente que era, ao mesmo tempo, devastador e hostil.

— Então, deixe-me ver se entendi — disse ele. — Você quer informar o desaparecimento de seu irmão porque o apartamento dele estava misteriosamente arrumado?

— Não, é claro que não — respondi. — Essa é só uma das coisas estranhas. É o fato de ele estar desaparecido há mais de duas semanas que mais me preocupa...

— Nada de latas de cerveja ou garrafas de vinho por lá — interrompeu Harry. — Isso que é estranho mesmo.

O policial fez uma cara conformada do tipo "já ouvi toda essa história antes". Olhei furiosa para Harry com o canto dos olhos. Desde que Patrick começou a sair dos eixos, fui instruída a encobrir suas bebedeiras, e isso estava tão arraigado em mim que a objetividade das palavras de Harry me deixou ansiosa. Em um segundo, ele eliminou todos os anos de fingimento e de aparências. Tossi de maneira artificial, mas agora que a história tinha sido exposta, percebi que deveria dar mais detalhes.

— O senhor não está entendendo. Meu irmão tem um... hum... problema com vício e é muito... vulnerável.

— Ele tem uma assistente social?

— Não... ele tem um psiquiatra. Um psiquiatra particular.

Aquilo não foi bem aceito. Cheirava a elitismo e esnobismo. O policial não respondeu, mas uma ruga tensa apareceu entre suas sobrancelhas. Algo me dizia que eu estava perdendo seu interesse.

— Eu acho mesmo que o senhor deveria investigar o caso — insisti. — Tem alguma coisa errada no apartamento inteiro. Alguém teve muito trabalho para eliminar... alguma coisa.

— As coisas dele ainda estão lá? — continuou a voz entediada.

— Sim, as roupas ainda estão no guarda-roupa, mas não consegui encontrar a carteira dele.

— Você tem dezoito anos? — perguntou o policial.

Fiz que não com a cabeça.

— Seus pais é que deveriam ter vindo aqui.

Encolhi-me.

— Eles viriam, mas minha mãe está muito... angustiada e meu pai está no exterior, trabalhando para uma organização humanitária... ele é médico.

O policial apoiou a mão no vidro assim que um colega apareceu, e os dois começaram a trocar ideias, absortos na conversa. Era óbvio que esse era seu modo de dizer: "Você vai ter que esperar. Não me amole mais." Alguém suspirou bem atrás de mim, e os pelos de minha nuca se arrepiaram de raiva. Eu odiava quando alguém invadia meu espaço pessoal, e essa pessoa estava fazendo exatamente isso. Sua arrogância levou-me instintivamente a imaginar que, quem quer que fosse, era um homem, e virei a cabeça devagar, satisfeita por estar certa.

Ele era alguns centímetros mais alto que eu. Seu cabelo era queimado pelo sol e a pele bronzeada. A cor revelava que não se tratava de algumas semanas fritando debaixo do sol em um pacote de férias. A camiseta branca, a bermuda de brim sem bainha e as papetes davam-lhe o ar de quem tinha acabado de chegar da praia.

Dava quase para sentir o cheiro do sal e do bronzeador. Ele era musculoso, mas não bombado, e me lançou um sorriso convencido. Eu o odiei profundamente à primeira vista.

Sem perceber, endireitei os ombros e levantei a cabeça para olhá-lo nos olhos. Minha postura era de confrontação, com os braços cruzados e a cara fechada.

— Pois não! Posso ajudar?

Ele deu um passo para trás.

— Meu celular foi roubado. Estou esperando para fazer um boletim de ocorrência.

Ele tinha um sotaque que parecia australiano.

— Seu celular foi roubado — repeti com tanto desdém como se ele dissesse que alguém tinha levado seu pirulito. — Meu irmão sumiu, e tudo o que você sabe fazer é respirar em cima de mim.

— Sinead! — advertiu Harry.

Levantei o queixo, mas tentei me acalmar.

— Enfim... um pouco de espaço seria bom.

O rapaz da praia mediu Harry, o que me deixou surpresa. Harry era tão sem graça, mas tinha passado por uma transformação nesses últimos meses, crescido e ficado com os ombros mais largos. Até o rosto tinha deixado de ser redondo. Depois, foi minha vez. Pude sentir um par de olhos cor de avelã olhando do alto de meu cabelo preto e espetado e passando pelo *piercing* no nariz e pelas pernas compridas. Eu era magricela e, às vezes, quando estava de costas, era confundida com um menino. Harry tinha me dado o apelido de Seriema. Só ele para conseguir se safar dessa.

— Você provavelmente é a garota mais desaforada que eu já conheci.

Apesar da desaprovação de Harry, fiquei contente por ter alfinetado o estranho.

— É óbvio que você não sai muito — disse e apontei para os bancos ao longo de cada um dos lados da sala. — A área de espera é ali.

Alguma coisa sobre isso o divertiu, porque ele deu um sorrisinho cínico.

— A vida não passa de uma grande sala de espera — falou de modo arrastado e deixou-se cair preguiçosamente em um banco, com os braços cruzados atrás da cabeça e as pernas esticadas.

Fiquei estranhamente irritada com suas palavras.

— Valeu pela lição de filosofia — falei alto na direção do outro lado da sala. — Mas meu tempo é precioso.

Ele se inclinou para frente com uma expressão séria e passou a mão pelo cabelo desgrenhado.

— O meu também... é sempre mais tarde do que você imagina.

CAPÍTULO
TRÊS

— Convencido, arrogante, teimoso, machão... — Minha falação só acabou quando me faltaram insultos.

Espantado, Harry fez um não com a cabeça para mim.

— Ele está em outro país, Sinead, não conhece o sistema e você o repreende só porque ele estava atrás de você.

— Ele estava perto demais para o meu gosto, e não gostei da atitude dele. — Relutante, sorri ao notar a expressão surpresa de Harry. Eu tinha um problema terrível de atitude e sabia disso. Cutuquei-o no braço com a ponta dos dedos. — Ele mencionou o tempo. Você sabe o quanto isso me incomoda.

— Eu sei — disse Harry para me acalmar. — Sua obsessão é um pouquinho... fora do comum.

— Eu quase morri quando era criança, lembra? Talvez eu ainda esteja fugindo da morte.

— Você é completamente estranha — disse Harry. — É isso que eu amo em você.

Desviei os olhos, pouco à vontade.

— É sempre mais tarde do que você imagina — remendei, ainda furiosa com o estranho. — Como se precisassem me lembrar disso. Aquele cara parecia um estranho mensageiro da morte.

Harry levantou as sobrancelhas.

— A maioria das pessoas nem sempre conta o tempo como se fosse o último dia delas na terra.

— Bom, mas deveriam. Nós gastamos 33 minutos naquela delegacia à toa e não chegamos a lugar algum.

— Você precisa de um psiquiatra, Sinead.

Amarrei a cara.

— Patrick tem um... para minha mãe, eu não era importante o suficiente para ter também.

Chegamos à casa de Patrick e, impaciente, digitei o código de acesso e subi as escadas correndo, de três em três degraus. Abri a porta e me concentrei na brancura das paredes e no espaço intacto, sem uma única coisa fora do lugar.

— Olha, Harry, eu não estava exagerando. Isso aqui podia ser o aposento de um monge, e a cama está feita como em um hospital, com a roupa tão presa debaixo do colchão que é impossível entrar lá dentro.

— É bem impressionante — concordou ele.

— Não é?

Harry torceu uma mecha do cabelo enrolado com o pensamento longe.

— Eu não sei o que dizer.

— Alguma coisa estranha aconteceu aqui — insisti.

— E os amigos de Patrick? A gente deveria ir atrás deles antes de fazer alguma coisa.

Revirei os olhos.

— Na verdade, ele não tem amigos. Ele é tão imprevisível... ora, a alegria em pessoa, então fica agressivo e, depois, melancólico e deprimido. Não é muita gente que aguenta isso.

Harry estendeu a mão para tirar a franja de meus olhos e, por instinto, recuei.

— Se a polícia não for fazer nada, então... a gente deveria revistar o apartamento e procurar pistas.

— Eles disseram que a gente podia informar o desaparecimento de uma pessoa.

— Sim, sim... vou falar isso para a mamãe, mas ela não vai se conformar. Ela vai esperar que o país inteiro esteja em alerta máximo e que se comece uma grande caçada a Patrick... no mínimo. Agora venha me ajudar.

Harry pôs-se ao trabalho com todo o entusiasmo de um detetive enlouquecido, abrindo e fechando gavetas e armários, com a testa franzida em sinal de concentração. Concluí que ele estava simplesmente fazendo o papel daquilo que ele achava que deveria fazer sem ter, de fato, uma pista. Havia algumas cartas sobre o capacho e um extrato bancário que abri. Patrick gastava diariamente quase a mesma quantia, a maior parte da qual no *pub* ou na loja de bebidas alcoólicas, mas a última transação tinha sido há quinze dias. Eu já sabia que a geladeira estaria vazia antes de abri-la. Na mesa-de-cabeceira, reconheci uma Bíblia infantil com capa de couro vermelha. Eu tinha uma parecida, mas não fazia ideia de onde a minha tinha ido parar.

— Sinead!

O tom urgente na voz de Harry me fez levantar os olhos rapidamente e bater a cabeça em um armário suspenso. Ele segurava uma espécie de caderno de anotações. Aproximei-me e o peguei da mão dele. Havia uma chave de ferro pesada entre as páginas em branco; tinha o desenho nítido de uma flor-de-lis. Coloquei-a na mão para sentir seu peso, tentando imaginar que tipo de porta precisaria de algo tão pesado e adornado. Uma rápida olhada ao redor mostrou-me que nenhuma das portas do apartamento tinha buraco de fechadura.

Cocei a cabeça com uma suspeita começando a brotar lentamente. Durante todos aqueles anos, Patrick tinha me deixado um rastro para seguir. Ele ainda estava fazendo nosso jogo? Mas, com certeza, agora já estávamos muito velhos para isso. Mesmo assim, o caderno de anotações em branco era típico de Patrick, e eu tive uma ideia quanto ao que fazer. Eu o abri, cuidando para deixá-lo aberto na mesma página, e o levei até a janela em forma de trevo de quatro folhas com caixilhos de chumbo, exposto ao sol do final de tarde. As páginas começaram a ressecar, revelando duas palavras escritas de forma emaranhada: *Tempus Fugit*.

— O que...? — Harry olhou para o céu, espantado, como se tivesse sido atingido por um raio.

Dei-lhe um empurrão.

— Você é um cientista, Harry! O suco de limão fica marrom quando é aquecido.

Ele limpou a garganta.

— Desculpe... eu só não esperava isso. É o prédio, todo antigo e estranhamente... reverenciado como sagrado. Ele me dá arrepios.

— É só um prédio.

— Quando entramos, você baixou a voz — disse Harry. — Você não percebeu?

— Tem razão — respondi. — Ele tem mesmo um ar diferente. Talvez... as capelas tenham memória e todos aqueles anos de orações e hinos meio que se infiltraram nas paredes.

— Pode ser.

Um feixe de luz irrompeu por uma das vidraças e iluminou um círculo no chão. Fiquei olhando para o desenho das partículas de pó dançando no ar.

— Minha mãe achava que ele ia proteger Patrick. Fomos ver um monte de lugares, mas ela insistiu nesse aqui, mesmo sendo mais caro. Ela achava que Patrick poderia ser salvo. Provavelmente ela esperava que Patrick tivesse uma epifania, no mínimo.

Harry tinha uma expressão vaga.

— Epifania é um tipo de... revelação — expliquei —, um lampejo de autoconsciência.

— Ah — disse ele com um tom vago.

Caí sentada na cama macia com lençóis brancos, examinando as letras na página e absorta em meus pensamentos.

— Eu acho que isso faz parte do jogo de Patrick: deixar pistas para eu decifrar que me façam seguir seu rastro. Esta é a letra dele, com certeza.

Harry espiou por cima de meu ombro.

— Latim?

— Sim — murmurei. — Patrick frequentou uma escola chique onde os alunos estudavam línguas mortas.

Harry olhou para mim com um ponto de interrogação no rosto.

—Você sabe o que isso quer dizer?

— O tempo voa — respondi — ou o tempo foge. É de um poema de Virgílio. — Resolvi esclarecer melhor, quisesse ele ou não. — Às vezes, usam esta expressão em relógios ou relógios de sol. Era muito popular entre os vitorianos porque eles gostavam de lembrar às pessoas o quanto a vida é curta e que não se pode recuperar o tempo perdido.

—Você não estudou latim, Sinead.

— Não, mas tem a ver com o *tempo*, Harry — comentei de forma enfática. — Eu sei a citação inteira de cor.

— Pra que escrevê-la aí senão para deixar você preocupada?

Meu estômago revirou, e levei as mãos ao rosto. Eu devia ter pensado logo nisso. A pista era tão óbvia; é claro que Patrick estava me levando para a torre do relógio. Meus olhos assustados voltaram-se para uma porta minúscula escondida em um canto do apartamento. Havia uma estante encostada no batente da porta que quase a escondia. Levantei-me devagar com o coração disparado e, em silêncio, apontei para a porta. Harry entendeu meu sinal e imediatamente saltou à minha frente, oferecendo-se para ir primeiro. Fiz que não com a cabeça. Patrick era meu irmão e eu não podia fugir disto.

A porta estava emperrada ou tinha dilatado com o calor, e tive de fazer força para abri-la com as mãos. Pude sentir no mesmo instante o aroma de ar fresco e uma leve brisa. O barulho de algo raspando me deixou paralisada, mas o som tranquilizador de arrulhos me fez perceber que eram apenas pombos. Patrick tinha mencionado que eles tinham feito ninho na borda do mostrador do relógio. Outra pessoa teria reclamado, mas ele disse que gostava de ouvi-los, porque pareciam contentes e livres.

Harry estava bem atrás de mim, com a palma da mão na parte inferior de minhas costas. Era como se eu estivesse sendo levada para a forca. Notei que havia pegadas em cada degrau coberto de pó: alguém tinha subido ali fazia pouco tempo. Um profundo sentimento de pavor brotou em meu íntimo. No topo, nós nos vimos dentro de um espaço pequeno e redondo, vazio, com exceção do pó e da areia por toda parte, de algumas penas e de lascas de madeira de um banco quebrado. Fiquei tão aliviada que minhas pernas ficaram inesperadamente bambas e tive de me agarrar à parede para não cair. Havia aberturas entre os tijolos, pouco maiores que ranhuras e completamente expostas às forças da natureza, e algumas tábuas do assoalho pareciam ter escurecido com o tempo. Harry apontou para cima, mostrando o lance de escadas ainda mais estreito que levava ao campanário, mas não havia como se esconder lá; só havia os sinos lá em cima, escondidos por um painel de arabescos.

— Graças a Deus, a torre está vazia — comentei com a dor chata no estômago passando ligeiramente.

Harry concordou com a cabeça.

— Por que ninguém tenta consertar o relógio? — perguntei. — O mecanismo não parece ser muito complicado. Eu não sei nada sobre o funcionamento de relógios, mas esse não é exatamente o do Big Ben.

Harry encarou a torre, com a mão sobre os olhos, como se fosse um turista.

— É uma bela visão. Patrick tem muita sorte. Mas, você disse que ele não tinha vontade de sair de casa, né?

— Era uma das condições de meu pai. Se quisesse continuar a ser sustentado financeiramente por meu pai, Patrick tinha que ser independente em outros sentidos. — Distraída, escrevi meu nome no pó. — Meu pai queria afastá-lo de minha mãe. Ela ama muito o Patrick.

Harry olhou para mim de forma sinistra.

— Eu não achava que fosse possível amar tanto alguém.

Fiquei irritada comigo mesma, porque queria ter dito: "Ela mima demais o Patrick", mas a verdade escapou sem querer.

— Às vezes, o amor não é tão saudável assim. — Foi a única explicação que pude dar.

Senti uma onda de tristeza incrível ao me lembrar de algo que Patrick tinha me dito uma vez: que ele tinha encontrado um lugar para fazer desaparecer o zumbido que sentia na cabeça. Eu tinha certeza de que ele tinha se referido a esse lugar aqui em cima. Era fácil imaginá-lo à noite, observando as estrelas e refletindo em todas as coisas que o deixavam deprimido, o que era quase tudo. Ele deve ter se sentido a pessoa mais solitária do mundo.

Harry apertou meu ombro.

— Qual é! Vamos sair daqui. Você pode fazer um café para mim?

Dei uma última olhada demorada para o interior do relógio parado, desejando poder parar o tempo com a mesma facilidade, quando um brilho branco chamou a atenção de meus olhos. Eu já podia ouvir os passos de Harry nas escadas e resisti ao ímpeto de chamá-lo de volta. O mostrador do relógio era transparente, e eu estava olhando para a imagem invertida dos números, mas havia um pedaço de papel preso no eixo entre os ponteiros. Só o percebi porque espantamos o grupo de pombos e o movimento das asas fez o papel se agitar. Mas agora que eu o tinha visto, era impossível ignorá-lo.

Havia uma brecha de um metro, pelo menos, entre o peitoril de madeira e o mostrador do relógio. Era provável que existisse uma plataforma antes que permitia o acesso, mas agora havia uma descida abrupta. Olhar lá para baixo me deu vertigem no mesmo instante. O papel não estava desbotado e, por isso, devia ter sido colocado lá havia pouco tempo. Será que foi Patrick que o deixou? Debrucei-me sobre a brecha e agarrei-me a um gancho na parede para ter outro apoio. O corrimão de madeira pressionou-se contra meu quadril quando testei sua resistência. Fez um pequeno estalo, mas eu era forte e descobri finalmente uma das vantagens de ter braços compridos. Eu estava tentadoramente perto; mais alguns milímetros e eu conseguiria. A madeira estalou novamente, de forma um pouco mais ameaçadora, mas aguentou firme sob meu peso, e, com mais confiança, dei um impulso em direção ao papel.

Faltou-me o chão debaixo dos pés quando perdi o equilíbrio, agitando as mãos no ar enquanto procurava desesperadamente agarrar-me a algo sólido. Fiquei pendurada, agarrada à trave mais baixa do corrimão, com os dedos dormentes e os braços deslocados. O tempo desacelerou. Minha mente desligou-se e minha consciência foi invadida por todos os tipos de coisas desconexas que circulavam em minha cabeça como planetas no sistema solar. Alguém menor e flexível talvez conseguisse balançar as pernas para voltar ao passadiço, mas eu era muito desengonçada para ser boa em ginástica. Eu não conseguia gritar, porque uma paralisia estranha tomou conta de mim, e sabia que o esforço levaria a pouca força que me restava.

Quem sentiria minha falta? Quero dizer, quem sentiria *mesmo* minha falta? Agora que as aulas tinham acabado e estávamos de férias, até minha amiga Sara tinha dado um tempo. Eu não sabia ao certo por quê; depois de anos de proximidade, fazia pouco tempo que havia surgido entre nós uma tensão que eu não entendia. Era uma pena eu não sentir nada por Harry; eu sabia que ele deveria estar com alguém que gostasse dele da mesma maneira. Minha mãe talvez descobrisse, finalmente, que tinha uma filha que precisava dela, mas seria muito tarde. Eu nunca saberia o resultado dos exames, me apaixonaria, faria uma tatuagem, subiria ao topo do Empire State Building, veria a Grande Muralha da China. Veio-me à mente o rapaz da praia na delegacia. Talvez ele tivesse sido enviado para me avisar que esse era *o* dia, o dia do qual eu estava fugindo. Eu não devia ter sido tão dura com ele. Um rapaz com o cabelo acariciado pelo sol e um rosto bonito tentou me avisar que eu estava para morrer dali a algumas horas, e eu o esculachei. *É sempre mais tarde do que você imagina.*

Houve um momento de muita clareza quando visualizei a queda e pude imaginar os ferimentos: pernas quebradas, pelve fraturada, lesões internas, fratura no crânio; minhas chances eram irrisórias. De repente, a música de mil sinos começou a ressoar em meus ouvidos. Só ouvi Harry quando ele estava acima de mim, com o rosto estranhamente contorcido e a boca se abrindo e fechando. Era como assistir à televisão com o volume baixo, e quase sorri, mas era muito doloroso.

Harry tentou agarrar meus pulsos. Por um segundo, seus olhos se fixaram nos meus, e vi o desespero refletido neles. Não havia como ele aguentar meu peso, e o tempo estava acabando; meus braços estavam tão dormentes que não pareciam mais estar ligados ao resto de mim. Harry desapareceu de minha vista, e meus olhos se fecharam à medida que flutuei para fora de meu corpo. Tudo estaria acabado em segundos. Harry deve ter voltado porque ouviu uma voz por perto, mas fui tomada por uma sensação estranha de calma interior. Meus dedos, empolados e machucados enquanto a madeira os corroía, perderam a força, e escorreguei ainda mais.

Finalmente, com um último fôlego, lancei-me de costas no vazio, esperando a sensação de queda. Mas ela não veio. Em vez disso, percebi que estava indo para cima, com um par de braços fortes sustentando-me pelo tronco, quase me esmagando, e as batidas de um coração tão altas quanto as minhas no peito. Não parecia possível, mas fui arrastada para o chão firme, um peso morto incapaz de fazer qualquer coisa para ajudar. Meu corpo, por fim, ficou ali em posição fetal, incapaz de se mover, com o rosto coberto pelas mãos manchadas de sangue. A respiração ofegante de Harry estava por ali perto, mas eu estava desnorteada e o mundo ainda estava girando. Um eco insistente do passado ressoou em minha cabeça: *Não vou voltar atrás em minha promessa, Patrick. Juro por tudo o que é mais sagrado.*

CAPÍTULO
QUATRO

Harry tentou sorrir, mas parecia muito abalado, e os cantos de sua boca mal podiam se levantar.

— Que bom que você é magra!

Não respondi, mas estendi a mão para ele. Fui ajustando a visão aos poucos, espantada com o que estava vendo. Harry tinha a ponta de uma corda amarrada ao cinto e a outra ao gancho na parede.

Ele inclinou a cabeça na direção dos sinos da igreja.

— Uma das cordas deve ter se desgastado. Falando em sorte...

— Você salvou minha vida — falei com a voz baixa e rouca.

— Eu sei — disse ele —, mas não tente me agradecer.

Harry ainda conseguiu brincar, sabendo que eu não muito boa em se tratando de agradecimentos. Concentrei-me em tentar respirar normalmente, impressionada com o sentimento de continuar viva. Depois de alguns minutos, ele me levantou e me ajudou a descer as escadas, parando para apanhar o pedaço dobrado de papel pautado que eu tinha conseguido deslocar e que, graciosamente, deslizou para o chão como um avião de papel. Minhas mãos estavam trêmulas por causa do susto e do esforço. Lavei-as com cuidado na pia da cozinha, surpresa por ainda ter a capacidade de me sentir uma perfeita idiota. Então, fui ficar com Harry na sala e sentei-me com as pernas cruzadas no tapete de Patrick, tirando farpas das palmas das mãos com a necessidade desesperada de me concentrar em alguma coisa.

— Você vai ter que enfaixar — disse Harry, preocupado.

— Está tudo bem, Harry.

— Não está, não. Você machucou as mãos e deveria beber um chá doce para passar o susto.

Ele estava sendo muito atencioso, mas rejeitei suas preocupações. Só havia uma coisa em minha mente.

— Posso ver o bilhete?

Com ar pesaroso, Harry o passou para mim e, com os dedos trêmulos, o abri. Havia quatro linhas de texto em latim escrito com uma letra primorosamente curvilínea.

— Você arriscou a vida por isso? — perguntou ele, incrédulo, espiando por cima de meu ombro. — Mais latim!

Com a cara fechada, fiz que sim com a cabeça.

— Tenho certeza de que Patrick está me deixando outra mensagem, desta vez com sua melhor caligrafia.

— Por que ter todo esse trabalho?

Dei de ombros e levantei-me em um salto, ainda com o zumbido nos ouvidos. Provavelmente era a adrenalina por causa do susto de quase ter morrido ou apenas o sangue sendo bombeado de forma descontrolada por meu corpo, mas eu me sentia repleta de energia. Dei uma volta no apartamento com muita coisa na cabeça. O desaparecimento de Patrick, o apartamento impecável, as palavras secretas no caderno, a chave e, agora, este pedaço de papel preso no mostrador do relógio...

— Patrick tem uma mente brilhante — comentei, mais para mim mesma do que para Harry —, apesar das tentativas de destruir os neurônios e sempre se divertir com os enigmas que deixa para mim, mas ele nunca fez nada tão elaborado como isto.

— O que você acha... *sério?* — perguntou Harry.

— Eu acho que Patrick ainda está fazendo seus jogos mentais, tentando me fazer segui-lo, mas... parece que há mais alguma coisa. Eu acho que ele realmente pode estar em apuros.

— Como assim?

Tentei me conter, lembrando os detalhes dos laudos psicológicos de Patrick sobre os quais tinha ouvido meus pais discutirem ao longo dos anos. Eles confirmavam o quanto ele era perturbado. Harry ficou me observando andar de um lado para outro na sala.

— Ele pode ter tido algum tipo de colapso nervoso — acabei por dizer.

— E os bilhetes ou pistas estranhas são um tipo de pedido de ajuda? Para que *você* o ajude, Sinead?

— Talvez.

Fui para a cozinha preparar um café para nós dois. Harry veio atrás de mim e tentou cuidar disso, mas eu precisava me manter ocupada. Em um dos armários estava um pequeno pote de café de marca de supermercado com pó suficiente para duas xícaras. Pus água para ferver na chaleira, peguei o pote e enchi duas xícaras coloridas com água quente. De repente, fui tomada por uma convicção absoluta do que eu precisava fazer.

Minha voz foi firme

— Preciso encontrar Patrick, custe o que custar.

Harry encarou-me.

— Lembre-se do que eu disse, Sinead. Você precisa se libertar dele e pensar em você pelo menos uma vez.

— Depois que encontrar Patrick, vou poder seguir em frente. — Dei uma olhada para Harry. — Você disse que me ajudaria.

Harry tinha uma expressão abatida, mas resignada.

— Então, por onde começamos?

— Decifrando as *pistas* dele... aonde quer que me levem. Elas eram para mim.

Harry pôs a mão no peito.

—Você sabe que pode contar comigo, Sinead.

Ele sempre estava do meu lado, embora eu não o tratasse tão bem quanto ele merecia. Eu me odiava por ser assim. Havia algo distorcido dentro de mim que me fazia atacar as pessoas que se preocupavam comigo. Contudo, tudo isso ia mudar. Estudei Harry neste momento. Ele não se preocupava consigo mesmo nem um pouco, com aquele cabelo de quem havia acabado de sair da cama e o ar de quem nunca se olhava no espelho. Ele não se destacava em uma multidão, mas, depois de conhecê-lo, era impossível não gostar dele. Sorri calorosamente para ele e voltei para a sala a fim de examinar a mensagem de Patrick.

Harry juntou-se a mim no tapete, bastante ansioso, com os cachos rebeldes emoldurando seu rosto. Foi só quando a temperatura passou dos 20 graus centígrados que ele, finalmente, tirou o gorro de lã. Meu estômago roncou alto.

—Você está com fome? — perguntou ele.

Apenas murmurei, com os olhos ainda examinando o papel. Duas das palavras em latim chamaram minha atenção. Depois de anos frequentando a igreja, eu era capaz de traduzi-las: *domus dei*, casa de Deus.

—Vou buscar alguma coisa para você comer — insistiu Harry, levantando-se em um salto para chamar minha atenção e dirigindo-se para a porta. — Fique aqui e descanse.

Fiz que não com a cabeça.

—Ainda não posso descansar. Tenho que ir a outro lugar.

• • •

A igreja de São Pedro ficava a menos de quinhentos metros da casa de Patrick, e fui até lá, desviando-me dos trabalhadores alegres que faziam fila nas calçadas. Franzi o nariz. O concreto quente emitia um mau cheiro e os canos de esgoto também não eram agradáveis. Sentíamos tanta falta do sol, ausente na maior parte do tempo, que os primeiros raios faziam todos pensarem que estavam em outro país. As áreas externas dos *pubs* e restaurantes estavam forradas de mesas e cadeiras ocupadas por pessoas que comiam, bebiam e fumavam lentamente debaixo de grandes guarda-sóis. A temperatura tinha subido ainda mais na última hora, mas havia nuvens cinza se aproximando e os primeiros sinais de uma brisa. Quando alguns copos de plástico se moveram de modo ameaçador, olhei para o céu, certa de que um temporal estava se formando.

Havia um atalho pelo parque nas proximidades, mas o caminho estava repleto de pessoas tomando sol ou fazendo piquenique e de casais abraçados trocando olhares apaixonados. O ar estava carregado do forte aroma de flores silvestres e da grama recém-cortada. Uma menina deitada de costas ajustou os óculos de sol e olhou para mim com os olhos meio fechados. Seu olhar rápido e desdenhoso fez-me lembrar por que eu tinha mais amigos do que amigas. Fui obrigada a olhar novamente para ela e me vi quase ofuscada por seu esplendor. Sua pele tinha a cor de um favo de mel, e ela estava muito delicada com aquele minivestido e as sandálias de tiras. Vi-me, pelos olhos dela, com minha calça de moletom e a camiseta larga. Eu nem mesmo conseguia ostentar o ar atlético das pessoas ao redor, em forma e suadas com uma garrafa de água colada aos lábios.

Segui hesitante, curiosamente sem sentir ainda o peso de meu corpo e certa de que, no dia seguinte, não conseguiria levantar os braços. Assim que virei a esquina em direção à praça, o som de cânticos chegou aos meus ouvidos, e, diminuindo os passos, acabei parando por ali, do lado de fora da igreja. Fiquei surpresa com uma cerimônia religiosa acontecendo naquela hora da noite até perceber um aviso sobre a oração. Havia alguma coisa nos corais das igrejas que me dava arrepios, uma reação às vozes límpidas que subiam em direção ao teto como belos pássaros canoros aninhando-se nos galhos mais altos. Nesta noite, elas pareciam duplamente comoventes.

As pessoas começaram a sair, e esperei com impaciência até não restar mais ninguém. Respirei fundo e, sem nenhum motivo óbvio, já que a porta tinha mais de dois metros de altura, abaixei a cabeça para entrar. Restava na igreja apenas um vulto solitário, que usava uma batina preta abotoada do pescoço aos pés. Ele parecia ter pouco mais de cinquenta anos, era um pouco rechonchudo com o cabelo cheio e grisalho e tinha a pele rosada. Não era difícil imaginar quem ele era.

Eu disse a primeira coisa que me veio à cabeça.

— Desculpe, o senhor está se preparando para fechar a igreja.

Ele assimilou isso por um instante com um sorriso estranho.

— É uma igreja. Os horários são flexíveis. Você gostaria de ficar sozinha?

Isto era constrangedor; o padre pensava que eu estava precisando de consolo espiritual quando tudo o que eu queria era explorar seus conhecimentos.

— Mmmmm, não, na verdade, não. É que... eu preciso de ajuda para traduzir uma coisa. Está em latim e... este foi o único lugar aonde pensei em vir.

Seus olhos, com certeza, brilharam.

— Bom, talvez você esteja com sorte. Eu estudei latim. Espero estar apto para a tarefa.

— Mais do que apto — respondi, sentindo certo triunfo. Patrick queria que eu fosse lá. Eu estava no lugar certo, sem sombra de dúvida.

O padre tirou do bolso um par de óculos de leitura e o pôs no meio do nariz.

— Posso saber do que se trata?

Sem jeito, passei de um pé para o outro e dei uma rápida olhada para minha camiseta; estava suja e manchada de sangue. Não dava para imaginar como estava minha aparência.

— Desculpe... padre... eu estava limpando o apartamento de meu irmão e... sofri um pequeno acidente. Não tive tempo para trocar de roupa.

— Isso é dele?

— Mais ou menos...

O padre pegou o bilhete que estava comigo e se sentou em um dos bancos. Pareceu-me indelicado não me juntar a ele, por isso desci até a nave central, dobrando instintivamente o joelho em frente ao altar. Sentindo-me claramente pouco à vontade, passei para o banco de madeira ao lado dele. Dei uma olhada ao redor. A igreja era uma profusão de mosaicos reluzentes com bordas douradas, mármores de diferentes tons e frisos coloridos. O domo em forma de cebola com uma lanterna suspensa sugeria algum tipo de influência oriental. Lembrei-me subitamente das missas longas e enfadonhas dos domingos, quando Patrick me dava beliscões e me fazia chorar. Minha mãe lançava-me olhares desesperados, desejando que todos pensassem que éramos a família perfeita. Eu me sentia vazia por dentro.

O padre tirou os óculos e me encarou.

— É um texto bem impressionante — disse ele, parecendo estranhamente comovido.

— É? — perguntei, surpresa. — O latim não era a matéria favorita de Patrick, meu irmão, na escola.

— Isto não é o latim de um menino na escola — disse o padre. — Nem é o clássico. Eu diria que é mais... eclesiástico, um estilo usado nas liturgias e documentos da Igreja. É despretensioso, mas, ainda assim, muito elegante e correto.

— Nossa! — falei com entusiasmo, esperando parecer impressionada. — E o que diz aí?

— Bom... é muito abstrato, mas... fala de um lugar, um lugar onde o tempo não terá sentido... onde um segundo parecerá uma eternidade, como aqueles que estão... debaixo da terra clamam por libertação... — Ele fez uma pausa e me lançou um olhar penetrante. Fiz que sim com a cabeça para incentivá-lo a continuar. — Tormentos precederão a alegria da libertação — continuou ele — e o fogo curará. É mencionada uma igreja, a primeira igreja, a porta para um lugar de penitência onde os mortos chorarão e o lago fluirá vermelho.

—Tormentos, fogo, mortos chorando... — repeti sentindo arrepios. A mensagem era seriamente sinistra e parecia exalar dor, morte e sofrimento. Por que Patrick escreveria sobre vida após a morte? A não ser que estivesse pensando em fazer alguma besteira. Senti uma forte pontada no estômago.

— Quer que eu o escreva para você? — perguntou o padre.

Fiz que sim com a cabeça.

— Sim, por favor. — Ele tirou uma caneta de algum lugar e começou a rabiscar o bilhete de Patrick. Para mim, era difícil ficar quieta, e o ponteiro dos segundos de meu relógio estava me distraindo.

— É possível ter sido extraído da Bíblia? — perguntei.

— Eu acho que não — respondeu ele rapidamente, como se eu estivesse duvidando de seus conhecimentos sobre o livro sagrado.

Ele me devolveu o bilhete com a tinta preta ainda molhada.

— Patrick provavelmente o copiou de algum lugar. Desculpe tê-lo incomodado... padre.

— Não foi incômodo algum — assegurou-me. — Deve ter um significado especial para ele.

— O senhor acha que ele está descrevendo o inferno? — perguntei, ansiosa. — Percebi a palavra *infernus* no texto, o que me fez lembrar do fogo do inferno.

O padre ouvia com paciência e com uma curva nos lábios de quem estava se divertindo.

— *Infernus* pode significar inferno, mas também subterrâneo ou debaixo da terra. Neste contexto, eu o traduzi como *debaixo da terra*. Seu irmão é... uma pessoa religiosa?

Foi impossível evitar o sarcasmo em minha voz.

— Bom, ele não fala em línguas nem tem visões...

— E você?

— Isso é fácil — respondi de imediato. — Eu sou um caso perdido. — Ele pareceu tão chocado que balbuciei: — Quero dizer, é o que minha mãe sempre dizia... brincando, mas isso meio que acabou pegando.

O padre fez que não com a cabeça em sinal de discordância, mas me recusei a encará-lo.

— Você é muito nervosinha — disse ele. — Eu queria saber o que ou quem a fez ficar assim.

Cerrei os dentes, pensando em Patrick.

— O senhor realmente não iria querer saber.

Ele abriu os braços.

—Tente. Eu sou um bom ouvinte... faz parte do ofício.

Droga. Pude sentir as lágrimas pinicando os olhos ao vê-lo tão amável e solidário. Deve ter sido o efeito retardado do susto com o acidente, porque eu raramente chorava e não queria chorar nesse momento.

— Desculpe, padre, mas não tenho tempo.

— Imaginei. Você olhou para seu relógio umas dez vezes, pelo menos.

Nesse momento, eu me senti como se tivesse sido claramente indelicada e fui tomada por uma necessidade irresistível de me explicar.

— Não é só hoje. Eu normalmente não tenho tempo. Quero dizer, esse texto podia ter sido escrito para mim... *um lugar onde o tempo não terá sentido... onde um segundo parecerá uma eternidade.*

— Não entendi. — O padre sorriu, arqueando as sobrancelhas espessas.

Eu não queria estar ali daquela forma, abrindo meu coração para um completo estranho, mas ele estava me envolvendo, e eu estava muito cansada para resistir.

— Quando eu era pequena, quase morri e, por isso, tenho este tipo de obsessão, tudo a ver com... o tempo se esgotando.

Ele franziu os lábios.

— Por que isso preocuparia alguém tão jovem como você?

— Bom... tem tanta coisa que eu quero fazer e não sei ao certo se vou ter tempo até.

— Até o quê?

Até morrer, é claro. Mas eu não disse isso; apenas fiquei sentada, inquieta, no banco duro, batendo de leve no mostrador de meu relógio.

— Você quer um conselho?

Eu não queria, mas, mesmo assim, fiz que sim com a cabeça. Dava para sentir que viria um sermão.

— Tente aceitar que *nunca* há tempo suficiente... para nenhum de nós... por isso, aproveite ao máximo o que você tem. Todos nós estamos vivendo em um tempo que nos foi emprestado... emprestado pelo próprio Homem.

— Tempo emprestado — repeti com um tom inexpressivo.

— Porque esta vida que estamos vivendo agora não é o filme em si... é só o *trailer*.

O padre examinou meu rosto com uma atenção que me deixou sem jeito.

— Seu irmão já veio a esta igreja? — perguntou ele de modo inesperado.

— Eu não sei, padre. Por quê?

Ele franziu as sobrancelhas.

— Faz muito tempo, um jovem ficou examinando nossa estátua de São Pedro; ele parecia muito fascinado com ela.

— Mas... o que faz o senhor pensar que era Patrick?

— Isso só me ocorreu agora, mas... os traços de vocês são impressionantemente semelhantes.

Os pelos de minha nuca se arrepiaram. Patrick tinha estado ali. Eu ainda estava seguindo seus passos: o apartamento, a torre do relógio e, agora, esta igreja.

— O senhor falou com ele? — perguntei.

O padre fez que não com a cabeça.

— Eu não me aproximei dele porque achei que ele quisesse um tempo de contemplação sozinho.

Levantei-me do banco e aproximei-me da estátua, os passos ecoando no espaço cavernoso. Eu queria ficar no mesmo lugar onde

Patrick tinha estado, e fiquei olhando para São Pedro à espera de uma inspiração.

O padre veio atrás de mim.

— Seu irmão está com algum tipo de problema?

Dei uma risada vazia, querendo saber a resposta.

—Tudo isso pode ser apenas um jogo idiota. Patrick está desaparecido. Ele me deixou algumas pistas para seguir, e uma chave que não parece se encaixar em nenhuma fechadura.

O padre sorriu novamente.

— Então, vamos esperar que ela tenha o mesmo objetivo que o das chaves dadas ao próprio São Pedro no evangelho... as chaves do reino dos céus.

O sorriso que lhe devolvi foi nitidamente constrangido. Fazia tanto tempo que eu estava tentando fugir da dieta de minha mãe de me impor a religião e, nesse momento, era como se eu estivesse sendo novamente arrastada para a mesma coisa. Além disso, a ideia de me deixarem entrar no céu era simplesmente muito constrangedora para ser expressa em palavras. Murmurei um obrigada pouco entusiasmado ao que ele me estendeu a mão para eu apertar, mas só rocei a ponta de seus dedos como se houvesse alguma sujeira neles. Tudo isso tinha se tornado muito íntimo para o meu gosto. Segui em direção à porta.

— Adeus, Catherine.

Sua voz fez-me parar onde eu estava. Virei-me com os tênis fazendo um barulho estridente no piso de madeira.

— Como o senhor sabe?

Ele apontou para o pescoço. Eu estava usando uma corrente de ouro que trazia pendurada a letra C, um presente de meu pai. Normalmente ficava escondida, mas deve ter deslizado para fora de minha camiseta.

— Ninguém me chama assim — disse. — Uso meu nome do meio, Sinead. E como o senhor adivinhou que era Catherine?

Ele sorriu.

— Foi um palpite inspirado. Eu já tinha imaginado que sua mãe lhe teria dado o nome de uma santa. Você fez o sinal da cruz quando entrou na igreja e ajoelhou-se diante do altar.

— É apenas o hábito...

Enquanto pelejava com a porta pesada, consegui detectar uma leve presunção quando ele me chamou:

— Mesmo assim, Catherine. Bem-vinda de volta.

CAPÍTULO
CINCO

O tempo finalmente mudou. Eu não tinha andado mais do que cinquenta metros quando o céu desabou. A chuva vinha em pingos grandes que caíam com tanta força que espetavam minha pele. Trinta segundos depois, eu estava tão encharcada que não adiantava procurar um lugar para me abrigar. Tentei não rir quando vi as mesmas pessoas que tinha visto a caminho da igreja, nesse momento, juntando freneticamente suas coisas e correndo em busca de abrigo. Em alguns minutos, a rua começou a alagar porque as sarjetas estavam obstruídas ou não conseguiam dar conta do volume da chuva. Tive de atravessar uma poça só para poder voltar ao parque, com a bainha da calça pesando e os tênis encharcados. O vento aumentou, e os funcionários dos restaurantes e dos bares atracavam-se para recolher as cadeiras e guarda-sóis antes que fossem soprados para longe. Depois do calor úmido e interminável, tudo parecia estimulante. Olhei para cima para sentir toda a força da chuva no rosto quando um relâmpago cortou o céu cor de carvão e o estrondo de um trovão o estremeceu. Era lindo de se ver.

Quando finalmente cheguei ao apartamento, ensopada até os ossos, Harry parecia ansioso.

— Aonde você foi? — perguntou.

— Deixa eu trocar de roupa — disse. — Estou molhando todo o chão.

Corri para o banheiro para tirar a roupa e enxugar com uma toalha o cabelo que caía como rabo de ratos ao redor das orelhas. Minha pele estava vermelha e formigava. Saí de lá usando uma das camisas velhas de Patrick e uma de suas calças *jeans* sustentada por uma gravata.

— Coma enquanto está quente, Sinead.

Eu estava com tanta fome que estava zonza. Senti o cheiro da comida chinesa e notei que Harry tinha forrado completamente a mesinha de centro de Patrick com embalagens fechadas com papel laminado. Parecia que ele tinha comprado um banquete para alimentar uma família de seis pessoas. Ele começou a abrir as embalagens.

— Nunca conheci uma pessoa que comesse tanto e fosse tão magra — brincou enquanto eu enchia um prato com vários tipos de comida que pegava com a concha sem me importar com a mistura de sabores. — Você não vai me contar?

— O quê?

— Aonde você foi. Quero dizer, depois de quase ter se matado.

Tirei com a língua o gosto de sal que tinha nos lábios com a cabeça ainda zunindo.

— Identifiquei duas das palavras do bilhete de Patrick: *domus dei...* casa de Deus.

— E?

— Aí fui à igreja de São Pedro, aqui pertinho, e um padre traduziu o restante para mim. — Joguei o bilhete para Harry e dei-lhe um minuto para ler. — Fogo, tormentos e pessoas mortas... isso me deixou completamente fora de mim. — Em que Patrick estava pensando?

Harry ainda estava lendo com a testa franzida por conta da concentração.

— E essa parte sobre um lugar onde o tempo não terá sentido e um segundo parecerá uma eternidade é realmente sinistra.

— Isso é quase uma provocação para você — disse Harry com um olhar preocupado examinando o meu.

Baixei os olhos, o estômago revirando ao imaginar um lugar assim; um lugar onde eu poderia viver tranquilamente sem ser forçada a atravessar a vida em uma corrida frenética, contando os minutos. Respirei fundo e encarei Harry novamente.

— Isso não é tudo... o padre achou que pode ter visto Patrick há pouco tempo... na igreja, olhando para a estátua de São Pedro. — Levantei a voz. — Viu? Eu o segui de novo como fiquei de seguir... se ao menos eu soubesse por quê.

Eu podia dizer, pela linha que se formou na boca de Harry, que ele estava preocupado.

— Como você entende o final, Sinead? *A porta para um lugar onde os mortos chorarão e o lago fluirá vermelho?*

Franzi o rosto.

— Não faço a menor ideia. Tem alguma coisa aí que parece familiar, mas minha cabeça está girando tanto que não consigo decifrar. — Puxei a pele das bolhas que se formaram em volta dos dedos como se, de algum modo, precisasse sentir a dor de Patrick. — Estou mais preocupada do que nunca, Harry. As palavras nessa mensagem são muito estranhas. Patrick pode estar seriamente desorientado.

— Não com todas essas referências ao tempo — insistiu Harry. — Elas são calculadas. — Ele baixou a voz como se alguém estivesse ouvindo. — Você sabe como seu irmão é perturbado. Pense em você pelo menos uma vez e pare com isso... agora mesmo.

Fiz que não com a cabeça.

— Eu devo isso à minha mãe; ela ficaria arrasada se acontecesse alguma coisa com Patrick. Você sabe que eu iria me sentir responsável.

— E se você se machucar enquanto o procura?

— Nada vai acontecer comigo — insisti.

— Mas o que seria de mim se isso acontecesse, Sinead?

O tom sério de Harry fez com que eu me contorcesse de constrangimento. Eu sabia que Harry tinha dificuldade para esconder seus sentimentos e eu o adorava, mas só como amigo. Ele deve ter notado meu desconforto e rapidamente mudou de assunto.

— E aí? O que significa tudo isso? Onde ele está?

Dei de ombros, irritada por saber que havia algo bem em meu nariz, mas que eu não conseguia ver. Toda vez que eu pensava em alguma conexão, a ideia me escapava como um balão ao vento. Mas eu já estava acomodada novamente, e a comida estava me deixando mais relaxada. A chuva torrencial tinha diminuído e os trovões agora não passavam de um ruído distante. Harry e eu continuamos a conversar, mas minha mente não conseguia se concentrar totalmente em nossa conversa. As palavras do bilhete de Patrick ficavam passando sem parar em minha cabeça, separando expressões e juntando-as com outras, como dicas em palavras cruzadas.

De repente, aprumei-me onde estava sentada.

— *O lago que flui vermelho...* eu me lembro agora. Existe um Lago Vermelho de verdade na Irlanda. A mamãe contou-nos sobre ele quando éramos pequenos. Ele sempre deixava Patrick fascinado.

— Continue — disse Harry, incentivando-me.

Levei as mãos ao rosto, horrorizada. Em meio a toda confusão, eu tinha me esquecido de telefonar para minha mãe. Ela devia estar morta de preocupação. Peguei o celular na mochila e suspirei quando vi o número de mensagens e ligações perdidas. Eu tinha tirado o volume dele na delegacia. Com o coração apertado, digitei o número de casa.

Minha mãe repreendeu-me por, pelo menos, cinco minutos, e eu não disse uma palavra em minha defesa. Não adiantava nada, uma vez que ela estava exaltada, e eu já estava acostumada a pagar o pato. Ela parou de repente, exausta e com os nervos à flor da pele. Tentei tranquilizá-la, dizendo que Patrick voltaria logo e que eu ficaria no apartamento dele e telefonaria para ela assim que tivesse notícias. Pareceu dar certo. Desliguei com um suspiro de alívio. Harry sorriu, apoiando-me em silêncio. Revirei os olhos e joguei o celular no tapete. O jantar farto deixou-me com sono, e meus olhos começaram a lacrimejar. Abafei um bocejo e me estiquei, estremecendo de dor. Os músculos de meus braços estavam muito tensos, e apareceram hematomas em minhas mãos esfoladas.

— Lago Vermelho? — lembrou Harry, mas sua voz parecia distante, e tive de me sacudir para voltar à realidade.

Encostei-me em uma poltrona surrada para ficar à vontade.

— Quando minha mãe se casou com meu pai, ela se mudou da Irlanda para o norte da Inglaterra, mas sempre gostou de contar lendas irlandesas para nós. Eu me lembro muito bem da história sobre o Lago Vermelho porque Patrick me assustava com ela.

— O que há de tão assustador em um lago?

— É que esse cerca a Station Island... um lugar místico, estéril, rochoso, nebuloso e... — fiz uma pausa — há muito considerado uma porta para o outro mundo.

—Tudo bem — disse Harry com cuidado.

—Tem a ver com São Patrício, sabe, o padroeiro da Irlanda.

— O cara das cobras?

Simulei um olhar severo.

— Sim, o cara que pôs para correr todas as cobras da Irlanda.

— E o que ele fez nessa ilha?

— Mmmmm... São Patrício estava ocupado, convertendo os irlandeses ao cristianismo, quando lhe foi revelado um tipo de caverna ou poço onde lhe seria mostrada a vida após a morte. Então, o lugar se tornou um centro de peregrinação. Alguns peregrinos relataram visões terríveis e, se sobrevivessem à provação, isso significava que tinham sido salvos do castigo do...

— Inferno? — interrompeu Harry.

Franzi as sobrancelhas.

— Algumas pessoas acreditam que existe outro lugar, mais ou menos no meio entre o céu e o inferno.

— E era isso que assustava você?

Olhei para cima.

— Não... eu morria de medo do abismo. Patrick dizia que era insondável e que nunca mais se saía de lá. Não dá para acreditar no quanto eu era ingênua para acreditar nele.

— Mas... por que ele ia querer que você se lembrasse do Lago Vermelho e dessa ilha?

— E eu sei? Talvez haja outra pista. — Virei a cabeça para o lado. — Sabe, parece que passei a maior parte de minha vida fazendo isso.

— Então, não faça, Sinead. Jogue fora essas pistas idiotas, volte para casa e deixe esses jogos bobos para lá.

Cobri a boca com as mãos e bufei.

— Não posso. Eu sei que ele se foi e que eu deveria ficar livre dele, mas não consigo parar de...

— Ele fez uma lavagem cerebral em você por muito tempo — disse Harry. — É por isso que você não consegue parar.

Suspirei, arrancando alguns tufos de lã do tapete de Patrick.

— Eu não sei deixar de segui-lo e... lá no fundo... ele precisa de mim.

A expressão de Harry era sombria, mas ele não insistiu. Eu estava tão cansada que subi no sofá e ajeitei a cabeça em uma almofada. A luz começou a enfraquecer e o pôr do sol estava lindo após o temporal: tons de rosa, amarelo e turquesa se misturavam como se alguém tivesse jogado uma paleta de tintas em uma tela. A temperatura ainda estava quente, mas o teto alto do apartamento de Patrick criava um eco no espaço, algo que não se notava durante o dia, e havia correntes de ar passando pelas frestas do assoalho. Tremi de frio. Uma vez que Patrick não tratou de colocar cortinas, fiquei imaginando a que horas o sol nasceria, sem saber se deveria pendurar um lençol nas janelas.

Agitado, Harry fez um movimento brusco e puxou os cachos.

— Talvez... você não devesse... quero dizer, talvez você tenha medo de ficar aqui sozinha... eu poderia dormir na poltrona?

Abafei outro bocejo.

— Eu vou ficar bem... pode ser que Patrick apareça no meio da noite, e isso seria estranho.

Aquela era uma desculpa, e nós dois sabíamos, mas Harry concordou, compreensivo. Essa situação difícil com Patrick fez com que eu me sentisse mais próxima de Harry, mas eu não queria magoá-lo, dando-lhe falsas esperanças. Às vezes, no entanto, eu não conseguia ver como evitar isso. Devo ter cochilado e não percebi que Harry ainda estava ali. Seus lábios roçaram meu rosto, e um cobertor foi delicadamente colocado sobre mim. Meus olhos mexeram-se, mas, de propósito, fiquei com eles fechados.

— Eu sei que você não sente o mesmo por mim, Sinead, e estou disposto a esperar... só que não para sempre.

— Eu não lhe pediria isso, Harry — sussurrei quando a porta se fechou atrás dele.

CAPÍTULO
SEIS

Acordei de sobressalto, desnorteada pelos raios fortes de sol que batiam em meus olhos. Perguntei-me que horas eram e apalpei o chão à procura do meu celular. Já passava das 9h. Para minha surpresa, tinha dormido dez horas. Minha mente repassou os acontecimentos do dia anterior, examinando mais uma vez todas as pistas e queimando os neurônios na tentativa de descobrir para onde exatamente Patrick estaria me levando. Sem sucesso, tive medo de não conseguir chegar a lugar algum. Impulsionei as pernas para sair do sofá e fiz uma careta de dor, percebendo o quanto meus músculos estavam retraídos. Meu corpo parecia ainda mais rígido do que no dia anterior. Fui mancando até o quarto e, ao colocar meu celular novamente em cima do armário, meus dedos encostaram na Bíblia de Patrick. Passei os dedos nas letras douradas da capa. Eu não tinha prestado muito atenção nisso ontem, mas me ocorreu naquele momento que o apartamento estava tão vazio e, apesar disso, a Bíblia tinha ficado à vista. E o padre tinha citado o evangelho, alguma coisa sobre São Pedro e as chaves do reino dos céus.

Apanhei a Bíblia devagar e a segurei na palma da mão. O livro imediatamente abriu-se no evangelho de São Mateus, como se tivesse sido aberto ali muitas vezes, com as páginas finas drapejando e exalando o mesmo cheiro levemente bolorento de uma igreja. Fiquei olhando para o texto. As palavras *Ame o seu próximo* estavam sobrescritas com tinta vermelha. Isso poderia ser outra pista. Minha pulsação acelerou e fechei os olhos por um instante, dominada por uma sensação de alívio. O rastro não tinha esfriado. Era quase como se Patrick estivesse observando meu progresso, empurrando-me toda vez que eu parava. Ele não podia estar em perigo; ele estava gostando muito disso. Dava quase para ouvir sua voz em minha cabeça: *Você vai sempre seguir meus passos, não vai?*

Eu precisava contar para Harry. Telefonei para ele e disparei a explicar o que tinha descoberto na Bíblia e que pensava em conversar com os vizinhos de Patrick mais tarde nessa manhã. Pela voz dele, percebi que o tinha acordado.

— Ótima ideia — disse ele, e ouvi o som abafado de um bocejo. —Vou para aí agora.

Sorri sozinha, desconfiando que ele teria concordado com qualquer plano maluco que eu sugerisse.

— Talvez eu devesse ir sozinha, Harry. As pessoas podem reagir melhor a uma menina sozinha.

— Mesmo assim, vou passar aí, Sinead. Você precisa de alguma coisa?

Olhei para as roupas usadas de Patrick.

Você poderia buscar uma calça de moletom e uma camiseta limpa em minha casa? Vou enviar uma mensagem para minha mãe pedindo para ela separar alguma coisa para mim, mas não abra o bico sobre o que está acontecendo aqui. Ela vai fazer um monte de perguntas para você, e não será agradável, mas não diga nada importante.

Harry riu, nervoso.

— E que tal alguma coisa para comer? Você sabe como fica mal-humorada quando não come.

— Uns pãezinhos e geleia cairiam muito bem.

— Mais alguma coisa?

Eu podia imaginar o sorriso resignado de Harry.

— Meu *laptop*. E, Harry?

— Sim?

— Tente não demorar. O tempo é essencial.

Quando Harry chegou, eu já tinha tomado um banho e estava, sem sucesso, tentando arrumar o cabelo com um secador. Ele colocou todas as coisas que pedi em cima da cama.

— Ela está desconfiada — anunciou, parecendo um pouco traumatizado depois do encontro com minha mãe. — Ela me fez um interrogatório completo, mas eu não cedi. Fingi que não sabia de nada.

— Muito bem — comentei, e ele deu um sorriso largo. — Vou ter que enfrentá-la mais cedo ou mais tarde, mas ainda não tenho estômago para isso.

— Ela telefonou para todos os hospitais e para o proprietário do apartamento de Patrick, mas o homem não ficou sabendo de nada, nem que o apartamento estava completamente limpo.

— Foi uma boa ideia — disse, espantada. Eu esperava que ela ficasse andando de um lado para outro, apertando as mãos, e sem fazer nada de útil. Entrei no quarto para trocar de roupa. Era impressionante a diferença que uma muda de roupa limpa fazia em meu humor. Apesar de estar com o rosto sem pintura e o cabelo desarrumado, eu me sentia quase humana novamente.

Harry examinou-me com um interesse renovado.

— Por alguma razão, você parece diferente.

Constrangida, levei a mão ao rosto.

— Estou sem maquiagem.

— Cai bem em você... faz você parecer mais delicada... quero dizer, mais bonita.

Ele desviou o olhar, mas era óbvio o que queria dizer; eu parecia menos hostil sem a pintura assustadora nos olhos, o que seria um bônus se eu quisesse tentar adular os vizinhos de Patrick. Olhei no espelho e mal me reconheci. Examinei meus traços de uma maneira crítica: a boca grande, os olhos fundos azul-acinzentados, as maçãs do rosto elevadas e salientes. Harry muitas vezes me dizia que meu sorriso transformava todo o meu rosto, mas eu não sorria com frequência. Olhei para meu relógio. Já eram respeitáveis 11h e, como era sábado, havia uma boa chance de encontrar as pessoas em casa. Fiz um sinal para Harry e saí. Havia cinco apartamentos ao todo e pareceu-me sensato começar com o mais próximo do de Patrick.

Percorri um pequeno corredor e, ao passar pela saída de emergência, endireitei os ombros e bati com firmeza à porta. Ela se abriu quase de imediato, o que me pegou de surpresa. Um rosto desconfiado encarou-me.

— Pois não?

Tentei sorrir, mas contorci a boca como se estivesse com dor.

— Eu estou... procurando Patrick, que mora no apartamento ao lado... eu gostaria de saber... se você o viu nos últimos dias.

O rapaz era bastante jovem, usava óculos com uma armação dourada e tinha uma barbicha irritante. Senti o cheiro de *bacon* flutuando pelo corredor.

— Hum — considerou ele, alisando os pelos do rosto. Alguma coisa em sua expressão me dizia que ele não seria útil. — Eu o vi há algumas semanas quando me pediu emprestadas vinte libras para uma emergência familiar. Não o vejo desde então. Eu acho que ele está me evitando.

— Ah — murmurei.

— Você é parente dele?

— Só uma... amiga. Pode deixar que vou falar para ele sobre o dinheiro quando ele aparecer.

— Fale, sim — falou rispidamente e fechou a porta em minha cara.

Tudo bem, péssima ideia, refleti, mas talvez nem todos sejam assim. Fiquei envergonhada por saber que Patrick tinha pedido dinheiro emprestado e não o tinha devolvido e chateada comigo mesma por não ter admitido que éramos parentes. A vergonha não era novidade; Patrick me humilhou tantas vezes com seu comportamento que eu já devia estar imune, mas eu nunca tinha negado que ele era meu irmão, e a sensação não era boa.

Arrastei-me para o piso inferior, começando a pensar que este exercício não resultaria em nada que valesse a pena. Ninguém atendeu à porta no segundo apartamento. Quando cheguei ao terceiro, bati mais de leve como se estivesse decidida que ninguém me ouvisse. Eu estava para ir embora quando um vulto apareceu no vão ocupado pela porta com o olhar espantado de uma pessoa que nunca tem alguém batendo à sua porta. Respirei e engasguei em meio a uma nuvem de perfume forte e enjoativo. Era uma mulher de meia-idade com a pele esburacada e o cabelo parecido com o da Barbie, vestida com um conjunto florido de duas peças. Ela passou batido por mim, surpreendentemente leve para alguém tão rechonchuda. Deu uma espiada no corredor, viu que estava vazio com exceção de mim e pareceu desapontada. Comecei da mesma forma de antes e, mais uma vez, menti sobre meu relacionamento com Patrick. A despeito da culpa, isso saiu facilmente.

— Eu trabalho o dia todo. Não tenho tempo para ser social — disse ela de forma petulante.

— Bom, na verdade, eu não estava pensando em ser social... Patrick está meio que... desaparecido, e a família dele está preocupada.

— Que coisa mais triste! — disse ela, parecendo tudo menos isso. — Você já falou com o patrão dele?

— Ele não trabalha — resmunguei, distanciando-me fisicamente das perguntas e de seu perfume.

— Quem sabe na universidade?

— Ele não... quero dizer... sim, vou fazer isso. Obrigada pelo conselho.

Seu sorriso gracioso não me enganou nem por um segundo. Tentei evitar que a raiva me dominasse e tive pena de Patrick, que tinha de viver ao lado dessas pessoas. Elas não precisavam me dizer o que pensavam dele; dava para ver nos olhos delas, e eu já tinha desperdiçado doze minutos nesse exercício inútil.

Quase perdi a coragem para bater à última porta. A televisão estava ligada com o volume alto, e ouvi gente arrastando os pés e se movimentando lá dentro, mas foram alguns minutos antes de uma senhora idosa colocar cautelosamente a cabeça para fora. Ela foi a primeira moradora que pareceu simpática, e descontraí um pouco. Eu só tinha mencionado o nome de Patrick e que era uma amiga quando ela me interrompeu.

— Você tem a boca dele.

Parei porque ela me pegou.

— Ele é meu irmão — admiti.

Ela balançou um pouquinho a cabeça em sinal de reconhecimento.

— Você quer entrar?

A porta abriu-se mais e eu atravessei a ombreira. O interior era o mais diferente possível do apartamento minimalista de Patrick, abarrotado de móveis pesados e antiquados e estofados opulentos. Contei dois sofás, três poltronas, uma cadeira forrada com couro perto de uma escrivaninha e uma *chaise longue* com um tecido de listras verdes. Mal se podia ver um espaço livre nas paredes por causa da abundância de quadros de tamanhos e temas diferentes. Este apartamento era maior que o de Patrick, mas parecia mais apertado e mais escuro. A senhora fez sinal para eu me sentar na *chaise longue* que não parecia confortável. O móvel tinha pernas esculpidas em forma de animais que pareciam tão reais que quase imaginei que me morderiam os tornozelos. Ela se sentou no sofá menor com as mãos apoiadas no colo e se virou para mim com interesse.

— Já faz quase duas semanas que meu irmão não dá notícias — comecei —, e todos nós estamos muito preocupados.

—. Um rapaz tão educado — disse ela. — Quase sempre o vejo passar por minha janela de manhã e, às vezes, nós nos encontramos no corredor. Ele é sempre muito amável e apanha minhas cartas. E é muito bonito.

— Mas... a senhora se lembra de tê-lo visto recentemente?

Ela examinou o teto à procura de inspiração. Passaram-se dez segundos, depois vinte, e minha perna direita começou a tremer de forma incontrolável.

— Pode ser que sim — respondeu, finalmente. Fiquei ansiosa e, por fim, continuei.

— Eu sempre acho... que, se preciso de uma resposta para alguma coisa... tirá-la da cabeça ajuda a resposta a vir.

Todos os tendões de meu corpo começaram a se contrair por causa da frustração, e vi que era impossível continuar sentada. *A paciência é uma virtude, a paciência é uma virtude*, entoei para mim mesma e quase dei um pulo quando o relógio de pé bateu um quarto de hora.

— Eu adoraria morar no último andar — continuou ela —, mas minhas pernas nunca aguentariam o esforço. É difícil acreditar, mas fui dançarina quando era nova. A artrite me deixou incapacitada agora, mas... veja só... eu não deveria deixá-la deprimida com esse papo de velhice.

— Não me deixa — disse, tentando não olhar para suas pernas cheias de veias azuis salientes.

Isso não estava levando a lugar nenhum. Levantei-me e consegui chegar à porta, mas ela se colocou entre o porta-guarda-chuva e a mesa de entrada, bloqueando minha saída. Agora que eu estava indo embora, sua memória voltou de repente.

—Vi Patrick... uma, talvez duas semanas atrás. Não posso dizer com certeza, mas ele estava animado por causa de um novo emprego. Como ele estava com muita pressa, não pedi detalhes.

Patrick tinha um emprego. Patrick estava com pressa para ir a algum lugar para trabalhar. Isso era completamente inesperado, mas podia explicar seu comportamento estranho. Ele estava distante e ainda mais misterioso que o normal. Talvez ele não tivesse tido vontade de contar para mamãe e para mim porque estava preocupado que não conseguisse mantê-lo. Agradeci à senhora idosa e voltei para o apartamento de Patrick. Fiquei fora por 23 minutos, mas, pelo menos, tinha alguma informação.

Harry parecia corado e contente consigo mesmo, agitando uma chave de fenda no ar como se fosse uma arma. Para me fazer uma surpresa, ele estava colocando uma corrente de segurança na porta para que eu me sentisse mais segura lá dentro. Fiquei um pouco preocupada porque não consultamos o proprietário primeiro, mas comentei que a ideia tinha sido ótima, fingindo não ver o enorme curativo em seu polegar. Ele também estava ansioso para me contar que tinha pesquisado todas as referências em latim do bilhete de Patrick em meu *laptop* e que só tinha encontrado milhões de textos religiosos.

— Foi bem desanimador conversar com os vizinhos — falei. — Uma senhora idosa lembra de ter visto Patrick há pouco tempo. Parece que ele estava orgulhoso por ter arranjado um emprego, mas ela não faz a menor ideia de onde ele esteja trabalhando.

Harry não pareceu impressionado.

— Isso não ajuda muito.

— Bom... não, mas... podemos limitar a busca. Patrick não é o exemplo de funcionário, por isso, o trabalho devia ser temporário, ter horário flexível e exigir poucas referências...

— Você sempre disse que ele conseguia fazer qualquer um mudar de opinião... Será que ele conseguiu um emprego como vendedor? Sempre há vagas para isso.

— É uma possibilidade — respondi e peguei minha mochila. — Vamos dar uma olhada no centro de empregos e no jornal local. Patrick não deve ter ido muito longe; tenho certeza disso.

Ele suspirou.

— A gente tem que ir neste instante?

Olhei para ele com um olhar repreensivo.

— *Tempus fugit*, Harry. *Tempus fugit.*

CAPÍTULO
SETE

Nós nos sentamos para tomar um café e aproveitei para folhear o jornal local à procura da página de anúncios. O apartamento de Patrick tinha a vantagem de ficar no centro da cidade perto de tudo e no meio da agitação. Eu nunca tinha ficado ali observando as pessoas na rua, mas não pude deixar de olhar quando, a passos largos, passou pela janela um rapaz com ar de italiano usando uma bermuda social e carregando uma pasta. Até as vítimas da moda com seus bronzeados em *spray* e *jeans* brancos metalizados me fascinavam, e reparei que, a todo instante, passavam moças usando vestidos compridos, sandálias gladiadoras e cabelos arrumados. Pus o jornal na mesa.

Talvez eu pudesse mudar. Eu podia me tornar uma dessas pessoas que andam por aí sem rumo, com um sorriso sereno, absorvendo o ambiente e vendo a grama crescer. Eu poderia me deitar no parque e arrancar pétalas de flores, em vez de soprar freneticamente um dente-de-leão que aparece pela frente. Sara e eu podíamos fazer todas as coisas de menina que eu evito.

Harry me trouxe de volta à terra.

— Isso parece um tiro no escuro — disse ele, e era óbvio que estava se perguntando o que exatamente estávamos fazendo ali. — Já devem ter tirado o anúncio de emprego de Patrick.

Contorci o rosto.

— Eu sei, mas... pode ser que algo me salte aos olhos, um emprego que fosse perfeito para Patrick. Eu preciso pensar como ele para decifrar estas pistas.

Harry voltou ao balcão para comprar um misto-quente, e eu murmurei para mim mesma. *Se Patrick não tivesse vendido seu computador, eu poderia acessar seus arquivos, ver se ele tinha preenchido o formulário de alguma agência de emprego.*

A voz de um homem interrompeu meus pensamentos.

—Você já terminou de ler esse jornal?

Nem levantei os olhos, interessada em examinar o carro antigo estacionado na rua com o motor ainda ligado e uma moça loura e pequena no banco do passageiro. Ela parecia um pouco cheia de si em seu vestido verde-claro transparente, alisando o cabelo enquanto se olhava no retrovisor.

— É meu — vociferei, colocando a mão sobre as manchetes.

Ouvi alguém bufar rapidamente de satisfação.

— Então você *é* grossa com todo mundo.

Levantei rapidamente os olhos e vi o rapaz da praia com um copo de papelão para viagem em cada mão. Só que, desta vez, ele estava muito bem arrumado: uma camisa branca alinhada, uma fina gravata azul-escura, calças cinza-claro e uma cara loção pós-barba. O cabelo estava penteado para trás, o que o deixava ainda mais bonito. Ele me lançou um sorriso rápido, mas, desta vez, não tão convencido; havia nele um calor que aqueceu todo o ambiente, como se um raio de sol gigante tivesse entrado pela janela. Algo se mexeu dentro de mim, e doeu.

— Eu não sou — consegui responder. — É só você que provoca esse efeito em mim.

Ele sorriu.

—Você não sabia que era eu.

NÃO OLHE PARA TRÁS

— Reconheci seu sotaque — menti, irritada por não ter reconhecido. O som nasalado australiano evocava praias douradas, quilômetros de extensão de um mar azul vibrante formando ondas brancas e espumosas e um rapaz sem camisa correndo pela areia com uma prancha de surfe.

—Tenho certeza de que há cursos sobre como controlar a raiva nesta parte da cidade — disse ele, mas com um ar divertido nos olhos.

Havia um bom humor tão irreprimível em sua expressão que comecei a sorrir. Ele tinha razão: não dava para dizer o quanto fui rude, e aqui estava uma oportunidade para reparar meu erro. Normalmente não peço desculpas, mas ele merecia que eu abrisse uma exceção. Não era nada, apenas duas palavras. Ele estava esperando, e o desafio em seus olhos castanhos deslumbrantes fez meu coração palpitar. Os rapazes normalmente não me paqueravam, mas a linguagem de seu corpo era clara. Mas o clima acabou de repente, e ele desviou sua atenção. Começou a mexer os lábios e a fazer gestos para alguém que estava do lado de fora e, quando olhei, a deusa do mar estava um pouco levantada em seu assento apontando para o relógio. Eles eram um casal, é claro, e o carro devia ser dele.

— Não vá deixar a moça esperando — exortei. Ele pegou os copos no lugar onde os tinha colocado na mesa e olhou seriamente para mim, mas, nesse momento, isso fez com que eu me sentisse um inseto sob um microscópio. — Espero não ver você de novo — acrescentei.

—Você ainda é a garota mais desaforada que eu já conheci — disse ele.

— E você provavelmente ainda vive em uma bolha — respondi com sarcasmo, mas, desta vez, quase desejando que isso acontecesse.

Ele se dirigiu para a porta sem olhar para mim novamente, mas teve o descaramento de olhar para uma moça bonita que estava sentada em um canto. Uma guarda de trânsito carrancuda estava para multar o carro dele quando ele passou voando pela porta de vidro. Inacreditável, mas ele jogou um beijo para ela, levantou um dos copos como se a saudasse e ela guardou a máquina e fez sinal para ele seguir. Ele até buzinou como forma de agradecimento. Harry voltou com um misto-quente gigante e eu tentei disfarçar o sentimento devastador de angústia que surgiu dentro de mim com a mesma rapidez de um nevoeiro. O rapaz da praia e a namorada pareciam tão felizes, sem preocupações na vida, enquanto eu me sentia dez anos mais velha e prostrada por fardos que nem conseguia exteriorizar. Dei um gole no café morno e tentei me consolar com a ideia de que poderia passar um caminhão para dar um banho de brita e areia na namorada dele.

Não conseguia tirá-lo da cabeça. Minha primeira afirmação estava totalmente errada; ele não parecia um mochileiro hoje, mas estava mais para um estudante da escola pública com ajuda de custo. Eu normalmente era boa em classificar as pessoas, mas parecia que, com ele, havia me enganado. E ele foi tão sincero sobre minha aspereza. Essa não foi a primeira vez, mas suas palavras doeram como nunca.

Remexi-me na cadeira, já sabendo a resposta para minha pergunta.

— Harry? Será que eu tenho um problema de raiva?

— Se eu disser que sim, você vai bater em mim? — brincou ele.

— Então, eu tenho?

— Às vezes, você tem o pavio curto. Você sabe disso — respondeu ele, de forma diplomática.

Comecei a roer as unhas.

— Me dá um exemplo.

Harry endireitou-se na cadeira e cruzou os braços, impassível.

—Tudo bem. Você se irrita com vespas, com homens de barba, com pessoas que não fazem fila... com pessoas que fazem fila... com qualquer um que espirrar perto de você... — Ele respirou fundo. - Com mulheres com mais de quarenta anos que usam *jeans* apertados ou *lycra*, com latas com abertura de anel, com caixas de leite, com sementes de laranja, com cones de trânsito...

Levantei as mãos para fazê-lo parar.

—Tudo bem, eu *sou* a pessoa mais intolerante do mundo.

Levei um minuto para refletir no assunto, surpresa por descobrir que isso realmente me incomodava. Em um instante, era como se alguém tivesse levantado um espelho e eu tivesse me visto em toda a minha feiura. Quando foi que me tornei o tipo de pessoa que eu desprezava? A constatação acabou comigo, e um desejo estranho de me abrir com Harry tomou conta de mim. Havia até uma hesitação em minha voz.

—Você se lembra da história da Rainha da Neve?

Harry sorriu levemente.

— Fala de um espelho mágico que aumentava e distorcia tudo e todos para que parecessem horríveis e repulsivos. O espelho quebrou-se em milhões de pedaços, e os estilhaços de vidro atingiram os olhos de algumas pessoas, fazendo com que elas só vissem as coisas feias da vida, enquanto outras ficaram com cacos no coração, que o transformaram em um bloco de gelo...

— E você acha que isso aconteceu com você? — perguntou ele de modo delicado.

Suspirei.

— Às vezes, eu acho até que não tenho coração. Há um buraco em meu peito no lugar onde ele deveria estar e minha... missão é atravessar essa vida de forma frenética, tentando preencher o vazio.

— Que maluquice, Sinead. Ser um pouco impaciente e brusca não faz de você uma pessoa ruim... e é compreensível depois de tudo o que você teve de passar. Você vive a vida preocupada com sua mãe e com Patrick... mais do que eles merecem. Repita depois de mim — disse ele com firmeza: — Meu coração está funcionando muito bem.

Eu me desliguei por um instante. *Você sabe que seu coração está batendo. Você sentiu alguma coisa quando olhou para aquele rapaz; você sentiu seu coração cantar, e isso a deixou apavorada.*

— Sinead...? Por que isso agora? — perguntava Harry.

— Sei lá — respondi de forma melancólica, já arrependida de ter desabafado. Primeiro, o padre, e, agora, Harry; desde o desaparecimento de Patrick, meu lado emocional estava em frangalhos. Eu tinha de deixar de sentir pena de mim mesma e manter o foco em encontrá-lo. Apertei as mãos debaixo da mesa.

— Já faz 24 horas e não consegui mais nenhuma pista, Harry. Vou ter que contar para minha mãe o que está acontecendo. Vai ser horrível... não, pior... ela vai ter um troço.

— Ela já informou o desaparecimento à polícia?

Fiz uma careta.

— Eu já falei, mas ela não está muito interessada. Patrick teve alguns probleminhas com a polícia, e ela acha que eles não foram compreensíveis com ele. Ela quer que isso fique em família.

Harry começou a mexer na manga puída, parecendo não saber o que dizer. Por fim, decidimos ir embora. Tentamos o centro de empregos local, mas a pesquisa no computador que fizemos lá não rendeu nada útil e, então, passamos uma tarde quente e abafada andando de um lado para outro, tentando encontrar outras pistas. Harry queria procurar uma árvore para se sentar à sombra dela e relaxar, mas eu não podia. A falta de direção tinha me deixado mais elétrica do que nunca.

Ele tentou me acalmar.

— Não dava para Patrick saber quanto tempo você levaria para encontrar as pistas. Só porque você não encontrou outra não significa que ela não esteja por aí... em algum lugar.

Pensei em suas palavras, lembrando-me da Bíblia.

— Você tem razão. Vou voltar ao apartamento de Patrick. Pode haver mais alguma coisa lá que deixei passar.

Harry ofereceu-se para me fazer companhia, mas o dispensei, delicadamente.

— Preciso de um tempo para pensar. — Olhei para ele e suspirei. — Talvez isso faça parte do jogo de Patrick.

— Como assim?

— Me provocar. Ele sabe o quanto eu sou impaciente. Ter que esperar alguma coisa é uma tortura para mim.

Chegamos ao apartamento e Harry me deixou à porta. Seu sorriso de despedida parecia triste, desanimado.

— Um dia, Sinead, você talvez encontre alguma coisa... ou *alguém* que valha a pena esperar.

CAPÍTULO
OITO

Meus olhos abriram-se e levei às mãos à garganta, com dificuldade de respirar. Por um instante, era como se eu fosse aquela menininha novamente, de volta ao meu quarto em casa, sentindo a noite se turvando à minha volta e a escuridão me sufocando. Na verdade, golpeei o ar com as mãos fechadas antes de lembrar onde estava. Eu estava no apartamento de Patrick. Estava segura. Eram 3h e ainda estava escuro. Agucei os ouvidos. Por um instante, pensei ter ouvido um barulho do outro lado da porta, mas provavelmente eram apenas resquícios de meu pesadelo. Nunca foi tão real assim, com a sensação mais forte de não poder e mais assustador do que nunca. Fui até a cozinha e enchi um copo de água. Sentindo-me inquieta, aproximei-me da janela. Debaixo do poste de luz havia um vulto olhando para o apartamento, o que me fez recuar para as sombras. Havia algo familiar nele, e, em minha sonolência, eu estava convencida de que só podia ser Patrick.

Sem pensar, passei correndo pela porta, desci as escadas e parei na calçada, gritando o nome dele, mas a rua estava deserta nesse momento. Atravessei-a em direção ao poste e fiquei olhando para a bituca acesa no chão. Quem quer que fosse, estava fumando um cigarro. Eu o teria apagado se não estivesse descalça.

Levei mais um minuto para perceber o quanto era perigoso estar ali, no meio da cidade, nas primeiras horas da manhã.

De repente, havia sombras por todos os lados, nas portas, atrás dos carros e nas vielas, em um milhão de lugares onde alguém poderia se esconder. Eu devia estar sonâmbula para vir assim para o meio da rua. Abracei-me e atravessei a rua na ponta dos pés em direção ao apartamento, agradecida porque a porta não se fechou, uma vez que ela se fechava automaticamente e minhas chaves tinham ficado lá dentro. Pedras minúsculas fincaram-se na sola de meus pés. Fora o rangido de algumas vigas e o som da água passando pelos canos, tudo estava silencioso como um túmulo. Voltei para a cama de Patrick, mas sabia que o sono não viria; eu estava em um quarto estranho, sentindo-me terrivelmente inquieta, e as preocupações sempre pareciam maiores de madrugada. Meus pensamentos levaram-me de volta à torre do relógio, revivendo o que eu temia que fossem meus últimos momentos. *É sempre mais tarde do que você imagina.*

Foi só quando começou a amanhecer que peguei no sono novamente; desta vez, minha cabeça estava cheia de sonhos loucos que envolviam minha busca por Patrick. O mais real e notável aconteceu quase na hora em que acordei; eu estava subindo uma colina íngreme, indo atrás de uma pessoa importante que se recusava a andar mais devagar ou a se virar, que eu sabia que era Patrick. Comecei a chamar por ele, agitando as mãos fechadas no ar e gritando, quando ele parou abruptamente e se atirou para baixo com a mesma destreza de uma ave de rapina que se lança sobre a presa. Eu queria ir atrás dele, mas a queda era grande; eu estava balançando na beira de um precipício. E, quando olhei para as profundezas, elas pareciam o interior de um vulcão, lançando fumaça e cinzas que chamuscavam meu rosto e meu cabelo. E Patrick foi tragado por ele. Então, começaram os gritos, tão terríveis que tive de cobrir as orelhas.

O despertador de meu celular emitiu um bipe e um zunido, um som alto e inoportuno que me fez despertar imediatamente em um susto. Enquanto tentava desligá-lo, deixei-o cair da cômoda e ouvi quando ele deslizou pelo chão de madeira. Saí cambaleando da cama, ainda tonta, e fui engatinhando até agarrá-lo com as mãos e fazer os bipes pararem. Fiquei em pé e, espreguiçando-me, tentei esfregar os olhos sonolentos. A porta estava aberta, e pestanejei para a visão estranha que se apresentou diante de meus olhos e, então, pisquei novamente para ter certeza de que não estava mais sonhando. Atordoada, saí correndo para a sala e passei a mão trêmula na imagem assustadora que cobria agora, pelo menos, um metro quadrado da parede branca.

Havia uma igreja, reconhecível por uma grande cruz no alto do telhado. Estava localizada na superfície plana de uma falésia que se erguia de algum tipo de abismo com várias camadas sobrepostas de corpos, uma massa retorcida em ebulição, com os braços estendidos em um gesto de súplica e os rostos feridos. Árvores disformes projetavam-se do rochedo. Alguns dos vultos atormentados tinham ramos entrelaçados como trepadeiras ao redor deles, e o cabelo de outros era feito de serpentes que os aprisionavam da mesma forma. Grande parte da imagem estava desenhada em preto, mas o abismo estava cercado por um lago, que fazia ondas manchadas de um vermelho vivo cor de sangue. Isso era irreal. O pânico tomou conta de mim, minhas pernas amoleceram e caí no chão novamente. Com as mãos trêmulas, enviei uma mensagem de apenas cinco palavras para Harry: *Urgente. Venha para cá. AGORA.*

Harry deve ter ficado muito preocupado com minha mensagem. Mesmo em estado de choque, reparei que sua camisa estava do avesso e que ele estava usando uma meia de cada par. Ao levá-lo para dentro e mostrar-lhe a parede, ele ficou branco.

— É tinta de desenho ou de pintura? — perguntou, repetindo meu primeiro instinto e passando a mão sobre a superfície.

— Quem é que liga para a técnica? — perguntei. — Deve ser Patrick me mostrando o Lago Vermelho e o abismo da Station Island.

— Está muito bom — continuou ele. — Um tipo de desenho gráfico?

— Harry! A questão não é essa. — Isso foi mesquinho de minha parte, pois, até ele chegar, fiquei amontoada aos pés da cama de Patrick, muito assustada para me mexer. — Fiquei aqui a noite inteira... dormindo. Como fizeram isso? Quando fizeram?

Harry ainda parecia muito atordoado para falar. Deu um salto para examinar a porta de uma maneira estranhamente masculina. Ele não era nem um pouco prático e não teria sido capaz de dizer se a fechadura tinha sido arrombada, mas sua preocupação era comovente.

— Não parece que a porta foi forçada, mas você não pode mais ficar aqui, Sinead.

Fechei um pouco os olhos.

— É Patrick que está por trás disso.

Levantei cuidadosamente o pé, com uma lembrança voltando pouco a pouco. Ainda havia pequenas marcas na sola do pé nos lugares onde as pedrinhas fincaram na pele. Não tinha sido um sonho.

Tossi, contorci-me e preparei-me para fazer a confissão.

— Acontece que... corri lá para fora no meio da noite, quando percebi alguém debaixo do poste da rua... e deixei a porta do apartamento aberta.

— Sinead! — Harry disse meu nome sem acreditar no que tinha acabado de ouvir. — Qualquer um poderia ter entrado.

Fiquei envergonhada, reconhecendo que foi uma loucura fazer isso.

— Bom, seja quem for, essa pessoa não quer me fazer mal — tentei brincar. — É sério, tudo estava normal às 3h e, se alguém entrou aqui sem ser visto quando deixei a porta aberta, essa pessoa só quis decorar a sala.

— Vamos voltar à polícia — disse ele com firmeza.

Esfreguei o nariz, ainda irritada comigo mesma.

— Não podemos. Um desenho estranho aparecendo na parede daria mais o que falar do que a história do apartamento limpo. Não houve arrombamento e nada foi levado. Eles me acusariam de fazer a polícia perder tempo.

— Então, o que vamos fazer?

— Vamos ver o que acontece, eu acho.

— Você conseguiu dormir assim que voltou?

— Sim — menti, preferindo não falar sobre meu sonho estranho. Ele poderia pensar que eu realmente precisava de um psiquiatra.

Fui à cozinha para pegar um pouco de café. O brilho forte do sol da manhã inundava tudo com uma luz dourada que batia nas paredes, no chão e nas bancadas. Era uma decoração com muitos detalhes: armários de madeira maciça, bancadas de granito e piso de ardósia. Minha mãe estragou Patrick. Harry apareceu atrás de mim.

— Não quero desanimar você, Sinead — começou ele, tirando uma caneca de uma das prateleiras. Entendi a deixa e enchi a caneca de café, certa de que ele iria me desanimar.

— Fiz umas pesquisas ontem à noite e parece que milhares de pessoas desaparecem na Grã-Bretanha todos os anos.

— Isso é impossível — afirmei. — Como tantas pessoas desaparecem em uma ilha pequena assim?

Ele deu de ombros de modo significativo.

— Algumas delas querem desaparecer; elas esquematizam o sumiço. — Ele deu um gole na caneca e fez uma careta, provavelmente porque não tinha leite. Mesmo assim, agitou o café. — Outras simplesmente precisam de um tempo e depois acham difícil voltar... outras começam uma nova vida ou fogem de uma situação ruim... só uma pequena porcentagem fica sem uma explicação genuína.

— Patrick não fugiria deliberadamente — falei com total convicção.

— Como você pode ter tanta certeza?

— Ele não pode viver sem uma plateia. Tudo isso que ele está fazendo agora... isso é para o meu bem. Se ele estivesse completamente sozinho, isolado e sem ninguém se importando com o que ele fizesse... eu acho que ele simplesmente... sumiria do mapa.

Harry examinou o desenho de sua caneca como se fosse a coisa mais interessante da cozinha.

— Então, o que vamos fazer agora? — perguntou.

— Devíamos dar uma olhada por aqui antes de sairmos. O artista maluco da parede pode estar escondido em algum lugar.

Contudo, não havia nenhum indício de que alguém, além de nós dois, tivesse estado no apartamento. Eu ainda tinha certeza de que Patrick era o responsável e de que ele estava em algum lugar por perto.

— Patrick pode ter armado algo para distrair minha atenção ontem à noite — disse —, e depois entrou de mansinho no apartamento e esperou até que eu dormisse para fazer o desenho... mas... o desenho é tão rico em detalhes que vai muito além de suas capacidades.

— Talvez seja um decalque gigante — sugeriu Harry. — Você molha o verso e a imagem é transposta para uma superfície; para isso, não é preciso nenhuma habilidade.

Puxei o cabelo, frustrada. O que eu não estava vendo? Apertei a cabeça com as mãos e encarnei a imagem da pintura O *grito*. Isso normalmente fazia Harry sorrir, mas não foi o que aconteceu hoje. Ele apertou a língua no lábio superior como se estivesse pensando em alguma coisa.

Quando ele falou, sua voz foi baixa.

— Eu acho que vi umas letras no canto direito inferior do mural... pode ser uma assinatura.

— Por que você não me disse antes? — perguntei, ranzinza, colocando abruptamente meu café na bancada.

Voltei à sala, pedindo a Harry que pegasse uma caneta e papel. Mas, toda vez que me curvava para examinar a parede, ele fazia o mesmo, e eu tinha de falar que ele estava bloqueando a luz e que devíamos nos revezar. Levamos mais de dez minutos para decifrar todas as letras e, mesmo assim, ficamos na dúvida se elas estavam corretas, porque algumas estavam pouco nítidas e outras estavam escritas de trás para frente.

— É muito grande para ser um nome — comentei. — Pode ser outra máxima, como *Tempus fugit*.

Os dedos de Harry digitavam rapidamente palavras na Internet, e ele tinha a testa franzida por conta da concentração.

— Alguma coisa que corresponda?

— Bingo! — Ele virou o *laptop* para mim e arreganhou os dentes. — *Sic transit gloria mundi*, assim passa a glória do mundo.

Passa... o tempo passando... a glória do mundo... lembrando-nos de nossa condição mortal.

Tudo bem, Patrick. Estou começando a entender a situação como um todo, mas o que quer dizer tudo isso?

Harry leu o que estava na tela do computador.

— Era o lema de uma instituição missionária cuja sede ficava em Brick Lane. Agora é o Centro de Tratamento, uma instituição beneficente para a recuperação de viciados.

Mais animada, agarrei Harry pela manga.

— Patrick costumava ir lá às vezes. Ele pode estar lá agora, esperando apenas que o levem para casa. Você vem comigo? — implorei, dirigindo-me à porta e olhando para o relógio.

Harry deu-me um olhar severo.

— Eu quero que você pare de procurar Patrick.

— O quê? Por quê?

— Não estou com um bom pressentimento sobre tudo isso, Sinead. Ele está colocando você em perigo, sabendo que você não é capaz de desistir. Você está preocupada, achando que ele está com problemas, mas e *você?*

Eu estava louca para sair. Abri a porta até a metade, já com o pé para fora.

— Eu posso cuidar de mim. De verdade.

— Não, você não pode — disse ele, estranhamente impetuoso. — Você acha que, de alguma forma, é responsável pelos problemas de Patrick; você até se sente absurdamente culpada por ter nascido. Nada que tenha a ver com Patrick é culpa sua, e você não devia ir atrás dele. Eu sei que disse que iria ajudar você, mas isso foi antes de a coisa ficar feia. Você devia deixar isso pra lá... agora, Sinead.

— Eu posso deixar pra lá a qualquer momento — insisti. — Mas eu tenho que fazer isso.

Harry virou para mim seus olhos azul-claros.

— Isso faz parte de sua *busca?* Continuar a seguir os passos dele?

Fechei um pouco os olhos.

— Talvez. Eu tenho essa estranha sensação de que, se encontrá-lo... ficarei livre dele para sempre.

Ele fez que sim com a cabeça lentamente, com um sorrisinho torcido.

—Tudo bem, então, Sinead. Vamos.

CAPÍTULO

NOVE

— Não vale a pena irmos em meu carro — disse Harry, descendo as escadas íngremes da igreja atrás de mim. — As ruas de mão única farão a gente rodar quilômetros, e não há lugar para estacionar.

— Podemos chegar lá em quinze minutos a pé — sugeri, acompanhando seus passos largos. — Cortamos caminho pela Victoria Street, depois descemos pela Cross Keys, cortamos pela universidade, contornamos o centro comercial e pronto.

— Anda — zombava Harry à medida que eu ficava mais ofegante nas subidas.

— Mantenha o ritmo, Harry — revidei e comecei a correr. Ele não tinha outra escolha senão fazer o mesmo.

Chegamos à Brick Lane ofegantes e apertando as mãos na cintura. Tive de sentar-me em uma mureta para recuperar o fôlego. O rosto de Harry estava vermelho como um pimentão e seu cabelo molhado de suor. Usei os dedos para ajeitar meu cabelo e me recompus, enquanto Harry tentava se refrescar. Dei uma olhada para os prédios antigos à nossa volta, os tijolos empretecidos e esburacados pelo tempo. Havia três caçambas na viela, todas cheias de materiais de construção, e eu me lembrei de que a área estava sendo restaurada. Uma placa anunciava apartamentos para alugar, um bistrô havia sido inaugurado recentemente e havia uma loja de antiguidades com algumas cadeiras do lado de fora e uma espécie de loja de arte especializada. O Centro de Tratamento era uma estrutura com um só andar. Ficava separado dos outros prédios em um pátio próprio, mas havia barras de metal nas janelas.

— Você vai na frente? — sussurrei, agitada.

Harry pareceu surpreso.

— Você nunca veio aqui?

Fiz que não com a cabeça.

— Esse tipo de lugar me deixa um pouco estranha... não muito confortável.

Harry levantou as sobrancelhas.

— Então, já que é muito *desconfortável* para você, Sinead, eu devo entrar sozinho?

Não respondi, sentindo-me envergonhada e sabendo que mereci a pergunta sarcástica. Endireitei os ombros e estendi a mão para Harry. Passamos pelas portas duplas juntos. Elas davam em um salão com duas mesas compridas de refeitório dispostas lado a lado e um balcão onde se serviam as refeições. As paredes estavam repletas de cartazes com conselhos sobre tudo, desde alojamento e bem-estar à reabilitação de viciados em drogas e alcoólatras. Todos os assentos estavam ocupados. Havia um cheiro de merenda escolar misturado com suor e roupa suja. Havia pouca ventilação, e senti uma náusea logo em seguida.

Dirigi-me a primeira pessoa que estava usando um crachá de identificação. Era uma jovem de cabelo castanho curto, vestida de forma informal com um *jeans* desbotado e camisa xadrez.

— Eu estou procurando meu irmão... faz mais de duas semanas que ele não entra em contato com a família. — Peguei o celular e mostrei-lhe uma fotografia de Patrick.

Ela não pareceu nem um pouco surpresa, e comecei a imaginar o número de parentes que apareciam ali à procura de um familiar que tinha sumido do mapa. Isso me deixou aturdida e ainda mais ansiosa.

— Há quanto tempo ele procura nossos serviços? — perguntou.

Achei que deveria falar baixo.

— Ele não é... quero dizer... ele não vem aqui com tanta frequência assim.

— Ele me parece familiar — disse ela de forma reservada —, mas é tanta gente que entra e sai daqui. Seria melhor você conversar com quem vem sempre aqui.

— Conversar com...

Ela deve ter percebido minha relutância. Seus olhos claros fitaram-me enquanto eu me encolhia de forma visível. Examinei o chão e, quando tive coragem de levantar os olhos, a moça tinha ido embora.

Harry tinha ouvido cada palavra e parecia desconcertado.

—Achei que você já tivesse ajudado em um hospital!

Dei um gemido.

— Eu já, mas só na ala médica. Eu não sou assistente social.

—Vou ajudar — ofereceu-se ele.

Passei a língua nos lábios secos e dei um passo à frente, atraindo a atenção de uma mulher que estava olhando para o vazio. Seu rosto era chupado e os olhos estavam fundos. Os braços eram marcados por veias secas e as pernas nuas estavam inflamadas de feridas cheias de pus. Alguma coisa nela fez-me parar de repente, e levei alguns segundos para perceber o motivo: era uma visão do inferno na terra. Eu não conseguiria fazer isso.

— Não estou me sentindo bem — murmurei.

Saí cambaleando em direção ao sol escaldante e me agarrei ao poste do portão. Eu sabia que não estava sendo justa. Essas pessoas não eram Patrick, e eu não fazia ideia dos motivos que levaram as vidas delas a acabarem dessa maneira, mas não conseguia esquecer a raiva que sentia de meu irmão e o que ele tinha feito à nossa família. Harry não disse uma palavra, e seu silêncio doía mais que a crítica anterior.

Estremeci.

— Desculpe, não sou muito boa nesse lance de empatia... Usei toda a que tinha com Patrick.

— Eles não precisam de sua empatia, Sinead; você só precisa tratá-los como seres humanos.

— Só que... isso acaba comigo — tentei explicar.

— Todo mundo evita a maioria deles... mas nunca esperei isso de você.

Dei uma olhada para as pessoas que andavam pelo pátio, desfrutando da luz do sol, e tive vontade de estar em qualquer outro lugar, menos ali.

— Quando olho para elas, eu só consigo pensar em Patrick e em todas as vezes que ele disse que as coisas seriam diferentes, em todas as promessas que ele quebrou e em como magoou a todos... eu o vejo daqui a dez ou vinte anos, e isso é assustador.

— Vamos lá para dentro de novo — disse Harry, com a voz um pouco mais suave. Ele me puxou pela camiseta e conseguiu me arrastar para dentro do prédio sem mais protestos.

Harry aproximou-se de outra funcionária, tirando o celular de minha mão e mostrando-lhe a fotografia de Patrick.

Ela nem precisou pensar.

— Eu sei quem é. Deixe-me ver nossos registros, mas... você tem que entender que as pessoas nem sempre dão o nome verdadeiro.

Ela nos levou a um pequeno escritório. Dei-lhe o nome completo de Patrick, disse que ele era meu irmão e fiquei observando enquanto ela folheava um tipo de livro de registros.

NÃO OLHE PARA TRÁS

— Aqui está... Patrick Mullen. Ele saiu daqui há dezoito dias.

Sorri, agradecida.

— Eu gostaria de saber... Você notou alguma coisa... *estranha* nele?

A expressão dela ficou pesarosa.

— Nós lidamos com pessoas quando elas estão em uma fase muito ruim; muitas vezes, são pessoas que não têm a que recorrer. Todo mundo aqui age de uma forma um pouco estranha.

— Por acaso você se lembra de onde ele dormia? — perguntei, certa de que Patrick devia ter deixado alguma coisa para mim.

Ela olhou novamente para o livro.

— O quarto onde ele ficava está ocupado no momento. E todos os quartos são limpos antes de chegar o próximo paciente.

— Mesmo assim, poderíamos dar uma olhada rápida? — insisti. — Meu irmão está desaparecido e estamos procurando qualquer coisa que possa nos ajudar a encontrá-lo.

Depois de um momento de hesitação, a mulher concordou com a cabeça. Nós a seguimos por um corredor ensolarado com cheiro de antisséptico que me fazia lembrar um hospital. Ela abriu uma das muitas portas e nos fez entrar em um quarto espartano que tinha apenas uma janela bem pequena. Ficou à porta nos observando enquanto dávamos uma olhada. O atual ocupante tinha pouquíssimas coisas para tirarmos do lugar. Meus olhos imediatamente examinaram as paredes à procura de alguma coisa escrita, e dei uma espiada debaixo da armação da cama de ferro. Fucei a lata de lixo, já sabendo que devia ter sido esvaziada. Harry examinou a cômoda, que era o único móvel no quarto além da cama, e deu um não de cabeça.

A mulher entrou e parou em frente à janela, olhando para o céu.

— Seu irmão era muito observador. Se esticar o pescoço, dá para ver uma fila de estorninhos pousados no telhado do vizinho. "Como soldados em um desfile", dizia ele. Eu nunca tinha reparado neles, mas, agora, gosto de observá-los.

— Patrick gosta de pássaros — comentei sem interesse.

Fiz uma careta para Harry. Não havia nada ali, e eu já tinha reparado que não havia buraco de fechadura na porta. Eu estava para sair quando algo me fez voltar. Era impensável que Patrick me fizesse vir até ali e me mandasse embora de mãos vazias. Devia haver alguma coisa que estava passando batido. Enfiei a mão nas fronhas e tirei as roupas de cama. Então, apalpei todo o colchão sem lençol e, perto dos pés da cama, ouvi o barulhinho de papel. Meu sangue gelou. Coloquei a mão por baixo, fiquei passando-a por ali e tirei um jornal enrolado. Conferi a data. Dezoito dias atrás. Desenrolei-o com cuidado. O jornal estava dobrado na seção de empregos e havia um anúncio com um círculo em volta: OPORTUNIDADE PARA MUDAR DE VIDA NA CASA BENEDICT. Harry observava-me atentamente, mas eu não me mexi. Minha pele estava formigando. Naquele momento, Patrick parecia estar tão perto, como quando brincávamos na infância e ele se escondia do outro lado da esquina, esperando que eu o encontrasse. Era uma sensação muito estranha. Restabeleci-me e mostrei o jornal para Harry.

— O anúncio chama a atenção, não? — observou, franzindo as sobrancelhas.

Olhei para o teto procurando pensar.

— Eu nem sei o que é ou onde fica essa Casa Benedict. Não há telefone para contato nem a descrição do trabalho.

— É uma casa particular — abriu a boca a mulher —, talvez a mais antiga da região. Estou admirada de vocês não terem ouvido falar dela.

— Não somos tão interessados assim por ruínas — observei.

Harry deu-me um de seus olhares.

— O que você pode nos dizer sobre ela? — perguntou ele de forma educada.

Ela abanou a cabeça.

— Muito pouco. Acho que era uma casa senhorial, mas parece que está abandonada agora.

Franzi a testa.

— Se eles estão colocando anúncios no jornal, é claro que não está.

Coloquei o jornal debaixo do braço e agradeci-lhe pela ajuda. Harry e eu voltamos para o apartamento com os raios de sol da tarde queimando o pescoço.

— Fizemos um grande avanço — observei. — Agora sabemos onde Patrick está trabalhando... é só irmos lá atrás dele.

— Você não vai aparecer do nada nesta... casa senhorial, vai?

— Por que não? Vai ver Patrick perdeu os sentidos em algum lugar e precisa se recuperar. Talvez os patrões dele não saibam que ele tem uma família que está preocupada.

Harry não conseguiu disfarçar bem um suspiro.

— Tomara que esse seja o fim da linha, Sinead.

Enquanto andávamos, ele pesquisou a Casa Benedict no Google pelo celular.

— Não tem muita coisa sobre ela na Internet. Ela data do século 11, e a família Benedict é mencionada no *Domesday*.* Há um pouco sobre a arquitetura aqui. É uma mistura de estilos diferentes e anexos posteriores: da época dos Tudor, elisabetano, jacobita...

---

*Trata-se do livro cadastral das terras da Inglaterra que Guilherme, o Conquistador, mandou fazer (1085-1086). O levantamento era similar ao censo realizado pelos governos de hoje.

Chequei as mensagens de meu celular. Havia uma de minha mãe insistindo para que eu fosse para casa a fim de colocá-la a par da situação. Suspirei.

— É hora de encarar a fera.

CAPÍTULO

DEZ

Harry ofereceu-me uma carona para casa que, com relutância, aceitei. Sentei-me no banco da frente de seu carro, abatida pela expectativa de ver minha mãe novamente. Harry tentou me animar, mas eu não estava a fim de conversa. De vez em quando, ele dava uma olhadinha para mim.

— Por que você não para de esfregar o pescoço? — perguntou.

Eu não tinha percebido que estava fazendo isso, mas, assim que ele chamou minha atenção, eu soube por quê.

— Tive um pesadelo de novo, aquele em que fico sufocada e tenho a sensação de que vou morrer. Foi tão real, o pior que já tive.

É por causa de todo esse estresse com Patrick — disse ele. — Vai adiantar alguma coisa pedir de novo para você parar com isso?

Minha resposta foi afundar-me mais no banco. Harry parou de me chatear. Ele já tinha deixado muito claro o que sentia por mim, e eu também; minha busca só acabaria quando eu encontrasse meu irmão. Quando chegamos à minha casa, dei um suspiro e abri rapidamente a porta do lado do passageiro. Subi a entrada de casa tentando evitar as rachaduras na lajota, como sempre fazia. *Se eu não pisar na rachadura, Patrick ficará feliz e, quem sabe, mamãe e papai parem de discutir. Talvez a mamãe aprenda a me amar.* Antes de ter tempo para colocar a chave no buraco da fechadura, a porta da frente se abriu. Era minha mãe, cheia de expectativa, com os olhos fixos em mim.

Levantei as mãos como se fosse me desviar de um golpe.

— Fiz uns avanços, mas talvez leve mais um pouquinho de tempo.

Minha mãe continuou em silêncio quando entrei, o que sempre era pior do que ouvi-la gritar comigo. Fui para a sala e sentei-me em uma poltrona, inalando o perfume de limão do lustra-móveis. A sala estava impecável, como sempre; nem parecia que morava gente ali e os móveis estavam brilhando como vidro. Coloquei as mãos no colo, com a sensação de ter cinco anos outra vez e estar encrencada por causa de alguma coisa. Minha mãe continuou em pé, esperando que eu falasse.

— Sei como você está preocupada com Patrick e... eu só queria contar as coisas para você quando tivesse certeza, mas... acho que ele está fazendo nosso jogo, mãe, aquele em que sigo os passos dele.

Seu rosto iluminou-se no mesmo instante.

— Eu me lembro de como vocês gostavam desse jogo. Patrick sempre foi inteligente assim. E falta pouco para você encontrar seu irmão?

Fiquei pasma por um instante. Minha mãe estava reagindo como se tudo isso fosse totalmente normal. Examinei seu rosto, mas parecia que ela só estava interessada em minha resposta.

— Bom... Harry está me ajudando, e ficamos sabendo por uma das vizinhas de Patrick que ele está trabalhando, mas ela não sabia onde. Achamos que ele talvez tenha sido levado para um lugar chamado Casa Benedict.

— Casa Benedict? — repetiu ela.

— Você conhece?

Ela apertou os lábios e, lentamente, fez que sim com a cabeça.

— Os Benedict faziam parte de uma das famílias católicas mais antigas da Grã-Bretanha.

—Verdade?

— Eu não sei ao certo se eles ainda vivem lá. Ouvi dizer que a família se separou ou até acabou. Eles tinham um acordo com a Igreja para tomar conta da propriedade.

— O que será que Patrick está fazendo lá?

— Eu realmente não sei. A casa está cheia de mato e caindo aos pedaços... como algo que o tempo esqueceu.

Fiz uma careta depois de usar esse clichê horroroso, imaginando se ela estava tentando me irritar, mas ela parecia estranhamente distraída. Fiquei pensando como poderíamos ser tão diferentes. Eu era alta e magra e tinha o cabelo escuro e a pele morena; ela era muito mais baixa e bem forte e tinha o cabelo tão liso e solto que parecia estar arrepiado quando ela estava zangada. Ela sempre parecia zangada quando eu estava por perto, e, hoje, não era exceção. Eu já devia estar acostumada com isso, mas ainda machucava.

Ela enrugou os lábios.

—Vá até lá e traga Patrick para casa, Sinead.

Não se tratava de um pedido, mas sim de uma ordem. Lembrando-me de minhas últimas conversas com Harry, senti-me na obrigação de colocar as coisas em seu devido lugar. Mas não era fácil. Eu nunca tinha enfrentado minha mãe por causa de Patrick, e meu coração batia forte. Limpei a garganta e consegui aguentar seus olhos fixos em mim sem hesitar, mas meus olhos se arregalaram de modo apreensivo.

— Esta é a última vez que eu... vou fazer isso, mãe. Eu acho que Patrick precisa andar mais com as próprias pernas e eu preciso... meio que... ter minha própria vida.

— Ter sua própria vida? — repetiu ela com desdém. — A vida tem a ver com cuidar da família. Se a situação estivesse invertida, Patrick não abandonaria você.

Mas a situação não está invertida e Patrick está acabando com a minha vida.

— Eu não o estou *abandonando* — disse —, só estou tentando fazer com que ele seja mais responsável pelos próprios atos.

Minha mãe passou a usar um tom dócil, com a voz fingidamente melosa.

— Você e Patrick eram tão próximos quando eram crianças. Todo mundo comentava isso. Ele amava tanto você, Sinead, e ainda ama. Eu sei que ele tem os... *problemas* dele, mas lembre-se de como eram as coisas antes. Lembre-se de sua infância feliz.

Tentei lembrar-me dessa infância feliz. Quando Patrick estava de bom humor, tudo parecia ensolarado e claro, cheio das cores dançantes do arco-íris, mas, toda vez que batia um mau humor nele, o mundo ficava negro no mesmo instante. Ver seus traços se desfigurarem e ficarem sinistros sempre me deixava com vontade de me enfiar debaixo de uma pedra e ficar escondida ali.

Minha mãe fungou.

— O que foi que fez você mudar assim?

— Não estou me sentindo bem — respondi. — Acho que minha asma voltou.

Não sei o que me fez dizer isso, porque eu raramente conseguia ser solidária comigo mesma. Minha mãe revirou os olhos de modo estrepitoso.

— É coisa da sua cabeça, Sinead. — E murmurou entre os dentes: — Vai ver que sempre foi.

Olhei para ela, indignada. Ela sabia como meus problemas respiratórios tinham me afetado profundamente, mas, agora, estava fazendo de conta que era tudo coisa de minha cabeça? *Qual era o problema?* Eu ainda tinha receio de enfrentá-la, mas Harry fez com que eu me sentisse mais forte e mais determinada a assumir o controle. Respirei fundo.

— Como assim "vai ver que sempre foi", mãe?

Vi uma sombra de medo passar por seu rosto.

— Nada. Falei só por falar.

Eu não podia deixar isso passar. Algo não estava certo, mas era como se eu estivesse pisando em areia movediça. Endireitei-me.

— Se minha asma era tão banal, então, por que eu sempre acordava com falta de ar? Eu ainda tenho pesadelos com isso.

Ela pressionou a testa com a mão.

— Você está fazendo agora o mesmo drama que fazia quando era pequena, uma tempestade em copo d'água.

— Não era para mim, mãe. Eu lembro que tudo ia escurecendo aos poucos... eu ia engasgando enquanto lutava para respirar... eu sabia o que estava acontecendo; eu sabia que estava morrendo.

— Que bobagem! — exclamou, ríspida. — Você era pequena demais para saber lá o que era.

— O papai me levava a sério — falei calmamente.

Os olhos de minha mãe piscaram violentamente, e ela balançou um pouco como se fosse desmaiar. Ela normalmente usava esta estratégia quando as coisas não saíam como ela queria, pondo a culpa nos nervos, no calor ou em uma dor de cabeça súbita. Surpresa por ter conseguido, pelo menos uma vez, manipulá-la a meu favor, levantei-me para conduzi-la até uma cadeira, fingindo estar preocupada. Até fui à cozinha para pegar uma aspirina e um copo de água para ela.

Pálida, ela olhou para mim.

— Você me deixou tão mal, Sinead, vindo para casa e desenterrando coisas do passado.

Não me dei ao trabalho de ressaltar que tinha sido ela a me mandar vir para casa. Eu ainda não estava a fim de encerrar o assunto.

— E meus ataques de asma? — lembrei.

Ela estremeceu um pouco e deu um gole na água de um modo desconfiado, como se estivesse envenenada.

— Eu não me lembro direito... você era uma criança tão turrona. Você conseguia prender a respiração até ficar roxa.

Isso era novidade para mim. Encarei-a com raiva e com uma linha profunda marcando minha testa.

— Mas não podia ser de propósito, e eu não conseguia prender a respiração. Eu sempre estava dormindo quando isso acontecia.

Ela esfregou as têmporas com os polegares e fez uma expressão de dor.

— Seja lá o que você pense que *pode* ter acontecido, lembre que, na infância, nada é real. Toda sombra e som em seu quarto se torna um monstro tentando fazer mal a você.

Minha voz ficou mais fina.

— Eu não estou *pensando* nada. Eu não me lembro. Eu quero que você me conte; você deve saber.

— Eu é que sei o que é ser mãe — respondeu ela com mágoa. — Eu é que sei o que é fazer escolhas difíceis e ter de confiar nos instintos para proteger o próprio filho. Você será mãe um dia, Sinead, e então poderá entender.

Eu nunca serei mãe. Não consigo nem me imaginar direito uma adulta, por mais que tente. Não consigo imaginar nenhum futuro para mim; nunca pude.

A campainha tocou e uma expressão de alívio surgiu no rosto de minha mãe. Fui atender. Fiquei tão surpresa quando vi Sara que meu queixo caiu e não consegui dizer uma palavra.

— Não vai me chamar para entrar? — perguntou ela.

Levei Sara para a cozinha e fiz sinal para ela se sentar à mesa. Pus a chaleira no fogo e resmunguei comigo mesma, já sentindo o clima. Eu não era muito boa nesse negócio de reprimir a tensão/ pisar em ovos que as outras meninas pareciam fazer tão bem. Os meninos já vinham e diziam logo por que estavam furiosos com você. Coloquei uma xícara de café na mesa da cozinha, lembrando de usar um porta-copo e de enxugar as gotas da colher para minha mãe não cuspir fogo. Notei que Sara estava bem vestida. Ela usava um vestido florido justo que favorecia suas curvas e sandálias com salto de cortiça. Estava maquiada também, com os olhos cinzentos esfumaçados e lábios brilhantes.

— Você está ótima. Adoro esse vestido — comentei, esperando que os elogios escondessem o fato de que nossa amizade parecia ter diminuído. — Você vai sair hoje à noite?

— Vou me encontrar com algumas das meninas da escola; pensei que você poderia vir com a gente.

Franzi o nariz com desapontamento.

— Agora não é um bom momento. Tem um lance acontecendo aqui em casa... mamãe está chateada...

Esperei que Sara perguntasse o motivo, mas ela não perguntou. Ela olhou para mim com atenção.

— Faz semanas que ninguém vê você, Sinead. É como se você tivesse se afastado de todo mundo.

Sorri sem mostrar os dentes.

— Eu ando ocupada, você me conhece; tanta coisa para fazer e as horas do dia nunca dão.

— Então, você não está evitando a gente? Algumas meninas acham que você está muito... distante.

Seu tom foi nitidamente ríspido e senti meu rosto quente.

— Não estou distante. Tem muita coisa acontecendo no momento, e não dá para escapar agora. — Seu olhar cético colocou-me na defensiva. — Além disso, não significa que nunca mais vou ver ninguém. A maior parte da turma vai continuar na escola.

Sara colocou a xícara na mesa com cuidado.

— Nem todo mundo.

Uma vez que a cozinha estava abafada, peguei uma das peças do jogo americano e comecei a me abanar.

— Por quê? Quem vai embora?

Ela olhou para mim de um modo tão estranho que me encolhi por dentro. Ela parecia zangada, decepcionada e triste, tudo ao mesmo tempo.

— Eu, Sinead... Não vou voltar para a escola.

— Não seja ridícula — respondi, agora confusa.

— Vou para a faculdade fazer um curso profissionalizante de assistência social.

— Mas... por que você não me disse?

Sara começou a contar com os dedos de uma maneira bem sarcástica.

— Bom, mandei seis mensagens para você e liguei cinco vezes, mas você sempre estava ocupada, sempre estava correndo desesperada para algum lugar.

— Se ao menos você tivesse explicado por que...

— Eu queria contar pessoalmente.

Senti algo preso na garganta; Sara estava tão brava comigo, e a escola não seria a mesma sem ela. E, agora, eu tinha de enfrentar minha suspeita de que este era realmente o fim de nossa amizade.

— Fico muito feliz por você — murmurei. — Eu só não esperava que isso fosse acontecer.

Sara ficou fazendo que não com cabeça de um modo que implicava que eu era um caso perdido.

— Você nunca vê o que está debaixo de seu nariz, Sinead; você vive ocupada demais passando por cima de tudo o que aparece pelo caminho, pisando em todo mundo para poder poupar tempo... e nem sabe por quê.

Tentei não dar muita importância a isso, mas foi difícil porque ela pareceu tão categórica.

— É sério que você me acha tão má assim?

Ela respondeu com uma voz perigosamente baixa.

— E o modo como você trata o Harry?

Um sentimento de culpa começou a surgir dentro de mim, mas preferi ignorá-lo.

— O que tem o Harry?

Sara começou a revirar sua bolsa.

—Todo mundo sabe o que ele sente por você... e o que você faz para iludi-lo.

— Ele já é bem crescidinho, Sara, para tomar as próprias decisões. Enfim... ele é um bom amigo e eu gosto de verdade dele.

— Não do modo como ele gosta de você — respondeu ela, enfática. — Você deveria deixá-lo livre, Sinead, para que ele possa encontrar alguém que...

Ela parou de repente, e arregalei os olhos quando a ficha caiu. Finalmente, entendi a tensão que sempre havia quando Sara estava perto de mim e de Harry. Ela se sentia mal com meu relacionamento com ele porque o queria, mas por que tinha esperado até agora para me dizer? Até estar pronta para romper nossa amizade?

— Então, é disso que se trata, Sara? Você gosta do Harry?

Seu rosto iluminou-se por um instante, mas ela logo baixou a cabeça.

— Eu só não gosto de vê-lo sendo usado...

Um sentimento de culpa surgiu dentro de mim.

— Eu nunca dei esperanças para ele... e... lamento que você esteja com ciúmes.

— Eu não estou com ciúmes — respondeu ela, tirando da bolsa o estojo de maquiagem e passando habilmente mais brilho nos lábios. — Na verdade, eu sinto... pena de você. Você vai acabar isolada e sozinha mesmo.

Eu não queria que ela visse o quanto estava me afetando.

— Desculpa por ter decepcionado você — falei com sarcasmo. — Desculpa por não ser uma amiga melhor, desculpa por ter a sensibilidade de um androide, mas ando ocupada com Patrick... Ele não é a pessoa mais fácil do mundo... e agora ele está...

— Lá vem você de novo. — Sara levantou-se, colocando a bolsa no ombro de um modo que mostrava que ela queria encerrar a conversa e estava determinada a ter a palavra final. — Patrick é sempre sua desculpa.

— Desculpa para quê? — perguntei, irritada.

— Desculpa para não viver. — Ela me deu um último olhar devastador antes de sair de minha casa e me deixar a encarar a parede.

CAPÍTULO
ONZE

Harry veio me buscar pouco antes do meio-dia para me levar à Casa Benedict. Enquanto ele dirigia, examinei seu perfil, com as palavras de Sara ainda na cabeça. O estranho era que ele parecia especialmente atraente nesse dia e tive medo de que isso fosse porque soube que Sara estava a fim dele. O correto seria dizer-lhe de uma vez por todas que não perdesse tempo esperando uma história de amor entre nós, mas algo me impediu de ser honesta. Há pouco mais de oito quilômetros de distância da cidade, havia campos forrados de trigo da altura de uma criança, espantalhos vistosos e casas liliputianas com portas que mal chegavam ao meu queixo. Vi até uma placa que indicava uma forja antiga e um museu de máquinas agrícolas, o que não devia ser a atração mais interessante do mundo.

— O que você sabe sobre casas senhoriais? — perguntei a Harry.

— Mmmmm... não muito. Apenas que o proprietário rico ou o nobre rural vivia na casa grande e os camponeses, nas cabanas.

— E ele era dono deles... de corpo e alma.

— Acho que sim. No caso do senhor da casa grande, ele era dono do vilarejo inteiro.

— Você não acha estranho que esses lugares tenham sobrevivido?

Ele deu de ombros.

— Mas você disse que eles são da Igreja agora, não são?

— Pelo que minha mãe disse... — Mordi os lábios. — Não vejo nenhum sinal dela.

— Será que existe mesmo? — perguntou Harry com uma voz sinistra.

— Está por aqui, em algum lugar — respondi. — O vilarejo só tem uma estrada. Não dá para esconder uma ruína gigante caindo aos pedaços.

Harry exprimiu um som inesperado, fez uma curva em U e parou abruptamente o carro.

— Dá, sim — disse ele, olhando para frente, espantado. — Dá para escondê-la atrás daquilo ali.

Os portões de madeira tinham, pelo menos, três metros de altura. Estavam fechados por uma corrente grossa que passava por puxadores circulares de metal e estava presa a um cadeado impressionante. Em cada um dos lados, havia um muro de pedras irregulares que se estendia até onde a vista podia alcançar. O muro provavelmente cercava toda a propriedade. Cobriam o perímetro árvores e folhagens de todas as espécies com os galhos suspensos sobre a calçada, fazendo o muro abaular em algumas partes.

— Nossa! — disse ele baixinho. — E o que são aquelas coisas esquisitas de pedra no alto dos postes do portão? Parecem cabeças de águia com o corpo de leão.

— São grifos — murmurei. — Criaturas míticas conhecidas por guardarem tesouros inestimáveis ou... por protegerem do mal.

— Fascinante — disse Harry, lançando um olhar de lado em minha direção. — Não há campainha nem interfone. O que vamos fazer?

Saí do carro amedrontada com a entrada assustadora. Impaciente, puxei a corrente, e minha mão ficou manchada de uma ferragem

NÃO OLHE PARA TRÁS

amarela e espessa no mesmo instante. Olhei para Harry dentro do carro, que encolheu os ombros e fez uma cara como se dissesse *não me pergunte*. Com cuidado, puxei um dos portões em minha direção e consegui ver de relance a propriedade. Logo após a entrada, havia uma pequena portaria com telhas de barro semicirculares, que me fizeram lembrar a casa feita de doces de João e Maria. A corrente era comprida e havia uma abertura larga o suficiente para eu passar. Harry desceu o vidro da janela do carro e eu voltei para o carro.

— Eu vou entrar — comentei.

— Você não pode ficar perambulando lá dentro, Sinead.

— Não tem perigo — acrescentei, bem animada.

Harry abanou a cabeça de modo enfático.

— Vou achar um lugar para estacionar e vou com você.

— Não tem perigo, de verdade. Só vou perguntar sobre Patrick. Não vou demorar.

Harry pensou no assunto por alguns segundos, ainda indeciso. Tirou o celular do bolso e o colocou sobre o painel do carro.

— Fique com o celular ligado. Ligue pra mim, se precisar.

Passei as pernas e os pés pela abertura e, depois, os ombros e a cabeça, satisfeita, pelo menos dessa vez, por ser tão magra. Fiquei tensa, esperando que alarmes disparassem ou que um porteiro enfurecido aparecesse, mas o lugar estava tão silencioso que nem parecia ser deste mundo. *A casa que o tempo esqueceu*. Eu mostrava ter mais confiança do que a que sentia. No momento em que meus pés começaram a avançar no caminho, senti um calafrio e esfreguei os braços quando ficaram arrepiados. Não tive coragem de olhar para os lados para não perder a coragem, por isso me concentrei em colocar um pé à frente do outro e estar atenta para o som de cães de guarda.

O caminho era sombreado por árvores excessivamente grandes, mas os raios de sol passavam por elas de forma intermitente, fazendo-me piscar como se alguém estivesse colocando um farolete em minha cara. Dei um pulo quando percebi algo com o canto dos olhos. Um rosto olhava para mim, pálido e etéreo, mas era apenas a estátua de uma mulher com túnicas antigas. Ela estava esculpida em uma pose de angústia, com uma das mãos na testa e a outra estendida para alguém em um gesto de súplica. Ri de mim mesma por ter ficado com medo de um pedaço de pedra.

O caminho fez algumas voltas e atravessei um pontilhão, mas ainda não havia sinal de vida. Eu mal conseguia distinguir uma rosa de uma erva daninha seca, mas havia flores por toda parte e uma fragrância inebriante e almiscarada, tão forte que quase fiquei sufocada. Mas, então, o ar pareceu ficar mais úmido e foi impossível evitar nuvens de mosquitinhos pairando no ar. Estremeci quando eles bateram em meu rosto e ficaram presos em meu cabelo.

Enquanto andava, não pude deixar de pensar no que diria a Patrick se o encontrasse ali. O fato de que ele ainda estava fazendo seu jogo deixou-me tão furiosa que quase perdi a vontade de encontrá-lo. Eu também estava preocupada com o que iria perguntar aos seus patrões. Eu não queria criar problemas para ele, mas ele tinha de perceber o quanto tinha assustado à mamãe e a mim. Continuei a andar com dificuldade e com a sensação de que já tinha percorrido quase um quilômetro. Quando dobrei uma curva cega, a Casa Benedict se materializou, ainda à distância, mas visível em todo o seu esplendor. Perdi o fôlego.

A casa era perfeitamente proporcional e simétrica, com os tijolos vermelhos antigos aquecidos pelo sol. Havia, pelo menos, doze chaminés voltadas para o céu, tão aprumadas como flechas. Apertei o passo. De perto, a casa era ainda mais impressionante, com a entrada projetada como uma torre de menagem e as janelas altas e elegantes com vidraças com filetes de chumbo. Duas delas tinham uma pequena sacada. Eu estava tão entretida observando a fachada que não percebi a figura curvada de manto preto que parecia ter surgido do nada. Levei rapidamente a mão à boca e perdi o equilíbrio, tropeçando para trás. Como se o hábito preto e a enorme touca de freira não fossem assustadores o bastante, examinar seu rosto era como fitar uma caveira. Eu nunca tinha visto uma pessoa tão cadavérica; as órbitas de seus olhos eram pouco mais que buracos escuros e a pele, enrugada. O tecido grosso e escuro de seu hábito chegava ao chão, o que dava à mulher uma impressão estranha de falta de peso.

— Desculpa por incomodar — deixei escapar. — Eu estou procurando meu irmão Patrick. Eu acho que ele está trabalhando na Casa Benedict.

Ela parecia relutante em falar e ficou olhando para mim com aqueles olhos escuros estranhos que pareciam opacos no meio. Eu estava levando a mão ao bolso para mostrar-lhe a fotografia de Patrick quando algo no chão chamou minha atenção. Curvei-me e apanhei uma medalha de prata de São Cristóvão, passando o polegar pela imagem gravada. Era de Patrick, eu tinha certeza. Minha mãe deu-lhe a medalha para protegê-lo em todas as viagens, e ele sempre a usava. Minha espinha formigou. Eu não esperava encontrá-lo tão cedo.

— Meu irmão Patrick? — repeti. — Ele respondeu ao anúncio de emprego de vocês.

Ela talvez tenha franzido a testa, embora fosse difícil dizer por causa do desenho formado pelas rugas profundas.

— Eu não sei do que você está falando — respondeu ela, rígida. — Nunca colocamos anúncios.

Mentirosa, pensei.

— Mas, vocês estão com uma equipe nova, não estão?

— Não temos empregados novos aqui. Você deveria ir embora. Vá pelo caminho que a trouxe até aqui... o terreno não é seguro para estranhos.

Fiquei olhando para ela com certa rebeldia, furiosa por ser dispensada dessa forma. Decidi ignorá-la. Comecei a andar em direção à casa, mas sua voz me fez parar.

— Como você entrou aqui sem ser convidada?

O que ela queria dizer com "convidada"?

— O portão estava... meio aberto — menti e, depois, menti mais um pouco. — Eu... mmmmm... bati à portaria, mas ninguém respondeu.

— Você não devia ter vindo, deve ser um engano...

De repente, ela parou e levou a mão ao coração, com a respiração assustadoramente fraca. Eu queria saber o que poderia tê-la afetado tanto. Ela se aproximou, e eu tive de me conter para não me encolher de medo. Uma de suas mãos ossudas tocou-me, mas foi um modo estranho de afagar, como se ela estivesse verificando se eu era, de fato, de carne e osso. Murmurou algo para si mesma, à que me esforcei para ouvir.

— Se a casa escolheu você para ficar, então a responsabilidade já não é mais minha. Mas, por que agora, depois de tanto tempo?

Meu estômago revirou, e fiquei imaginando se Patrick tinha tido a mesma recepção. Em que ele estava metido desta vez? Esse lugar era tão afastado que qualquer coisa poderia acontecer ali. Decidi enfrentá-la novamente, cuidando para que minha voz parecesse confiante.

— Eu sei que meu irmão veio pra cá. Esta é a medalha de São Cristóvão dele. Ele disse aos vizinhos que tinha começado a trabalhar fazia pouco tempo e eu tenho certeza de que ele respondeu ao anúncio de vocês no jornal da cidade.

— Só isso? — perguntou ela.

Não aguentei. Pus as mãos no quadril, desejando um pouco que Harry estivesse ali para me conter.

— Não, não é só isso. Ele me deixou... mensagens, algumas em latim, mas tudo me trouxe aqui. Não há engano algum. Era aqui que Patrick queria que eu viesse.

Ela entrelaçou os dedos mirrados.

— Então, eu acredito em você. As respostas que você está procurando devem estar aqui.

"As respostas que você está procurando devem estar aqui." Por que ela usou enigmas?, perguntei para mim mesma com os olhos meio fechados.

— Então, cadê meu irmão?

— Só você pode encontrá-lo — respondeu ela —, se esse for seu verdadeiro desejo.

— É claro que eu quero encontrá-lo, mas cadê ele?

— Podemos aceitá-la por um período de experiência de catorze dias.

Olhei para ela, horrorizada.

— Você acha que vou trabalhar aqui?

— Por catorze dias — repetiu ela — e, então, você terá suas respostas.

Deixei escapar um som de incredulidade.

— Você acha mesmo que eu concordaria com uma coisa dessas? Me dê um bom motivo para isso.

— Posso ver o desejo em seus olhos — respondeu. — Você não pode deixar essa oportunidade passar. Você fará exatamente o que eu pedir... Nós duas sabemos disso.

Isso era tão bizarro que fiquei sem palavras, e com um monte de coisas malucas passando pela cabeça. Eu poderia telefonar para minha mãe e pedir-lhe que chamasse a polícia, mas seria minha palavra contra a de uma freira, embora fosse uma freira de dar arrepios. Abri a boca para protestar novamente, mas a fechei, percebendo que estava encurralada. Quais as outras opções que eu tinha? Se eu não aceitasse isso, não teria outra maneira de seguir Patrick. A irmã tinha razão; eu desejava encontrá-lo e não podia perder essa oportunidade. Mas ela não levaria a melhor. Eu concordaria em trabalhar ali, mas só para poder pôr os pés naquela porta e procurar Patrick. Na verdade, eu não me mataria de trabalhar para tirar a sujeira incrustada daquela casa nem, muito menos, por catorze dias.

Embora estivesse fervendo de raiva por dentro, tentei não demonstrar qualquer emoção.

— Tudo bem... aceito suas condições.

Esperei que ela continuasse, mas ela não esclareceu mais nada.

— O que vou fazer aqui?

— Você vai trabalhar para o bem da casa.

— E quando...

— Amanhã, às 10h — interrompeu antes que eu pudesse terminar. — Você pode me chamar de irmã Catherine.

— Eu me chamo Sinead.

Ela me examinou por um momento.

— Lembre-se de que você veio por livre e espontânea vontade, Sinead.

E, então, ela foi embora. Arrepiei-me involuntariamente. A irmã Catherine, minha xará, era uma freira macabra que parecia que estava morta havia séculos. Havia um ar de irrealidade nisso tudo que parecia um pesadelo, mas como eu poderia desistir de minha busca por Patrick quando estava tão perto? A irmã Catherine tinha me prometido respostas, e as freiras não mentiam, mentiam? Torci o nariz com o *piercing* na ponta, pensando em como aquela situação era terrível e praguejando meu irmão.

Levei um minuto para olhar ao redor. Parecia não haver ninguém mais nas imediações, nem qualquer veículo. Eu estava ciente de quanto tempo tinha levado para chegar à casa e do quanto Harry deveria estar preocupado. Tentei enviar uma mensagem para ele, mas não havia sinal. A caminhada de volta parecia ainda mais difícil, e, quando cheguei à primeira curva, o caminho se dividiu. Havia a escolha de seguir pelo caminho tortuoso e sinuoso da ida ou uma trilha que parecia mais direta. A trilha devia ser bem movimentada, uma vez que não estava tomada pelo mato.

O caminho tinha uma largura normal, a princípio, mas, em questão de minutos, estreitou-se consideravelmente, e tive de fechar os braços e me encolher. As plantas e os arbustos estavam tão altos que eu não conseguia ver nada à frente e enroscava os pés nas folhagens. Bati o pé em uma pedra e praguejei de dor, depois apanhei um galho e comecei a afastar a folhagem que arranhava meu rosto. Tirei o cabelo da testa pegajosa e tive de descolar a camiseta do corpo. Era como atravessar uma selva abafada. Não fazia sentido: o outro caminho estava frio e úmido, mas esse parecia quase tropical. Meus olhos começaram a lacrimejar. Água. Devia haver algum tipo especial de lago, um que eu nunca tinha visto antes, pois notei um vapor subindo e um som gorgolejante como o de água descendo por um ralo.

Fui muito teimosa ao desobedecer à irmã Catherine quando me instruiu a ir embora pelo caminho por onde eu tinha vindo, mas era hora de reconhecer meu erro e sair dali. Eu só tinha perdido dez minutos ou algo assim. Logo estaria no carro de Harry, contando-lhe toda a história. Girei e deparei-me com um mar de plantas carnívoras gigantes no meio do caminho. O que tinha sido um caminho livre minutos atrás era, agora, uma parede tomada por plantas. E era muito mais densa e espinhosa do que a que estava à minha frente; cada caule, talo e galho parecia estar entrelaçado e cruzado, como um emaranhado de arame farpado. Por causa do pânico, era como se todo o meu corpo estivesse sendo alfinetado e espetado. Não havia como voltar. Eu tinha de continuar em frente, ciente do quanto tinha sido burra. Era possível que eu estivesse seguindo em qualquer direção. Tentei telefonar para Harry, mas, mais uma vez, não consegui sinal.

Segui em frente, com a sensação estranha de que algo atrás de mim estava me alcançando. Um olhar nervoso por cima do ombro não revelou nada senão a mesma selva impenetrável. Comecei a correr de forma desajeitada e frenética, o que não me levou mais rápido a lugar nenhum; não eram só folhas que arranhavam meu rosto, mas galhos que se prendiam em meu cabelo e espetavam meu rosto e espinheiros que puxavam e rasgavam minhas roupas. Caí e rolei no chão, protegendo instintivamente a cabeça com as mãos. Com dificuldade, tentei me levantar, mas espinhos fincavam-se em minha cabeça, em minhas mãos e até em meus pés, e cortando minha pele.

— Sinead! Você está parecendo uma girafona desajeitada se debatendo aí. Saia já!

Surgiu indistinto o céu azul. Os portões apareceram diante de mim, mas eu não fazia a menor ideia de como tinha chegado ali. Consegui rastejar pela abertura e ficar deitada no concreto com os olhos fixos nos grifos. O rosto de Harry surgiu do nada em cima de mim, mas suas feições ondeavam como se ele estivesse debaixo d'água. Minha garganta estava fazendo um som ofegante horroroso. De um momento para o outro, eu estava de volta ao meu quarto, olhando para o abajur cor-de-rosa e me perguntando por que não conseguia recuperar o fôlego. Harry segurava minha mão, e senti meu braço sendo puxado enquanto ele tentava me colocar sentada.

— Eles ganharam vida — murmurou. — Tudo ganhou vida.

Minha visão começou a desembaçar, e Harry olhou para mim de modo exasperado. Olhei bem para minhas mãos e pés e, depois, toquei na cabeça. Não havia sangue, nem escoriações ou feridas que eu pudesse sentir.

— Está tudo bem com minha cabeça? Quero dizer, tem sangue ou... algum arranhão?

Ele pareceu confuso.

— Não tem nenhuma marca em você.

Examinei minhas roupas. Não havia nenhum rasgo, mas eu ainda podia sentir a pele e as roupas se rasgando. Levantei a cami seta. A pele estava perfeitamente lisa e intata.

— O que fez você voltar? — perguntou Harry.

Eu ainda estava com dificuldade para respirar e sentia um peso no peito. Lá no fundo, eu queria chorar, mas tentei engolir o choro.

— Eu não voltei, Harry. Fui até a casa... sinto muito por ter demorado tanto. Levei um século para chegar lá.

Perplexo, ele fez que não com a cabeça.

— Você é estranha mesmo, Sinead. Você só demorou dez minutos. Eu mal tive tempo de perceber que você não estava aqui.

CAPÍTULO
DOZE

Apertei a cabeça com as mãos. O que estava acontecendo comigo? Uma coisa era ver, por engano, um vulto do lado de fora do apartamento de Patrick no meio da noite e outra, bem diferente, era imaginar que eu estava sendo atacada e dilacerada por espinheiros. E a questão do tempo? Eu estava certa de que tinha estado ausente por mais de uma hora, mas Harry dizia que tinham sido só dez minutos. Uma rápida olhada para meu relógio mostrou que ele tinha razão. Como era possível?

— Tudo bem com você? — perguntou Harry, preocupado. — Você parece um pouco agitada.

— Eu só... caí em cima de um galho ou algo do tipo — murmurei.

— E como foi lá dentro? Eles viram Patrick?

Sem jeito, puxei meu brinco.

— Não tive uma resposta direta, mas ele, com certeza, esteve lá.

— Como você sabe?

Meti a mão no bolso e tirei a medalha.

— Encontrei isto no chão. É a medalha de São Cristóvão de Patrick; eu a reconheceria em qualquer lugar.

Harry esfregou a barba de três dias do queixo.

— E aí? Com quem você falou?

Tossi de nervoso.

— O lugar é deserto e só vi uma pessoa, uma freira caduca que não estava a fim de dar informações.

— Se você tem tanta certeza assim de que Patrick esteve lá, Sinead, com certeza devemos contar à polícia. Você se lembra de sua obsessão com o tempo? Já faz quase três semanas que ele desapareceu.

Essa era a segunda vez que ele sugeria isso.

— Ir à polícia e dizer o quê? Que uma freira idosa mantém cativo meu irmão de dezenove anos com quase um metro e noventa de altura? Até que ponto isso parece ameaçador pra você?

Harry passou a mão no cabelo despenteado.

— Tem razão. Se ele está lá, é porque ele quer estar.

Suas palavras, de repente, fizeram-me lembrar de algo.

— Aquela freira, a irmã Catherine, murmurou algo estranho sobre eu não ter sido convidada para ir à casa e, depois, disse: "Lembre-se de que você veio por livre e espontânea vontade, Sinead".

— Por que ela diria isso?

Abracei-me, já prevendo a reação de Harry.

— Sei lá, mas ela disse que eu podia encontrar as respostas que queria na Casa Benedict se eu... mmmmm... trabalhasse lá por catorze dias.

Harry arregalou os olhos e ficou olhando para mim, totalmente incrédulo.

— Diga que é brincadeira.

Levantei as mãos.

— Que outra opção eu tenho? Eu achei que você tivesse entendido o jogo de Patrick. É claro que a medalha de São Cristóvão dele é a próxima pista. É na Casa Benedict que eu tenho que estar.

Harry esfregou a testa.

— Você não estará segura sozinha — reclamou.

Estremeci.

— Você tem razão.

— Isso provavelmente explica o comentário da freira. Ela não quer ser acusada de explorar você. Vai ser trabalho escravo para ganhar uns trocados.

— É o único jeito de encontrar Patrick — afirmei. — Eu devo isso a ele.

Desapontado, Harry levantou a voz.

— Ele não se arriscaria por você. O único risco que ele corre é cair da escada quando está chapado.

Minha cabeça ainda estava latejando, e eu estava com a voz falha.

— Patrick me escolheu para fazer isso... e eu não conseguiria me olhar no espelho se, pelo menos, não tentasse.

Harry prendeu uma mecha de cabelo atrás de minha orelha.

— Você nunca fez o tipo santa, Sinead. Vai ver que ficar em uma capela reformada afetou você.

Não me afastei quando ele deixou a mão em meu rosto.

— Vai ver que sim — respondi, distraída. Dei uma última olhada para o enorme portão com seus grifos.

Os olhos de Harry acompanharam os meus.

— Quando você foi lá, encontrei outro *site* na Internet: as Casas Antigas da Grã-Bretanha. Dizem que, séculos atrás, a ovelha negra dos Benedict desapareceu sob circunstâncias misteriosas. Segundo a história... ele prometeu entregar a alma para o diabo depois que morresse.

— É claro que ele prometeu — concordei, sem interesse.

— Mas o diabo o enganou e o levou para o inferno antes, Sinead. Depois disso, a casa atrai as pessoas e assume o papel de juiz, de jurado e de executor. Os gemidos dos condenados ainda podem ser ouvidos até hoje.

— Lenda urbana — zombei. — Isso é o melhor que você consegue fazer? — Continuei intencionalmente indiferente. — Vai ser preciso mais que isso para me impedir de voltar.

Harry enrijeceu a boca de repente.

— Você não sabe nada sobre essa gente.

Fiz sinal com a mão, rejeitando suas preocupações.

— Minha mãe disse que a casa passou para as mãos da Igreja. Encontrar uma freira à frente de tudo é muito normal. Ela foi um pouco ríspida, mas eu tenho certeza de que vai mudar de ideia. — Harry ainda não estava satisfeito, mas eu estava muito cansada para continuar a discutir com ele. — Você pode me levar embora? Estou louca para tomar um banho.

Eu queria ficar sozinha, mas, depois que Harry foi embora, fiquei inquieta e comecei a andar pelo apartamento. Uma pesquisa rápida no Google não melhorou em nada meu ânimo. As alucinações podiam estar relacionadas a um grande número de problemas: transtorno bipolar, esquizofrenia, psicose, convulsões ou um tumor cerebral, tudo o que eu não realmente não queria ter. Outra coisa também não saía de minha cabeça: as últimas palavras de Sara para mim. Será que eu usava Patrick como desculpa para não fazer as coisas que queria, uma desculpa para não viver? Eu corria, disparava e atravessava a vida feito louca, tentando desesperadamente poupar cada segundo sem fazer a menor ideia do motivo pelo qual precisava armazenar tempo. Não era mais um hábito estranho, mas, sim, uma doença. Eu precisava ser normal, perceber que tinha muitos outros amanhãs pela frente.

O dia deixou-me com uma sensação tão grande de cansaço que decidi descansar no sofá por cinco minutos. A última coisa que eu esperava era cochilar. Acordei de sobressalto, sem saber ao certo onde estava e se era manhã ou noite. Uma olhada rápida para o relógio mostrou que eram quase 17h. Apaguei por quase três horas e perdi um tempo considerável do dia. Então, lembrei-me de minha decisão. Não tinha sido tempo perdido; foi um tempo de descanso, algo que as pessoas normais fazem. Espreguicei-me e, por um segundo, tive outra intuição com relação a Patrick. Eu não deveria me preocupar tanto com seu sumiço; ele estava em algum lugar por perto, tentando me mostrar onde encontrá-lo. Se ao menos eu soubesse como...

O que você está tentando me dizer, Patrick?

Em uma noitinha de verão agradável como essa, teria sido bom subir a torre do relógio e observar a cidade, mas eu não conseguia fazer isso sozinha. Segui em direção à luz. A vista das janelas ainda era impressionante. Meus olhos mergulharam no mar de cores, de formas e de movimento. As coisas tornavam-se mais intensas em uma cidade; a multidão, a agitação e o som eram dez vezes maiores. Era como se todos tivessem de espremer cada último minuto do dia, aproveitar ao máximo cada pôr do sol antes de escurecer, como se o sol não fosse voltar a nascer na manhã seguinte.

Por essa perspectiva, as pessoas deixavam de existir; eram simplesmente pequenos pontos se movendo lá embaixo, mas a vida delas parecia fechar minha garganta e levar meus sentidos. Lá dentro de mim, senti uma pena de todas as pessoas que eu não conhecia e nunca conheceria, e era como se eu pudesse sentir as emoções delas. Minha própria vida parecia irrelevante e passageira, cheia de esperanças e de sonhos que jamais se realizariam. Então, percebi que era assim que Patrick sofria, sentindo muita coisa e vendo a beleza e a feiura do mundo, a esperança e o desespero.

Fui tomada por uma sensação de profunda tristeza, e segurei-me à janela à procura de apoio. Tinha visto o céu e o inferno por meio dos olhos de Patrick, e a sensação me deixou zonza. Peguei a mochila, deixei a porta se fechar quando passei por ela e desci correndo as escadas em direção à rua. O calor ainda não tinha se dissipado na cidade; estava retido em cada vidro, bloco de concreto, tijolo e aço. Atingiu-me como uma onda. Meus pés pisavam na calçada enquanto eu pensava como era fácil ser invisível ali; às vezes, isso era reconfortante para mim, mas não hoje. Todos pareciam saber para onde iam, mas eu estava sem direção.

Sentei-me à mesa perto da janela da primeira lanchonete que encontrei, pedi um copo de água gelada e tentei me lembrar de quem eu era: minha vida tinha voltado a ter a forma de um sonho. Talvez as coisas que aconteceram na Casa Benedict fossem reais e eu estivesse sonhando agora. Patrick tinha estudado filosofia e, muitas vezes, divagava sobre realidades alternativas. Eu sempre pensava que sua cabeça estava tão confusa que ele via coisas que não existiam, mas, talvez, ele apenas visse coisas que o restante de nós não via.

Saí da lanchonete e passei por um restaurante italiano, ainda deprimida com minha própria tristeza. Parei de repente ali na calçada. O rapaz da praia estava comendo espaguete com uma moça, uma moça diferente, e eles estavam dividindo o mesmo fio e se encontravam no meio. Ele não era apenas vistoso, mas absolutamente lindo, e eu não sabia como não tinha percebido isso antes. Ele me deixava sem fôlego e piorava a dor da minha solidão. Era como se todos tivessem alguém, e, naquele momento, tive certeza de que alguém era melhor do que ninguém. Foi fácil apagar as palavras de Sara de minha cabeça. Havia uma pessoa que me entendia e gostava de mim, com todos os meus defeitos e tal. Não sei o que ela achou de minha mensagem, mas, veio, como eu sabia que viria.

— Eu não quero ficar sozinha hoje à noite — falei.

Harry entrou e fechou a porta assim que passou por ela.

CAPÍTULO
TREZE

Era uma manhã perfeita do meio do verão, com nuvens grandes, fofas e brancas, um céu turquesa e o calor apenas começando a se levantar. Saí com tempo de sobra, sem saber ao certo quanto tempo levaria para ir de bicicleta até a Casa Benedict, mas convencida de que a irmã Catherine não iria gostar de me ver atrasada. Era maravilhoso sair pelas estradas sinuosas do campo, embora a velocidade de alguns carros que passavam por mim mostrasse que quase fui parar na cerca viva mais de uma vez. Era difícil não pensar na noite anterior. Pensar em Harry fez-me sentir um nó na garganta que eu simplesmente não conseguia engolir.

Como pude tê-lo usado assim e para onde iríamos daqui para frente? Não passamos dos beijos, que foram suaves e inofensivos, mas não me deixaram exatamente com o coração acelerado. Dormi melhor do que o de costume, embora Harry tenha me provocado porque falei em dormir e porque lhe dei pontapés durante a noite. Foi bom acordar em seus braços, mas, agora, ele achava que estávamos namorando. Entretanto, minha única distração neste dia era a possibilidade de receber ordens de uma freira antiga que provavelmente achava que lugar de mulher era na cozinha. Mas eu tinha de encontrar Patrick. Eu tinha de me concentrar nisso, e nada mais.

Os portões estavam destrancados, mas eram difíceis de abrir. Pareciam pesados na parte de cima, como se eu estivesse lutando contra uma força de resistência. Era isso ou eles estavam relutantes em me deixar entrar. Talvez isso fosse parte do período de experiência de catorze dias, e eu já estava deixando a desejar. Mas, se a irmã Catherine pensava que eu iria desistir com tanta facilidade, estava enganada. Usei uma tática: empurrei um dos lados do portão com o ombro e consegui abrir um espaço suficiente para passar com a bicicleta. Eu mal tinha acabado de subir na bicicleta novamente quando os portões se fecharam atrás de mim, como se as dobradiças fossem acionadas por molas. Examinei a casa feita de doces à procura de uma explicação, quase esperando ver uma bruxa aparecer para me atrair com promessas de doces.

Controle-se, Sinead.

Os grifos pareciam indiferentes neste dia, como se nem se dignassem a olhar para mim. Como uma criança, mostrei a língua para eles e comecei a pedalar. O caminho era cheio de pedras e, de vez em quando, uma saliência ou um buraco sacudiam a bicicleta e me jogavam para frente, mas aprendi a contorná-los. Nervosa, procurei sinais de movimento, mas nem uma única folha se agitou. A senhora de mármore parecia ter virado um pouco a cabeça, porque pude ver melhor a curva suave de seu rosto, mas isso podia ser só imaginação minha.

A irmã Catherine estava esperando à entrada. Olhava fixamente para frente, mas só reagiu quando me aproximei e os pneus derraparam nas pedras soltas.

— Você está dois minutos atrasada — disse ela, fria.

Desci da bicicleta e estiquei o queixo, determinada a não me deixar intimidar.

— Vou lhe mostrar suas obrigações, Sinead.

A conduta da irmã Catherine era irritantemente arbitrária, e me vi tentada a fazer uma reverência de forma insolente, mas estava louca para ver a casa por dentro. Subi as escadas atrás dela e entrei na casa, ouvindo o som metálico do molho de chaves que ela trazia à cintura e observando as vestes pretas que ondulavam na parte de trás dela como a vela de um navio pirata. O que me impressionou à primeira vista foram as proporções do interior; o saguão era gigantesco, com colunas de gesso que chegavam ao teto alto, e uma escadaria curvada com um tapete vermelho e corrimão de carvalho encerado. A primeira coisa que pensei foi que Patrick iria adorar. O ambiente era muito romântico, apagado, mas opulento, e atrairia seu gosto pela decadência.

— O restante de sua ordem vive aqui? — perguntei.

A irmã Catherine manteve-se rígida. Era óbvio que ela não gostava de ser interrogada.

— Eu sou a guardiã da casa — disse ela. — Não tem mais ninguém aqui.

Desenhei um círculo no ar.

— Você vive aqui totalmente sozinha?

Seus lábios estreitaram-se.

— A senhora Benedict, a última incumbente da família, ainda vive aqui, e o fidalgo James.

Então, havia um fidalgo ali. Imaginei subitamente um homem de cinquenta anos com bigode, costeletas e bochechas vermelhas, vestido com calças largas até os joelhos e um colete de *tweed*.

Franzi as sobrancelhas.

— Mas... a casa não pertente à Igreja agora?

— A casa sempre pertenceu a Deus — respondeu ela, abruptamente.

— E eu vou conhecer a senhora Benedict e o fidalgo James?

Seus olhos sombrios brilharam.

— A senhora Benedict está enferma e não recebe visitas, mas você poderá conhecer o fidalgo. Tenho o prazer de dizer que ele ficará nesta casa para sempre.

— Ele esteve fora?

— No deserto — respondeu ela, com uma expressão sofrida. — Mas, agora, ele está no lugar que é dele por direito e a casa será preparada.

Mexi-me, inquieta. Suas palavras eram muito vagas, como se ela gostasse de me deixar confusa.

— Vai ser uma casa senhorial de novo?

Ela enrijeceu o queixo de tensão.

— A pedra fundamental foi abençoada no século 5º e, no século 21, ainda adotamos a Palavra e nos dedicamos às almas perdidas.

Bem, isso fazia todo o sentido.

— E quais são minhas obrigações?

— Você ficará encarregada de limpar a casa, Sinead, para que ela recupere a glória do passado.

Resmunguei algo ininteligível.

Ela fez uma pausa e me deu um olhar de desaprovação.

— Você consegue trabalhar com diligência, modéstia e obediência?

Estava na ponta da minha língua dizer que eu não queria entrar para um convento e perguntar até que ponto ela me julgava insolente, uma vez que eu teria de limpar aquele mausoléu velho e imundo. Talvez eu tivesse entendido mal tudo isso e ela estivesse me confundindo com outra pessoa. Talvez ela não tivesse entendido a gravidade desta situação: Patrick estava desaparecido.

— Meu irmão veio para a casa, irmã Catherine, não veio?

Séria, ela apertou os lábios.

— Se ele foi convidado.

— Você deu um teste para ele também?

— Cada teste é diferente, Sinead.

Cerrei os dentes e tentei novamente.

— O que aconteceu? Quando ele foi embora?

— Eu já disse que as respostas estão aqui para você.

Minha frustração aumentou.

— Patrick está desaparecido — quase gritei — e pode estar com problemas. Você pode me dar uma resposta direta?

Nada perturbava a irmã Catherine. Ela mexeu no rosário que tinha enrolado nas mãos e curvou a cabeça.

— Dentro de catorze dias, você saberá.

Enfiei os dedos no cabelo. Essa mulher era completamente louca. Eu não estava disposta a esperar catorze dias para que ela me desse as respostas. Eu mesma iria procurá-las. Tudo o que tinha de fazer era despistá-la e começar minha busca. Encarei-a quando ela me fez sinal para acompanhá-la pelo saguão magnífico, atravessar o longo corredor e entrar em uma pequena sala que parecia uma área de serviço. Havia ali uma grande pia esmaltada, vários utensílios de limpeza, um lavatório com a tampa de granito e um varal de teto. Havia até uma calandra antiga para torcer roupas. À minha direita, pude ver uma cozinha grande com um piso gasto de mosaicos e uma mesa de pinho com o tampo desgastado. Isso me dava a clara impressão de ser a área dos criados. Imaginei rapidamente uma cozinheira com sua touca e avental branco cheio de babados, preparando a massa para uma torta de carne de caça para um grande número de lordes gordos e suas mulheres cheias de caprichos. A irmã Catherine era tão arrogante com relação a tudo que foi impossível resistir à vontade de alfinetá-la novamente.

— Você disse que o fidalgo está aqui para ficar. Existe alguma senhora fidalga?

Irmã Catherine não respondeu. Colocou em meus braços alguns materiais de limpeza e, então, fez sinal para que eu a seguisse outra vez. Ela me levou a uma sala ampla e alta com um patamar repleto de galerias e uma lareira tão grande quanto à cozinha da maioria das pessoas. As paredes estavam decoradas até a metade com painéis pintados de verde-claro, e a metade superior coberta com um papel de parede com desenhos de folhas em tons quentes de outono. Uma mesa comprida de cavalete tinha lugares para doze pessoas, com as cadeiras forradas de veludo vermelho. O restante das peças de madeira escura talvez fosse relíquia da família ou simplesmente tivesse vindo de uma loja de bugigangas; não dava para saber. O piso debaixo do tapetão roído por traças parecia ser feito de lajotas de pedra rústica. Examinei as coisas que a irmã tinha dado para mim: sabão, vinagre branco, cera para dar brilho, panos, uma vassoura com cabo de madeira e o que parecia ser um espanador com penas de verdade. Já havia uma escada apoiada à parede, e fiquei imaginando se a irmã Catherine já tinha ouvido falar de higiene e segurança. Abafei um grande bocejo e recebi um olhar de desaprovação.

— Então... por onde começo?

Ela respondeu com a cabeça.

— Pelas janelas. Já passou muito tempo; você podia deixar entrar um pouco de luz.

As janelas eram altas e estreitas, mas havia oito delas e partes das vidraças decoradas com chumbo eram côncavas e tinham de ser lavadas com muito cuidado. Não havia outra coisa para fazer senão cerrar os dentes e começar. Irmã Catherine ficou me observando por alguns segundos e, então, saiu de mansinho. Um minuto depois, eu a vi desaparecer no terreno. A escada era leve e resistente, com duas travas de segurança que me tranquilizavam, mas, imediatamente, distraí-me com todas as teias de aranha, algumas espessas e opacas como se fossem um par de meias. A ironia de tudo isso não passou batida. Eu tinha a resistência de uma borboleta, e a ideia de me ocupar com um trabalho físico desprezível, árduo, demorado e enfadonho era motivo de riso para qualquer pessoa que me conhecesse. Uma vez, eu disse à minha mãe, que era perfeccionista e gostava que tudo em nossa casa estivesse impecável, que limpeza era o mesmo que destruir a alma e que eu nunca faria isso. Na verdade, pensando nisso, esse era um dos piores empregos que alguém poderia imaginar para mim.

Resolvi usar o tempo para pensar em um plano de ação. Eu tinha conseguido seguir Patrick até aqui; não deveria demorar muito para descobrir o que ele estava tentando mostrar em seguida. Eu tinha a chave adornada do apartamento bem guardada em minha mochila. É provável que Patrick a tivesse deixado por alguma razão. Era uma chave considerável que, em minha opinião, poderia pertencer a uma casa imponente como essa; talvez houvesse alguma coisa aqui que eu deveria descobrir.

Consegui lavar quatro janelas antes de a irmã Catherine voltar para dar uma olhada em mim. Meus braços já estavam doendo e meu rosto, coberto de sujeira e suor. Fingi não notar sua presença e continuei a faxina, curiosa para saber se ela teria a educação de falar ou se só me vigiaria como se estivesse espiando uma criada qualquer. Pisquei, e ela desapareceu, mas, toda vez que eu pensava em explorar o lugar, ela reaparecia. Fui novamente tomada por uma sensação de irrealidade. Não era realmente possível que eu estivesse recebendo ordens de uma freira esquisita e extremamente controladora sem nada mais do que sua palavra de que, depois de um trabalho escravo de duas semanas, ela me falaria de Patrick.

Limpei o rosto com a bainha de minha camiseta velha. Minha barriga estava roncando, e eu estava com sede. Havia um pequeno jarro com dois copos ao lado em uma mesa de apoio. Enchi um copo para mim. Morrendo de sede, dei um gole, mas uma sensação de formigamento na língua imediatamente me disse que algo não estava certo e, então, cuspi o líquido para dentro do copo novamente. Não havia dúvida no sabor: vinagre. Fui até a copa com o copo na mão e abri a torneira sem brilho e manchada de calcário. Estava dura e pesada, e a água levou séculos para correr pelos canos, como se não fizesse isso há um bom tempo. Deixei-a jorrar por alguns segundos, vi se estava fria e, depois, dei um gole. O gosto era exatamente o mesmo. Eu estava quente, irritada e, agora, cuspindo fogo. Qual era o problema desse lugar idiota?

Quando a irmã Catherine apareceu outra vez, confrontei-a.

— Tem alguma coisa errada com a água. Está rançosa.

Sem responder, ela pegou o outro copo e o encheu até a boca. Bebeu-o em um só gole enquanto fiquei olhando para ela com a sensação de que estava ficando louca. Será que ela fazia parte do jogo esquisito de Patrick? Talvez os dois estivessem juntos nisso. Ela protegeu os olhos para avaliar meu trabalho até aquele momento e fez um pequeno aceno com a cabeça, o que provavelmente era como ela imaginava ser um elogio. Fui para fora e levei um minuto para checar as mensagens no celular. Havia uma melosa de Harry, esperando que eu estivesse bem e dizendo que apareceria à noite porque já estava sentindo minha falta. Senti-me culpada outra vez.

De repente, vi as horas e não consegui acreditar. Faltava pouco para as 11h, o que significava que fazia só cinquenta minutos que eu estava trabalhando. Com o celular na palma da mão, comecei a contar devagar, olhando bem para os números à minha frente.

Cheguei aos sessenta e respirei fundo, certa de que nada aconteceria, mas o minuto passou. Voltei a fazer a mesma coisa.

O que você esperava? É impossível o tempo ir mais devagar; isso desafia as leis da física.

Era só minha percepção do tempo que tinha alterado. Até uma criança de cinco anos sabe que o tempo se arrasta quando você está fazendo algo cansativo. Tarefas intermináveis tornam o dia... bem... interminável. Por sorte, eu tinha trazido um sanduíche. Sentei-me em um banco ao sol e comecei a devorar o lanche antes de amassar o embrulho para guardá-lo no bolso. De volta ao saguão, ouvi um barulho estranho e parei de repente. Parecia a voz mais suave que já tinha ouvido, vinda de algum lugar ali por perto. Estiquei a orelha para ouvir. Podia ter sido um xiu ou até um suspiro, mas foi tão fraco que decidi pensar que o tinha imaginado.

Eu estava desesperada para começar minha busca, mas a irmã Catherine ficou me vigiando e a impossibilitou. Terminei as janelas e, então, abri a lata enferrujada de cera e pus um pouco dela em um pano limpo. Esfreguei-o na mesa com movimentos circulares. A madeira estava tão seca que usei a metade da lata só para encerar o tampo, e as cadeiras tinham adornos tão delicados que, não demorou muito, tive vontade de gritar.

Trabalhei por um tempo que pareceu uma eternidade para mim, com o mau humor ficando cada vez pior enquanto imaginava a quantidade de obrigações que tinha pela frente. Os painéis das paredes precisavam ser lavados, o piso de lajota tinha de ser esfregado apenas com flocos de sabão raspados da barra. O tapete tinha de ser limpo sem a ajuda de algo normal como um aspirador de pó, e provavelmente esperavam que eu subisse até a chaminé à procura de ninhos de pássaros.

A tarde arrastou-se de um modo que nunca imaginei possível. Minha língua colava-se ao céu da boca enquanto o calor aumentava. Foi então que me dei conta da verdade da situação: eu nunca sobreviveria catorze horas, quanto mais catorze dias. Por que eu me deixava ser torturada dessa maneira? Patrick já tinha me feito sofrer e roubado o bastante de mim... especialmente meu tempo. Por mais que quisesse encontrá-lo, eu simplesmente não estava preparada para isso. Eu agradeceria à irmã Catherine, mas diria que o trabalho não era para mim. Como se fosse um sinal, uma figura de preto atravessou o saguão, com a voz áspera.

— O fidalgo James gostaria de conhecê-la, Sinead.

CAPÍTULO
CATORZE

Ficamos olhando um para o outro durante o que pareceu ser uma eternidade enquanto minha mente tentava compreender o que estava à minha frente. O rapaz da praia. Ele era uma visão, um belo e vistoso pavão *versus* minha imitação de um corvo eriçado. Constrangida, ajeitei meu cabelo preto e espetado, tentando não pensar no quanto minha aparência devia estar horrível. A irmã Catherine deve ter detectado certa tensão no ar.

— Está tudo bem, senhor James?

Senti um aperto firme no braço e, por estar extremamente atordoada, não tirei aquela mão de mim.

— Nós só vamos dar uma volta pelo jardim, irmã, para resolver umas coisas.

Seu poder de atração era tão grande que chegava a ser um crime, e tudo o que dizia respeito a ele, do ar de superioridade com que andava à inclinação arrogante de seu queixo, me dizia que ele sabia disso. Ele estava usando um *jeans* azul comum e uma camiseta branca com gola em V, além de um par de tênis de lona. Casual, mas, ainda assim, elegante, embora eu sempre fosse preferi-lo como o rapaz da praia.

Ele se voltou para mim, com um brilho nos olhos lindos.

—Você está me seguindo?

— Eu? Você só pode estar de brincadeira. Tenho feito de tudo para ficar o mais longe possível de você, mas lá vem você... surgindo do nada de novo.

Ele se afastou para me observar à distância.

— Era você do lado de fora do restaurante ontem à noite?

Droga! Ele me viu.

— Era. Passei por ali quando estava indo para casa fazer um jantar para meu *namorado*.

Ele apertou a língua no canto da boca.

— Ah, sim, lembrei. Shaggy?

Fiz uma careta para impressionar.

— O nome dele é Harry, e ele não é convencido como você. Caras convencidos me dão nojo.

Ele teve a cara-de-pau de sorrir com satisfação.

— O que você está fazendo aqui? — perguntei, friamente. — A irmã Catherine me fez acreditar que você tinha um título de luxo.

Ele pareceu surpreso.

— A Casa Benedict pertence à minha família. Eu fui criado aqui. — Ele sorriu com satisfação novamente. — Não se preocupe com o título... me chame apenas de James.

Minha boca caiu. Ele estava, de fato, satisfeito em ser dono daquele monte de pedra antigo. As perguntas sobre Patrick fervilhavam dentro de mim, mas tive de me afastar, irritada comigo mesmo por deixá-lo me afetar.

Com o canto do olho, vi quando ele fez que não com a cabeça.

— Como é possível alguém viver com tanto ódio e raiva no coração?

— Por incrível que pareça, é fácil — respondi com uma calma sarcástica.

— Eu quero, de verdade, entender você — continuou. — Parece que o destino fez a gente se encontrar, e eu não tenho muito tempo... então... me faça rir.

Eu estava exausta, emocional e fisicamente, uma combinação perigosa que se juntava ao meu pavio extremamente curto.

— Nem todos atravessam esta vida sem nenhuma preocupação...

Minhas palavras tiraram o sorriso de seu rosto; no mesmo instante, James fechou os olhos como se estivesse com dor. Depois de um minuto ou algo assim, ele olhou para mim novamente, com a expressão angustiada.

—Você tem certeza de que sabe coisas sobre mim... mas não é o que você pensa.

Olhei para ele com desprezo.

—Você tem um carro esportivo de luxo, namora uma menina a cada semana, gosta de ser chamado de senhor, ou, às vezes, fidalgo James, e os aldeões provavelmente se curvam e se abaixam para você.

Ele deu um passo em minha direção.

— O carro é alugado e o número de garotas com quem saio é assunto meu.

Fiz um pequeno som de escárnio. Ele se aproximou ainda mais.

— Ninguém se curva nem se abaixa, e só a irmã Catherine usa esses títulos idiotas. — Apontou o dedo para enfatizar suas palavras, mas, com isso, cutucou meu braço.

Congelei.

—Você acabou de me cutucar!

James deu de ombros, o que me deixou ainda mais irritada. Para vingar-me, usei a palma da mão para empurrar levemente seu ombro, mas ele devia estar desequilibrado. Ele desmoronou como uma pilha de cartas de baralho e ficou esparramado na grama.

— Desculpa — murmurei, mexendo-me para ajudá-lo.

James examinou alguma coisa no chão enquanto tentava recuperar o fôlego. Pela primeira vez, notei que ele parecia pálido por trás do bronzeado e que havia círculos escuros debaixo de seus olhos. Muita balada, imaginei, lembrando-me das meninas lindas e mimadas com quem ele andava para cima e para baixo.

Ele se levantou com dificuldade e tirou o pó da roupa, tentando parecer indiferente. Por fim, tivemos de olhar um para o outro. Mordi o lábio superior e fiquei passando de um pé para o outro, esperando que ele começasse a discutir novamente. Ficamos com os olhos fixos um no outro pelo que pareceu ser uma eternidade. Eu não conseguiria ter desviado os olhos nem que minha vida dependesse disso. Ele começou a sorrir de forma pesadora e, depois, a rir. Apesar de minhas tentativas para continuar séria, tive de ceder.

—Você é um tipo de demônio que foi enviado para transformar minha vida em um inferno — disse ele, olhando-me de cima a baixo de um modo que me fez tremer.

— Anjo, você quer dizer — corrigi.

— Com um cruzado de direita cruel.

—Você deveria me ver em um dia bom.

— Eu gostaria disso.

Tive de desviar os olhos novamente por causa do efeito que ele estava tendo sobre mim. *Pare de piscar os olhinhos para ele, Sinead. Ele fica com todas as meninas que conhece. Pergunte sobre a irmã Catherine. Pelo amor de Deus, pergunte sobre Patrick, que é o motivo pelo qual você está aqui.*

—Valeu por não me entregar para a irmã Catherine — comentei.

— Eu... preciso desse trabalho... Você viu outros funcionários novos por aí?

— Eu mal tive tempo de desfazer as malas e ver minha avó — respondeu ele, percebendo meu olhar de surpresa. — Eu não moro mais aqui. Eu vim da Austrália... cheguei hoje de manhã.

— Espera aí... eu vi você três dias atrás, na delegacia.

— Eu estava em uma pousada na cidade com um amigo mochileiro que está viajando há um ano. Talvez seja a última chance de vê-lo... por um tempo... por isso demorei para chegar à Casa Benedict.

— E... quando você vai embora? — perguntei.

— Minha mãe e eu emigramos quando eu tinha dez anos. Nunca mais voltei desde então.

Suspirei e soprei a franja da testa, inexplicavelmente frustrada. James tinha acabado de voltar depois de anos longe de casa, mas, ainda assim, ele devia saber alguma coisa sobre o combinado aqui.

— Você conhece bem a irmã Catherine? Faz tempo que ela está aqui?

James deu de ombros.

— A vovó acha que a irmã Catherine sempre esteve por perto, mas ela não estava aqui quando eu era criança.

— Ela disse ser um tipo de guardiã — comentei. — Parece mais uma guarda esquisita.

— Ela parece um pouco *excêntrica* — disse James, com tato. — Já percebi que ela não para de andar pelo terreno.

Eu não quis levantar suspeita ao despejar um monte de perguntas nele, por isso tentei suavizar o tom e quase consegui ajeitar o cabelo.

— Ouvi dizer que a casa pertence à Igreja.

James concordou.

— A Casa Benedict sempre teve um tipo de codicilo, o que significa que o controle passa para a Igreja quando... quero dizer, se a linhagem dos Benedict acabar.

— Você é um Benedict — enfatizei.

Seus olhos pareceram tristes novamente.

— Mas não vou ficar...

Tentei esconder minha frustração.

— A irmã Catherine disse que você vai ficar aqui para sempre.

Ele deu de ombros.

— Ela deve ter se confundido. A vovó escreveu e me chamou para vir aqui, mas só vou ficar duas semanas.

— Então, são só férias?

Formaram-se rugas no rosto de James que o fizeram parecer mais velho.

— Mais ou menos. Há coisas que eu preciso fazer enquanto estiver aqui, coisas importantes, mas... meu voo de volta já está marcado.

Senti uma dor terrível em algum lugar dentro de mim ao pensar em James entrando em um avião. Eu o imaginei com a mochila no ombro, atravessando a pista de decolagem com o sol batendo no rosto, depois subindo as escadas sem olhar para trás e deixando-me ver o avião levantar voo em direção ao céu de verão e afastar-se para o outro lado do mundo.

— Catorze dias — falei de repente. — Faz sentido.

— Por quê?

Suspirei.

— Estou em um período de experiência de catorze dias para limpar a casa. Vai ver que é por sua causa.

Ele fez uma cara feia.

— Espero que não seja para uma horrível festa de despedida.

Talvez tivesse sido o esforço do dia, o sol ardente ou a ideia da partida de James, mas, era como se uma terrível fraqueza tivesse tomado conta de mim e linhas trêmulas começassem a passar diante de meus olhos. Falei baixinho que não estava me sentindo bem e fui cambaleando em direção à minha bicicleta, que ainda estava encostada na parede lateral onde eu a tinha deixado. Minhas mãos apoiaram-se nos tijolos, mas meu corpo, involuntariamente, foi escorregando até eu ficar sentada nos cascalhos. O sol não batia ali, o que me deixou feliz por estar na sombra. Pisquei para recuperar a visão, mas meus olhos estavam secos e pareciam ter areia dentro deles.

— O que a irmã Catherine fez com você? — perguntou James em voz alta. — Você está completamente acabada.

Ele deve ter vindo atrás de mim, porque, poucos segundos depois, ela estava em pé diante de mim, formando uma imagem borrada. Ofereceu-me algo, e meus lábios ressecados fecharam-se, aliviados, em volta de uma garrafa de água.

Depois de beber muito, eu disse:

— Tem alguma coisa errada com a água aqui. Ela tem um gosto horrível.

— Sério? — perguntou ele, franzindo as sobrancelhas.

Será que fui a única que sentiu o gosto de vinagre na água? Isso não fazia sentido, mas, por outro lado, aqui nada fazia.

Minhas pernas estavam esparramadas no chão de um modo deselegante, por isso as fechei, subitamente ciente de meu comportamento de menino. James estendeu a mão e ajudou-me a ficar em pé.

— Vamos. Vou levar você para casa.

— Valeu! — respondi, contrariada. — Pego minha bicicleta amanhã.

Afinal de contas, eu teria de voltar, mas isso não parecia tão ruim agora. O carro esportivo vermelho estava estacionado nos fundos da casa, uma parte que eu não conhecia. Enquanto olhava à distância para a linha de bosques que nunca acabava, tive uma pequena noção do quanto a propriedade era enorme.

— Aquele muro dá a volta em todo o terreno? — perguntei.

— Sim... os moradores daqui o chamam de paredão verde.

— E impede a entrada dos camponeses. — Apertei os lábios para esconder um sorriso.

A porta do carro abriu-se para mim, e tentei entrar com elegância, mas, uma vez que era alta, isso foi impossível. Abaixei-me, mas, ainda assim, consegui bater a cabeça, e as pernas ficaram apertadas lá dentro, com os joelhos quase batendo no peito. Do nada me veio à cabeça uma imagem horrível de Patrick, que costumava apanhar aranhas pequenas com pernas compridas e enfiá-las à força em caixas de fósforos. James provavelmente percebeu meu problema, pois abriu a capota, mas me senti tão exposta que me encolhi, como um caracol à procura da concha. Eu nunca tinha estado em um carro esportivo, muito menos em um tão antigo, e a sensação era estranha. Estávamos tão baixos que parecia que o chassi estava encostando no chão. James chegou aos portões monstruosos e deu um pulo para fora do carro para abri-los. Cuidou para trancá-los novamente. Quando viramos para pegar a estrada do vilarejo, ele apontou para uma trepadeira que caía em forma de cascata pelos tijolos antigos.

— Tem uma porta escondida ali atrás — disse ele. — A irmã Catherine gosta de manter os portões principais fechados, mas é fácil achar a porta. Basta andar até encontrar a primeira placa indicando uma trilha de pedestres.

Fiz que sim com a cabeça e fechei os olhos. Era impossível falar mais alto que o ronco do motor até chegarmos à cidade e o volume do tráfego reduzir nossa velocidade. Parecia que eu tinha colocado a cabeça dentro de uma secadora. Levei um minuto para me recompor e, em seguida, tentei arrancar outras informações de James.

— A casa mudou desde que você foi embora?

Ele concordou com a cabeça, pisando no freio no último minuto, a centímetros de uma caminhonete azul.

— Está muito mais deteriorada e acabada, e há problemas na estrutura também. A ala oeste quase caiu e está interditada.

— Diz um site na Internet que a casa existe desde o século 11.

Ele fez que sim com a cabeça.

— É verdade, mas a propriedade foi cercada no século 5. A casa antes era uma igreja... bom, não toda a casa, é claro.

Minha pulsação começou a acelerar. *A casa antes era uma igreja.* Assim como no bilhete de Patrick; *a primeira igreja, a porta para um lugar de penitência.* Deve ter sido por isso que a irmã Catherine insistiu em que a casa sempre pertenceu a Deus. Olhei de lado rapidamente para James. Ele tinha crescido na Casa Benedict. Eu deveria falar para ele sobre o desaparecimento de Patrick e o acordo estranho que fui forçada a fazer com a irmã Catherine? Contudo, eu não o conhecia o bastante para confiar nele e só conseguia imaginar o quanto eu pareceria uma louca.

Houve um momento de silêncio. Em seguida, James disse na defensiva:

— Esse lance de senhor James... eu nunca fui um moleque mimado quando morei na Casa Benedict. Você pode perguntar para qualquer um no vilarejo. E nunca quis ser o fidalgo como meu pai.

— Nunca imaginei você como um moleque mimado.

— Está escrito em sua cara.

Abri um sorriso largo.

— Nunca percebi que eu era tão expressiva... Por falar nisso, cadê seu pai?

James teve um súbito interesse em pelejar com um rádio antigo e não respondeu. Recostei-me no banco e enchi os olhos quando vi o veículo 4x4 ao nosso lado com pneus enormes e bancos elevados. O motorista ficou olhando para mim, e me ocorreu que um carro esportivo de luxo deixava todo mundo de boca aberta. Mas, eu não tinha o cabelo, a cara ou a atitude que combinavam com a imagem. Não era de admirar que James normalmente saísse com louras baixinhas.

— É bem ali — falei quando apareceu a capela.

James olhou para o edifício e depois para mim. As sobrancelhas levantadas transmitiram uma mensagem clara: eu estava longe de morrer de fome em um sótão por aí.

— Valeu pela carona — falei de um modo indiferente.

Tentei abrir a porta do carro, mas ela nem se moveu, e fiquei me perguntando se estaria trancada. James estendeu o braço para puxar a maçaneta, e eu enrijeci no mesmo instante. Desconfiei que ele estivesse demorando de propósito, mas fiquei olhando impassivelmente para frente, com a pele tremendo por causa do calor que vinha dele. Meu coração estava batendo tão alto que eu tinha certeza de que ele podia ouvi-lo. A porta abriu-se com um som metálico forte, mas, ainda assim, ele não se moveu e nem eu. O tempo parou outra vez, mas de um modo com que sempre sonhei. Eu podia ouvir o som suave de sua respiração e sentir seu braço roçando no meu, o que me fazia tremer. Ele só precisava virar um pouquinho a cabeça para ficarmos um de frente para o outro. Meu corpo não parecia mais ser meu; eu não conseguia parar de me mover lentamente para frente quando, de repente, vi o rosto de Harry com seu sorriso torto. Tirei minhas pernas compridas da posição incômoda com que estavam encolhidas, quebrando o clima. James voltou a encostar-se rapidamente no banco.

— Talvez eu veja você amanhã, Sinead.

Toquei em minha bochecha quente.

— Isso se a irmã Catherine deixar. Ela não me dá um minuto de descanso.

— O tempo é curto — disse ele, e vi a tristeza novamente.

Com dificuldade, engoli em seco, perguntando-me se, finalmente, tinha encontrado alguém que compreendesse. Bati a porta do carro e a seta do lado direito começou a piscar enquanto ele tentava entrar nas duas faixas de trânsito. Fiquei olhando como uma perfeita idiota até outro carro fazer um sinal para ele entrar. Os pneus cantaram quando ele se afastou do meio-fio.

CAPÍTULO

QUINZE

Nunca demorei tanto para me arrumar, nem mesmo para uma festa. Passei mais de uma hora examinando minha imagem no espelho e escolhendo roupas com um cuidado redobrado, sabendo que isso era perda de tempo. Elas simplesmente ficariam cobertas de pó e sujeira outra vez. O mais difícil era não mostrar que tinha feito todo aquele esforço, principalmente porque Harry estaria logo ali e poderia notar. Virei o rosto primeiro para um lado e depois para o outro para ver como estava. A despeito dos esforços do dia anterior e de meu sono ainda pior que o de costume, havia um brilho surpreendente em meus olhos. James era uma mistura estranha, pensei, tirando uma camiseta para colocar outra um pouco mais justa, embora eu não fosse exatamente cheia de curvas. De vez em quando, eu percebia nele um tipo de cansaço da vida que não combinava com sua atitude despreocupada. Ele evitou falar sobre seu pai também e deu a impressão de que sua viagem tinha sido um tipo de provação. Para que ele realmente tinha voltado para casa?

Olhei-me no espelho. Não iria paquerá-lo mais, e ele logo desapareceria de minha vida. Minha única missão era resolver o mistério do desaparecimento de Patrick. Sem perceber, James ajudou-me ao contar que a Casa Benedict tinha sido uma igreja. Neste dia, eu daria um jeito de encontrar uma oportunidade para explorar o lugar e experimentar a chave. Eu não iria me distrair. Mas... eu não queria olhar para trás, uma vez que James tivesse voltado para a Austrália, e me perguntar como teria sido beijar o rapaz da praia de sorriso fácil e pele dourada. Dei uma espiada pela janela e fiquei batendo os dedos no peitoril. Nenhum sinal de Harry. Ele normalmente era pontual.

O som da campainha do apartamento fez-me dar um salto. Apertei o botão para abrir o portão e, em questão de segundos, os passos de Harry ecoaram nas escadas. Mal abri o fecho da porta quando ele apareceu de repente, mais desarrumado do que o de costume; sua camiseta estava coberta de óleo e o fundo do *jeans* estava preto e rasgado nas partes em que ele esfregava no chão. Imaginei que tivesse tido problemas com o carro.

— O carro quebrou? — perguntei, apavorada porque não conseguiria chegar à Casa Benedict.

— O motor não queria pegar, mas não precisa entrar em pânico. Deixei o carro estacionado na zona azul. — Sua expressão estava excepcionalmente séria. — Talvez você nem precise dele depois de ouvir o que tenho para contar.

Abri a boca para me opor, mas Harry, na verdade, levou a voz para mim.

— Pelo menos uma vez, quero que você sente e me escute.

Sentei-me no sofá de Patrick com as mãos entre os joelhos. Era óbvio que Harry precisava desabafar alguma coisa e merecia um pouco de meu tempo, mas eu não parava de olhar para meu relógio.

Ele andava de um lado para outro no tapete.

— As coisas estão diferentes agora, Sinead... Eu tenho mais do que direito de estar preocupado com você...

Ele provavelmente estava se referindo à noite que passamos juntos, o que me fez me contorcer.

—Você já sabe minha opinião sobre esta *busca* em que você acha que está para encontrar Patrick.

Nesse momento, ele parecia meu pai falando, mas ouvi, submissa.

— Nada do que você disse ontem à noite fez sentido. Tenho medo de que todo esse estresse esteja deixando você um pouco...

— Louca? — sugeri, solícita.

— Você está louca por aceitar trabalhar naquele lugar — disse ele. —Você viu algum sinal de Patrick ou mais uma das pistas idiotas dele?

Levantei a mão em sinal de protesto.

— Descobri muita coisa útil. A Casa Benedict era antes uma igreja, o que condiz com a mensagem de Patrick. A senhora Benedict vê a irmã Catherine como uma espécie de guardiã permanente da propriedade e a casa voltará para as mãos da Igreja quando a linhagem dos Benedict acabar.

Harry não reagiu.

— Podemos ir agora? — perguntei.

Ele fez que não com a cabeça e olhou para mim de forma incisiva.

— Eu andei fazendo umas pesquisas. — Tirou um pedaço de papel dobrado do bolso e, com cuidado, o abriu e alisou. —A Station Island tem outro nome: *Purgatório de São Patrício*. Isso significa alguma coisa para você?

Franzi os lábios.

— Eu me lembro de minha mãe dizendo que o purgatório é aquele lugar que fica no meio do caminho entre o céu e o inferno, onde você meio que... espera para ser perdoado. Ela acha que é um lugar cheio de dor, tormento e arrependimento.

— Patrick é tão presunçoso — disse Harry. — Eu pensei que pudesse significar outra coisa.

Fiquei batendo com o dedo no dente da frente.

— Como as outras pistas, isso tem a ver com a vida após a morte, mas... Patrick me disse, em um de seus momentos de depressão... que seu vício era como o purgatório. Talvez essa seja mais uma peça do quebra-cabeça.

Harry entregou-me o papel e eu vi que ele havia sublinhado algumas linhas do texto. Li-o em voz alta:

— "No século 5, depois que São Patrício teve a visão da caverna e da imagem do inferno, outras pessoas seguiram seus passos..." — Parei ao me lembrar do jogo de Patrick e, então, continuei rapidamente. — "Essas pessoas, penitentes como eram chamadas, iriam preparar-se por catorze dias e, no décimo quinto dia, desceriam ao mundo subterrâneo para que sua alma fosse julgada."

Percebi que Harry não tinha tirado os olhos de mim nem por um segundo. Ergui os olhos com receio, sabendo o que ele estava prestes a dizer.

— A irmã Catherine pediu que você trabalhasse na Casa Benedict por catorze dias, Sinead! Isso não é estranho?

Era estranho, e senti a garganta apertar, mas espantei aquela sensação incômoda. O teste de catorze dias tinha algo a ver com James. Do contrário, seria muita coincidência. Continuei totalmente calma, sabendo que Harry ainda estava procurando um motivo para me impedir de voltar lá.

— A única importância de qualquer uma dessas coisas — falei — é o que ela me diz sobre o jogo de Patrick.

Harry fez que não com a cabeça como quem não estava de acordo.

— Eu acho que você está desnorteada, Sinead, e, lá no fundo, você sabe disso. Você mesma disse que tem alguma coisa errada em toda essa história do desaparecimento de Patrick. Essa situação é diferente das outras.

Mantive a voz calmamente uniforme.

— Cresci no meio de superstições religiosas, mentes fechadas e as tentativas de Patrick de me assustar com histórias de um abismo ou poço insondável. É disso que eu estou tentando fugir.

Harry olhou para mim como se eu não estivesse ali.

— Estou preocupado que Patrick arraste você para um abismo que ele mesmo criou.

— Então, não me abandone, Harry. Fique comigo enquanto procuro as respostas e tento ficar livre.

Ele ainda parecia irritado, mas devorei o restante do texto com a esperança de tê-lo convencido.

— Diz aqui que o tempo no purgatório não tem sentido, que um segundo pode parecer um século. Isso tem a ver com a mensagem de Patrick também. E São Patrício e a propriedade dos Benedict datam do século 5. — Dei um salto para ficar em pé. — Podemos conversar no carro.

Harry negou-se a se mover, projetando o lábio inferior.

— Não quero que você volte lá... Na verdade, não vou levar você.

Eu não esperava que Harry fosse tão determinado e, por isso, minha consideração por ele aumentou. Havia outra coisa que eu sabia sobre ele: era fácil manipulá-lo.

— Tenho que voltar para pegar minha bicicleta, pelo menos.

— Promete que é só isso que você vai fazer: pegar a bicicleta e dar o fora de lá.

— Dou o fora assim que puder — disse sem me comprometer. Empurrei-o em direção à porta e peguei minha mochila, que levava os suprimentos do dia: uma grande garrafa de água, sanduíches de atum, algumas barrinhas de cereal e fruta, além de um par de luvas de borracha, uma vez que minhas mãos já estavam parecendo uma lixa. Harry não protestou novamente.

O calor era intenso. Na verdade, era difícil lembrar como era o frio, e já havia avisos de que era proibido usar água para lavar o quintal. Papai falava sobre os verões intermináveis de sua infância, quando o asfalto fervia nas ruas, e ele passava o dia todo na praia procurando caranguejos e estrelas-do-mar nas poças entre as rochas. Eu sempre sentia inveja quando ele começava a falar do passado. A passagem do tempo fazia tudo parecer mais colorido? As estradas ainda não estavam fervendo, mas avisos urgentes eram feitos na televisão e nos jornais sobre os perigos da onda de calor. Não havia ar-condicionado no carro de Harry e algumas das janelas não abriam. Era como estar dentro de um micro-ondas. Fiz um som de cansaço, remexendo-se no banco e fingindo cochilar. Tinha receio de que Harry se recusasse a fazer todo aquele caminho para me levar até lá. Como não tinha visto nenhum ônibus, pensei que, mesmo que houvesse algum, só passaria uma vez por dia. Quando chegamos perto do vilarejo, mexi-me, espreguicei-me sem forças e olhei de relance para o perfil sério de Harry.

— Por que essa cara angustiada? — perguntei.

Suas mãos apertaram o volante.

— Me explica de novo exatamente o que aquela freira disse?

— Eu já disse. A irmã Catherine deixou claro que ela sabe o que estou procurando e que vou encontrar as respostas para o mistério do desaparecimento de Patrick na casa.

Harry tirou os olhos da estrada por um segundo.

— Enquanto eu dirigia, me ocorreu outra possibilidade.

— Qual?

— Isso não tem nada a ver com Patrick. E se for você o alvo, Sinead? Está tudo armado pra você.

Ri e fiz que não com a cabeça.

— Como assim?

Harry ficou olhando para frente, sem piscar. Eu sabia o quanto eu podia ser difícil, mas ele estava redondamente enganado.

— Isso não tem nada a ver comigo — falei. — Nada em minha família tem a ver comigo. Patrick é o centro de tudo.

— Ele *pode* estar no centro disso — disse Harry. — Ele pode fazer parte do esquema para atrair você para essa casa estranha... as pistas em latim e a pintura na parede, o misterioso anúncio no jornal e o São Cristóvão. E se Patrick não estiver mesmo desaparecido, mas for parte de um plano para atrair você para lá?

Isso me fez parar para pensar. La nó fundo, eu sabia que Patrick teria gostado de transformar nosso jogo de infância em algo mais sinistro. Seria um bônus se me fizessem sofrer de algum modo. Contudo, havia uma falha nítida na ideia de Harry.

— Por que não aconteceu algo ontem? — perguntei. — Por que não fui capturada e trancada em algum lugar?

— Sei lá — respondeu Harry, mordendo o lábio.

— Pare aqui. James me mostrou uma entrada secreta ontem para não ter que brigar com aqueles portões enormes.

O motorista atrás de nós buzinou, irritado, e eu resisti à vontade de fazer um gesto obsceno.

— Quem é James? — perguntou Harry.

— O filho do antigo fidalgo — respondi. — Quero dizer, ele não tem o título, mas a irmã Catherine insiste em chamá-lo de fidalgo James e, às vezes, senhor James... Não contei tudo pra você ontem à noite?

— Você dormiu no meio de uma frase — lembrou-me Harry.

Encolhi-me e apertei a mão dele. Não conseguia me lembrar do que lhe tinha dito. Eu estava tão cansada na noite passada que minha boca se recusou a falar e todas as palavras saíram sem sentido. Ele se ofereceu para cozinhar para mim, mas, acordei sozinha com um prato frio de macarrão com molho de queijo na mesa de centro.

— É o mesmo cara que vimos na delegacia e na lanchonete — acrescentei. — Aquele com quem discuti.

— Que coincidência! — disse Harry, desconfiado. — A não ser que ele esteja envolvido de algum jeito.

— Não seja ridículo. Ele só vai ficar algumas semanas e depois volta para casa... do outro lado do mundo.

Harry pensou nisso por um minuto, e era impossível dizer o que ele estava pensando. Ele deve ter percebido minha impaciência quando me atirei na direção da porta do passageiro, com a alça da mochila enrolada na mão.

— Não vá, Sinead — disse ele. — Estou com um mau pressentimento sobre essa história.

— Não tem com o que se preocupar — assegurei.

— Eu acho que você deveria dar meia-volta. Deixa isso pra lá e esqueça a Casa Benedict.

Franzi as sobrancelhas.

— Por que você está tão irredutível?

— Parece que você mudou — queixou-se. — Em um só dia.

Harry não era tão desatento quanto eu imaginava; ele tinha percebido a diferença em mim. A única coisa de que eu me lembrava da noite passada era que, quando ele me beijou, eu gostaria que ele fosse outra pessoa... eu gostaria que fosse James.

CAPÍTULO

DEZESSEIS

—Você pode se concentrar hoje na sala de visitas, Sinead. O senhor James expressou o desejo de que você trabalhasse seis horas e fizesse uma pausa para o almoço.

Engoli em seco, porque ela me olhava de cima a baixo com tanto desprezo que, de fato, me senti nua. Será que ela estava pensando que eu tinha jogado meu charme para James só para receber tratamento preferencial? Sob seu escrutínio, senti-me tão suja que tive uma vontade terrível de gritar para ela que ainda era virgem, mas não fiz isso, e a segui, obediente.

— Como estou me saindo no teste? — perguntei.

— Faz poucos dias — respondeu de forma evasiva.

As palavras de Harry ainda martelavam em minha cabeça, e deixei escapar antes de ter tempo de pensar.

— Imagino que você já deve ter ouvido falar da lenda que gira em torno da Casa Benedict.

Ela parou e se virou lentamente para mim. Fui obrigada a examiná-la de perto, observando a pele ressecada, como se tivessem tirado toda a vida dela, e a boca fina que não passava de um traço no rosto enrugado.

O nervosismo fez-me balbuciar.

— Aquela sobre o fidalgo malvado que vendeu a alma para o diabo e sobre como a casa atrai as pessoas para serem julgadas.

Depois de um olhar demorado de virar o estômago, ela decidiu responder.

— Essa não é a lenda toda, Sinead. As pessoas não são atraídas, são convidadas, mas o mais importante é que elas têm uma oportunidade de se redimirem, uma oportunidade de salvarem a própria alma.

Quando ela deu as costas para mim novamente, fiz uma careta horrorosa de sarcasmo. Em minha primeira visita, a irmã Catherine pareceu surpresa com o fato de eu ter conseguido entrar sem ser convidada. Ela era tão louca assim a ponto de acreditar na lenda? Dava para ver como a Casa Benedict tinha conseguido sua reputação sobrenatural, mas eu estava decidida a não ficar com medo de assombrações.

Segui atrás da irmã Catherine. A sala de visitas era mais formal que a sala de jantar, com muitos quadros, enfeites e um ar geral de ostentação. Havia várias poltronas, dois sofás enormes de chenille verde e cor de cereja, um biombo laqueado dourado e preto e um pequeno piano. Os móveis eram de estilo francês, com superfícies brilhantes e pernas curvilíneas, e mais altos e mais elegantes que os pesados e bojudos da outra sala. O papel de parede tinha relevo e estampas de penas de pavão; era como se centenas de olhos estivessem me observando.

A irmã Catherine deixou-me sozinha sem dar qualquer explicação do que queria, embora eu estivesse com os materiais de limpeza de sempre, além de um pote de cera a mais. O rótulo trazia instruções sobre como impermeabilizar um piso de madeira. Olhei para o chão e hesitei; o piso consistia de centenas de bloquinhos de madeira que se encaixavam como um quebra-cabeça. Alguns estavam escurecidos por causa do tempo, outros rachados ou lascados, mas, no geral, o efeito era muito bonito. Eu sabia que existiam máquinas para lustrar e proteger pisos como esse, mas era óbvio que eu teria de encarar a tarefa usando minhas próprias mãos. Ela parecia determinada a me fazer sofrer.

Esperei que ela saísse e observei da janela quando ela começou sua volta pelo terreno. Essa era minha chance. Tirei a chave de Patrick da mochila e corri de uma sala para outra, verificando todas as portas, encolhendo-me de nojo diante da imundície e do mofo geral e sentindo um cheiro de queimado constante e desagradável. Dei uma olhada na copa novamente, e na cozinha com seu fogão antigo. Em um dos cantos, havia uma cortina de veludo suspensa em um trilho de metal. Eu a abri e encontrei uma porta de madeira cheia de carunchos que parecia tão velha quanto à casa. Meu coração começou a bater mais rápido. Com os dedos suados, coloquei a chave no buraco da fechadura, esperando me deparar com a resistência usual, mas ela encaixou. Fiquei com o ar preso na garganta e parei por um instante com uma nítida sensação de vitória. Eu iria encontrar Patrick no segundo dia. Virei a chave, mas não aconteceu nada com a fechadura. Sacudi-a e, depois, usei as mãos, esperando que a força bruta ajudasse. Irritada, dei um chute na porta, que se abriu. Ela nem estava trancada.

Hesitante, entrei em um corredor estreito. O chão inclinava-se para baixo, a temperatura ficava cada vez mais baixa à medida que eu descia. Estava tão escuro que eu mal conseguia ver um palmo à minha frente. Minha mente fervilhava com pensamentos de que podia encontrar um cárcere, um calabouço ou uma câmara de tortura. Eu não parava de olhar para rás, imaginando a possibilidade de sentir um bafo fétido na nuca. Parei a tempo de evitar bater em prateleiras de garrafas velhas e empoeiradas de todas as formas e tamanhos. Essa devia ser a adega. Era um beco sem saída. Meus ombros caíram. Eu não devia ter subestimado Patrick. Isso seria muito óbvio para ele, e insuficiente para um desafio.

Não tive coragem de me aventurar lá para cima nem tive outra escolha senão voltar ao trabalho. As janelas da sala de visitas davam para os fundos da casa, com venezianas de madeira encostadas na parede que desciam até os bancos estofados embutidos sob as janelas. O teto não exibia as vigas, mas era mais baixo e plano, com exceção da cornija incrivelmente detalhada e dos frisos exagerados de gesso em forma de cachos de uva e flores de pétalas enormes. Exibindo o espanador de pó, subi na escada e comecei a limpar o lustre, ouvindo o vidro tilintar e imaginando a cena de ele caindo e se estilhaçando por todo o chão como gelo triturado.

Passaram-se trinta minutos antes de irmã Catherine aparecer novamente. Tentei ao máximo parecer esforçada e marquei a hora na cabeça, acreditando que poderia acompanhar suas idas e vindas.

— Tudo bem? — perguntei, e recebi um olhar frio. Ela se virou e saiu da sala.

Fiquei ouvindo com atenção. Os passos da irmã Catherine pararam no saguão. Pus a cabeça para fora e observei o espaço amplo. Era como se ela tivesse desaparecido. O elegante painel de carvalho seguia ao longo de todas as paredes, mas eu imaginava que devia haver uma porta escondida em algum lugar. Era praticamente obrigatório nesse tipo de casa antiga caindo aos pedaços. Assobiei baixinho para mim mesma, pensando no que fazer. Eu tinha exatamente 21 minutos antes de ouvir os passos da irmã novamente.

Devia ser fácil encontrar uma porta secreta, por mais ajustada que ela estivesse, mas havia fendas ao longo da série de painéis, o que confundia meus olhos. E os minutos passavam. A irmã Catherine podia voltar e perceber que eu estava bisbilhotando as coisas. Podia haver uma escada para o porão, e ela podia me empurrar escada abaixo e me deixar lá. Senti um frio na espinha. *Aqueles que estão debaixo da terra clamam por libertação.* Fiquei imaginando corpos em decomposição, larvas saindo de suas bocas e olhos. Ou ela estaria esperando por mim quando eu abrisse a porta, de braços estendidos, pronta para dar o bote, segurar meu pescoço com as mãos como se fossem garras e me estrangular.

Qual era meu problema? A irmã Catherine era uma freira frágil, e a outra pessoa aqui além de James era a avó doente dele. Os pelos de minha nuca arrepiaram-se; era aquele barulho novamente, um suspiro longo e triste. Se eu fechasse os olhos, era um som muito estranho: hipnótico e fascinante. Havia uma corrente de ar vinda de algum lugar, como se a voz fosse levada pelo vento. Eu não queria ouvi-la, mas também não queria que ela parasse. Minhas mãos percorreram o painel de madeira e um dos dedos roçou uma pequena saliência, uma maçaneta da mesma cor do painel, imperceptível se não fosse o toque. Senti o sangue latejando fortemente por meu corpo, bramindo em meus ouvidos como o mar. Minhas mãos estavam extremamente frias e úmidas, e pequenas gotas de suor se formavam em minha testa.

As palavras de Harry voltaram-me à memória. *E se for você o alvo, Sinead?* Que plano seria melhor do que me atrair até aqui por livre e espontânea vontade? Contudo, a porta era uma tentação tão grande que eu não voltaria atrás nem que minha vida estivesse em perigo. Eu a abri e entrei. À minha esquerda, havia um interruptor de cordão que iluminou um armário que não tinha mais que dois metros quadrados. O painel da parede continuava aqui dentro e tudo parecia muito comum. De um lado estavam pendurados casacos e jaquetas em uma série de ganchos grandes de metal e, do outro, sapatos, botas e galochas ocupavam todo o espaço de uma prateleira que ameaçava desabar. O piso parecia de pedra maciça e não tinha

NÃO OLHE PARA TRÁS

nenhum alçapão ou postigo perceptível. O lugar cheirava à umidade e mofo. Logo à minha frente, havia outra porta, feita de pinho cor de mel. Essa fazia sentido: uma passagem para outra parte da casa. Procurei um buraco de fechadura e, como não o encontrei, girei a maçaneta. A porta abriu-se facilmente, mas dava para uma parede maciça. Fiz um som de frustração e, instintivamente, estendi a mão para tocar nos tijolos.

Os suspiros estavam cada vez mais altos neste momento; na verdade, não eram suspiros, mas pareciam mais sussurros. Eu tinha certeza de que quase poderia decifrar as palavras, e havia diversas vozes em tons diferentes, contínuos, suplicantes e desesperados, que foram ficando mais aceleradas e mais urgentes até parecerem que estavam dentro de minha cabeça. Harry tinha razão? Será que eu estava ficando louca? Apaguei a luz e voltei para o saguão, tentando imaginar aonde a passagem levava antigamente. Era como se a parede formasse um contraforte que levava a outra parte da casa. À frente ficava a ala oeste que James tinha mencionado que estava interditada, a ponto a desabar. Mas, James tinha ficado ausente por oito anos e acreditaria em qualquer coisa que falassem para ele. E que melhor lugar para manter algo em segredo? Eu precisava entrar e dar uma olhada, mas, primeiro, tinha de me livrar da irmã Catherine.

Tirei o almoço da mochila e me sentei do lado de fora, no mesmo banco do dia anterior. A irmã Catherine passou por mim com uma expressão de total desprezo. Eu tinha a impressão de que ela nunca se sentava, comia, relaxava ou falava a menos que fosse absolutamente necessário. Fiquei-a observando enquanto ela começava a andar outra vez pelo terreno. Ela não olhou para trás, mas meus olhos a seguiram até ela desaparecer no meio das folhagens. Então, saí correndo para os fundos da casa em direção à ala oeste, onde me deparei com avisos de que era perigoso entrar ali. Não demorou muito para eu encontrar uma maneira de entrar. O jardim de inverno estava em um estado deplorável, embora eu pudesse imaginar o quanto devia ser bonito antes, com seu telhado de vidro ornamental. A estrutura principal era de madeira, mas as vigas estavam apodrecidas e faltavam algumas vidraças. Quando dei uma espiada lá dentro, era como uma floresta tropical com samambaias gigantescas de folhas raiadas que formavam enormes guarda-chuvas e trepadeiras dominando tudo o que encontravam pelo caminho. Levantei a perna para passá-la com cuidado pela abertura, tateando ao meu redor à procura de pedaços de vidro. Passei rapidamente a outra perna e tentei encontrar um espaço para me erguer. Meu cabelo murchou em questão de segundos e a respiração ficou fraca. Havia umidade para todo lado.

Cobri a boca e o nariz quando o cheiro adocicado e enjoativo de plantas apodrecidas ficou mais forte. Havia plantas cerosas com folhas que tinham o tamanho e a forma de orelhas de elefante, gramíneas imponentes com folhas compridas e belas orquídeas, notórias por serem delicadas, e, contudo, elas tinham sobrevivido nesse lugar abandonado. Enquanto andava por ali, olhava ansiosa ao redor. Minha imaginação estava a mil novamente, e as imagens de plantas assassinas, movendo-se furtivamente para me cercar, ofuscavam meu bom senso. Minha respiração parou. Bem no centro estava uma monstruosidade inchada com duas pétalas curvadas que se abriam como a boca de uma carpa e, no alto, um penacho amarelo e vermelho de folhas cheias de veias em volta dos lábios salientes. Ao lado, havia cinco ou seis pequenas réplicas, olhando para cima com a boca ansiosa como se esperassem por sobras de comida.

NÃO OLHE PARA TRÁS

Em minha pressa de passar por elas, enrosquei-me no espinho de um cacto e gotas vermelhas caíram em minha camiseta.

No final do jardim de inverno havia uma série de portas duplas. Elas não estavam fechadas, e o matagal já tinha começado a invadi-las também. Não conseguindo esperar mais para deixar aquela umidade para trás, passei pela abertura, ofegando fortemente. Essa sala estava desprovida de tudo, mas a bola cintilante e o piso de madeira flutuante deram-me algumas pistas: com uma luz maravilhosa e as proporções estéticas, o lugar devia ter sido o salão de baile antes. Eu quase podia ouvir os vestidos das mulheres roçando uns nos outros, o som de rolhas de champanhe sendo lançadas ao ar e os risos estridentes. No entanto, a sala agora estava infestada de uma espécie de decadência. O teto estava tomado por fungos e partes grandes dele tinham desabado, deixando pedaços macios como isopor espalhados pelo chão. O reboco nas paredes também tinha caído, uma vez que os fungos brancos forçaram-no a ceder. A sala estava sendo consumida por dentro. Ao dar um passo para trás, meu pé enfiou-se em uma viga de madeira no chão, arranhando a pele em volta do tornozelo. O piso flutuante exorbitante estava esfarelado. Comecei a acreditar que deveria ter dado atenção aos avisos.

Lembrei-me do motivo pelo qual estava ali: a entrada para o quartinho das botas. A parede correspondente estava bem à minha frente e não havia vestígio algum de uma porta. Parei quando caiu outro pedaço de alvenaria, passando pertinho de mim. Fiquei olhando para um querubim despedaçado no chão, com um buraco largo na boca em forma de botão de rosa e os cachos restantes parecendo chifres. Com receio de que meus movimentos desencadeassem uma avalanche, comecei a andar de costas devagar em direção ao jardim de inverno. Algo distraiu-me. Fiquei momentaneamente cega com uma luz que brilhou em meus olhos, o reflexo de uma caixa de latão acomodada em um canto. Era a única coisa que restava na sala, mas parecia tentadoramente brilhante e imaculado. Eu sabia que devia correr, mas só conseguia pensar em encontrar outra pista de Patrick.

Centímetro por centímetro, fui me arrastando, com as palmas das mãos e os joelhos se esfregando no piso de madeira, sempre atenta aos sons que advertiam para escombros que poderiam cair. Cheguei à caixa e me agachei. A tampa abriu-se facilmente, mas a caixa estava vazia, e suspirei, frustrada. Uma mancha colorida passou rapidamente diante de meus olhos, e eu pisquei. Era um inseto preto e vermelho de cauda farpada que batia as asas tão rápido que me fez pensar em uma ventoinha minúscula. Os olhinhos brilhantes concentraram-se em mim. Uma vez que ele pairava diante de meu rosto, espantei-o por instinto. De repente, vi cinco, dez, vinte, um enxame inteiro, uma nuvem vermelha e preta ofuscando minha visão e envolvendo meu cabelo e meu pescoço, andando em volta de minha boca. Tentei gritar, mas um deles estava em minha língua, roçando o céu de minha boca. Comecei a engasgar e sabia que teria de engolir a qualquer momento.

E, de repente, eu estava de volta ao meu quarto, em meu pesadelo, sufocada com o peso de meu medo. A escuridão vertiginosa envolveu-me, e não havia como lutar contra ela. Eu estava flutuando fora de meu corpo como se a vida estivesse minguando.

—Você vai me dizer por que está realmente aqui? — perguntou uma voz.

CAPÍTULO

DEZESSETE

— Era só uma libélula, Sinead.

— Havia mais de uma — insisti, ainda engasgada. — Elas estavam todas em cima de mim, até em minha boca.

James tentou segurar uma risada.

— Era um inseto pequeno, e você estava se debatendo como se estivesse sentada em um vespeiro.

— Eu quero sair daqui — falei, tomada por um sentimento de autopiedade e de constrangimento. Fui abrindo caminho pelo jardim de inverno para sair, espantada porque as plantas não pareciam tão grandes nem ameaçadoras nesse momento e a planta carnívora parecia menor e inofensiva. Cobri a cabeça com as mãos, curiosa para saber o que estava acontecendo com minha mente.

— Anda, vamos andar! — disse ele. — Depois eu me acerto com a irmã Catherine.

Eu o segui até o bosque, agradecida por ver que as árvores estavam próximas umas das outras e faziam sombra.

— Você não acha estranho — perguntei lentamente — que a ala oeste esteja aos pedaços assim? Parece que está abandonada há um século, no mínimo.

— Talvez — considerou James — mas a vovó diz que são fungos e que, quando eles ganham força, se espalham como fogo... tudo, literalmente, acaba e vira pó. Você não deveria ter ido lá. — Ele se virou e me confrontou com um sorriso astuto. — E aí? Você vai me dizer por que é que está aqui, já que não está me seguindo?

— Eu já disse. Preciso do emprego.

— Mentira — disse James totalmente convencido. — Você nem quis saber quanto era o salário nem parece ser do tipo que aceita ordens da irmã Catherine.

Ele tinha razão, e minha cara de culpa dizia tudo.

Respirei tão fundo que senti uma dor nos pulmões.

— Tudo bem, vou dizer a verdade. É meu irmão, Patrick. Faz algumas semanas que ele não dá notícias, e todo mundo está muito preocupado. Ele comentou com os vizinhos que tinha conseguido um emprego novo, e tinha uma edição do jornal da cidade com um círculo no anúncio da Casa Benedict.

— Aí... você veio aqui com a esperança de encontrá-lo?

Fiz que sim com a cabeça.

— A irmã Catherine deu a entender que sabia alguma coisa sobre ele, mas ela só vai me falar se eu concordar em...

— Eu não acredito que ela fez isso — interrompeu James. — Não, já que ela sabe o quanto você está preocupada.

Tive de engolir a raiva.

— É verdade. Ela fica com esse papo esquisito de que as respostas serão reveladas e de como vou encontrar o que estou procurando, se trabalhar aqui.

Ele fez que não com a cabeça, incrédulo.

— Por que ela diria isso e por que você concordou com ela? Você não tem nenhuma prova de que Patrick esteve aqui.

— Eu tenho. Ele deixou um tipo de... pista para eu seguir. Eu também encontrei a medalha dele pelo terreno.

James ainda parecia cético.

— Me fala dessa pista.

NÃO OLHE PARA TRÁS

Eu estava quente e incomodada e sentia algo terrível raspando a garganta.

— A gente fazia um jogo quando era criança. Ele me deixava pistas e eu o seguia para decifrá-las. Ele está fazendo isso agora. Até me deixou uma chave, e eu tenho que achar a porta em que ela serve.

—Tudo bem... mas a irmã Catherine não deveria se meter em brincadeiras de criança como essa.

—Você não sabe nada mesmo sobre ela — falei, ríspida. — Ela pode ter algum tipo de influência sobre sua avó. Quero dizer, por que sua avó diz que ela sempre esteve por aqui quando está claro que não foi bem assim?

James, de repente, baixou a cabeça.

— Eu só percebi isso quando voltei, mas a vovó... ela esquece as coisas e fica confusa... — Ele encolheu os ombros, parecendo triste.

Fiz uma expressão de dor. Não era de admirar que a irmã Catherine tivesse dito que a senhora Benedict não recebia visitas. Lancei um olhar solidário para James, sem saber, de fato, o que fazer.

— É muito triste — continuou. — Ela está presa no passado e acha que meu pai ainda está aqui, na casa.

— E cadê ele? — perguntei pela segunda vez desde que o conheci.

James desviou os olhos para o bosque com um olhar distante.

— A verdade é que eu não sei. Ele nos abandonou, à mamãe e a mim, e, desde então, não fez mais contato. Foi por isso que fomos embora para outro país. Voltei para cá com a esperança de que vovó pudesse ajudar, mas... ela não pode e, agora, não sei onde procurar e não tenho muito tempo...

Senti pena de James. Ele tinha vindo do outro lado do mundo à procura de respostas e acabou em um beco sem saída. Eu sabia como ele se sentia. Seus olhos pareciam sem vida, e ele mudou de assunto.

— Que emprego a irmã Catherine oferecia no anúncio?

Franzi o rosto.

— Era vago... algo sobre uma oportunidade para mudar de vida. Se a irmã Catherine estivesse aconselhando Patrick, talvez fizesse sentido.

— Aconselhando Patrick porque...?

— Ele é viciado — respondi, surpresa com a facilidade com que disse isso. — E ele tem outros... problemas psicológicos. Papai vivia ameaçando interná-lo, e a irmã Catherine fez um comentário incisivo sobre almas perdidas... — encolhi-me, percebendo o quanto isso parecia esquisito.

— Que chato esse lance com seu irmão, Sinead, mas não consigo imaginar a irmã Catherine com paciência com adolescentes perturbados.

Fiz uma careta.

— Ela não é exatamente a Madre Teresa, né?

Continuamos a andar em silêncio, mas, agora que tínhamos conversado, estávamos à vontade um com o outro. No meio daquele arvoredo, a temperatura estava, pelo menos, dez graus mais baixa e eu conseguia respirar novamente.

— Eu sentia falta disso aqui — disse James, inesperadamente.

— O quê? O sol e o surfe não foram páreos para a velha e chuvosa Inglaterra?

— Por incrível que pareça, não — respondeu ele com uma honestidade comovente. — Acima de tudo, eu sentia falta da chuva. Às vezes, eu acordava em Melbourne no meio de um calor terrível, convencido de que estava de volta aqui, em uma manhã úmida, com os sapatos e as meias molhados e o bosque com cheiro de umidade e terra.

— Deve ter sido uma infância tranquila — comentei com inveja.

Ele ficou olhando para longe.

— Foi o que me disseram, mas... eu não saberia dizer mesmo.

Dei meia-volta.

—Você não lembra?

Ele olhou dentro dos meus olhos, com uma expressão séria.

— Eu tenho esse branco... uma parte morta de meu cérebro que não consigo acessar e, por isso, só tenho *flashes* de memória... mas eu nem sei se são reais.

— James, que horrível! — falei. Ele parecia tão perdido que tive vontade de estender os braços para ele. Tive de fechar as mãos para me conter.

Ele respirou fundo.

— É como se minha vida só tivesse começado quando cheguei à Austrália. Minha mãe me contava coisas sobre como era a vida na Casa Benedict, mas... não consigo ter ligação com elas.

— Sua mãe já falou em voltar para ajudar você... a ter essa ligação?

James fez que não.

— Ela nem sabe que estou aqui; se soubesse, teria me impedido.

— Mas... por que ela não quer que você volte?

— É para descobrir isso que estou aqui — disse ele com a expressão séria. — Estou com dezoito anos agora. Posso tomar minhas próprias decisões e ir para onde bem quiser.

— E... você pensa em voltar algum dia? — perguntei, com a esperança surgindo dentro de mim.

— Nunca diga nunca — brincou ele, e vi aquela tristeza novamente. Ele se encostou em uma árvore de casca branca e arrancou algumas folhinhas de um galho mais baixo. Não tínhamos andado muito, mas ele já estava sem fôlego. Fiquei imaginando se a umidade do ar lhe tinha feito mal. Deixei-me cair em um monte de flores rosas que ainda cobriam o chão. Ele fez o mesmo.

—Tudo bem com você?

James fechou os olhos com força, abriu-os bem e depois repetiu isso outras duas vezes.

— Sim. Às vezes, eu fico tonto desde que tive... a febre glandular no inverno. Isso me deixou um pouco debilitado.

—Você já fez exame de sangue?

— Ultimamente, não — respondeu, levantando as sobrancelhas com um ar curioso.

— Meu pai é médico — expliquei —, mas... eu também não consigo vê-lo. — Ajoelhei-me, fingi arregaçar mangas imaginárias e segurei seu pulso.

— Nossa! Seu pulso está fraco! Não é de admirar que você esteja abatido.

Ele arreganhou os dentes.

— Deveria estar mais acelerado.

Fui examinando seu braço até o cotovelo e sentindo as cicatrizes, os machucados e as marcas de agulhas. Ele viu para onde meus olhos se voltaram e corou.

— Eu já estava doente, comi comida estragada e acabei no hospital.

Eu já sabia o suficiente sobre viciados para ter quase certeza de que ele não era um, mas algo estava estranho, algumas das marcas de agulhas pareciam antigas. Fitei-o nos olhos para ver se suas pupilas não estavam dilatadas. Como eu não as tinha reparado antes? Quero dizer, reparado mesmo nelas: o belo tom de avelã refletia o bosque ao redor e dava-lhe um colorido quase dourado. Algo foi subindo em minha garganta e ficou parado ali. Eu não conseguia me mover, nem piscar e nem respirar, mas ele também não, e um de nós teve, por fim, de quebrar o silêncio. Com ímpeto, puxei a pele de seus olhos para baixo como se nada tivesse se passado entre nós. Estava pálida, quase branca, em vez de um rosa saudável. Meu pai dissera que podia ser um sinal de anemia.

— Você *deveria* mesmo fazer um exame de sangue — comentei. — Você pode estar com falta de ferro.

James fez-me uma continência e virou-se de costas, olhando para os galhos grossos entre os quais só se via uma pequena faixa de céu azul. Era tão grande a vontade de me inclinar para beijá-lo que chegava a doer. Mais um instante e seus lábios se abriram um pouco, seus olhos tremeram e ele dormiu, com a respiração suave e normal nesse momento. Com qualquer outra pessoa, eu poderia ter me sentido menosprezada, mas era óbvio que ele estava cansado, provavelmente ainda atordoado com a mudança de fuso horário. Era difícil resistir ao desejo de pegar o celular e registrar uma imagem dele adormecido, mas eu não conseguiria encarar Harry depois dessa traição.

Dei uma olhada ao redor do bosque só para ter certeza de que ninguém estava olhando e, então, permiti-me examinar cada detalhe dos traços de James. Havia uma cicatriz acima do lábio superior, que era lindamente desenhado, e uma pequena marca no queixo. Reparei a curva de sua face e as sobrancelhas amplas; até a linha desenhada pelo cabelo era fascinante. Se continuasse mais tempo, eu poderia ter contado cada poro e imperfeição de sua pele, cada um mais impressionante por causa de sua beleza arrebatadora. Se eu imaginasse um anjo, ele seria James, adormecido no que restava das flores da primavera, com o rosto voltado para o céu. E se rearranjasse as pétalas e as juntasse um pouco, elas até pareceriam asas.

Dessa vez, minha mente não estava correndo desenfreadamente em direção a qualquer outra coisa pela frente nem estava preocupada com Patrick. Eu estava totalmente feliz ali, observando James e pensando nas coisas que ele tinha me contado. Ele não estava aqui para passar as férias. Ele tinha voltado à Casa Benedict para tentar encontrar o pai e recuperar parte da memória de sua infância. De vez em quando, ele se contorcia e franzia a testa como se estivesse com dor. Eu queria passar a mão por ela para esticar as rugas. Ele gemeu baixinho, os olhos piscaram quando se abriram e ele respirou fundo.

— O cavaleiro branco. Nem aqui eu consigo fugir dele.

— Cavaleiro branco?

James esfregou os olhos com os punhos.

— É só um sonho idiota que eu tenho. — Ele se pôs sentado. — Tem um cara todo vestido de branco com uma cruz vermelha no peito como se fosse um expedicionário das cruzadas ou algo assim. Há uma lebre morta perto dele.

— Parece um pesadelo.

Ele contorceu a boca.

— Minha mãe também achava. Ela ficou tão preocupada que até me levou ao psicólogo da escola.

— E?

Ele franziu as sobrancelhas.

— Eu só comecei a sonhar com isso depois que fomos para a Austrália. O psicólogo disse que o cavaleiro branco era meu pai, que tinha se tornado uma figura heroica, porque eu o idolatrava...

e a lebre morta simbolizava minha perda, porque estávamos separados.

— É possível.

— Mas o sonho é realmente perturbador, e eu não sei por quê. O cara não se move nem fala... apenas me encara como se eu não estivesse ali. Isso me deixava louco, porque, às vezes, parecia mais uma lembrança vaga do que um sonho.

Abracei os joelhos, sentindo uma empatia imediata por isso.

—Tive asma. Ainda sonho com a primeira vez em que não consegui respirar, quando eu era pequena... eu achava que estava morrendo.

— Quantos anos você tinha?

— Quatro... talvez cinco.

— Me conte o que aconteceu — disse James, simplesmente.

Dei uma olhada para ele e desviei os olhos, percebendo que nunca tinha contado a Harry detalhes daquela noite. Comecei, hesitante.

— Acordei de um sonho muito pesado e percebi que algo em meu quarto estava diferente... Fiquei bem quieta e, então... comecei a lutar para respirar... — Senti a garganta arranhar novamente e engoli em seco, lembrando-me da sensação de ficar sem ar, e sacudi os punhos no ar. Fiquei olhando para o chão. — Outro dia, minha mãe deu a entender que era tudo coisa de minha cabeça.

—Tenho certeza de que não era — disse ele.

Eu estava prestes a fazê-lo se lembrar de meu encontro com as libélulas, mas apertei a boca para ficar calada. Não queria que James pensasse que eu estava ficando louca.

Depois de um silêncio pensativo, ele disse:

— Parece que temos muita coisa em comum. Descobrimos que nós dois estamos procurando um familiar desaparecido e — riu

— nós dois temos sonhos bem ruins... talvez possamos ajudar um ao outro.

Suas palavras puxaram-me de volta para a realidade. Eu tinha acabado de expor minha história de vida a alguém que só conhecia há dois dias? O que James tinha que o tornava uma pessoa em quem se podia confiar com tanta facilidade? Sua sugestão deixou-me animada. Conversar com Harry, ultimamente, estava criando tantos conflitos; seria bom ter um aliado, alguém que estivesse tropeçando no escuro, assim como eu. Não conseguia deixar de pensar em como era estranho o fato de termos acabado no mesmo lugar ao mesmo tempo, os dois à procura de respostas. Contudo, eu ainda estava determinada a manter certa distância, por isso encolhi os ombros, indiferente.

— Me conta mais sobre as pistas de Patrick — pediu. — Se elas tiverem relação com a Casa Benedict, talvez eu possa ajudar.

Tirei do bolso um pedaço de papel amassado. Tinha criado mentalmente meu próprio mapa com todas as pistas de Patrick, com a última seta ligando a Casa Benedict à primeira igreja. Também tinha acrescentado o Purgatório de São Patrício e o século 5. Atenta à reação de James, também descrevi o estranho desenho na parede.

Ele não olhou para mim como se eu estivesse louca.

— Você deve pensar muito em seu irmão para se submeter a tudo isso — disse.

— Penso — respondi, hesitante —, mas isso é um tipo de despedida... quero dizer, despedida desse jogo de sair procurando por Patrick. Estou pronta para deixá-lo ir, se conseguir decifrar as pistas dele.

Depois de alguns minutos, James franziu a testa. Repetiu algumas palavras para si mesmo e se levantou.

— Você vem comigo, Sinead?

— Aonde?

— Tem um templo que eu gostaria de mostrar pra você.

Ele estendeu a mão e eu a segurei. Quando nossos olhos se cruzaram, todas as minhas boas intenções voaram pela janela. Em um momento vertiginoso, eu o teria seguido até o fim do mundo.

CAPÍTULO

DEZOITO

Atravessamos o bosque sozinhos, lado a lado, tropeçando em raízes de árvores e esbarrando em galhos, porque o caminho só permitia uma pessoa de cada vez. Contudo, não me queixei, porque eu não queria que James soltasse minha mão.

— Eu pensei que tivesse sido demolido — disse ele, apertando o passo. — Havia uma clareira aqui sem nada que bloqueasse a visão, e o tempo podia ser visto da casa. É a única coisa que lembro.

Olhei ao redor, perplexa. Essas árvores pareciam antigas para mim, e eu queria perguntar a James como era possível que tivessem crescido durante os oito anos em que ele esteve fora. Mas, era provável que ele estivesse enganado. Foi embora quando era pequeno e, quando voltou, já era um homem, por isso tudo parecia distorcido aos seus olhos. Ele parou de repente, e eu fiz o mesmo, seguindo seu olhar. Eu só conseguia distinguir os impressionantes blocos cinzentos de um edifício retangular, com coroas de louro no topo das colunas clássicas. Contudo, ele estava tomado pela vegetação, como se o bosque o tivesse reivindicado para si. A hera enrolava-se e retorcia-se em suas colunas como se fosse uma cobra gigante e chegava ao telhado de vidro em forma de domo. Depois de minhas experiências recentes, qualquer coisa excessivamente crescida me deixava nervosa, e uma árvore caída ali perto não aliviava essa sensação. Ela estava dominada pela mesma hera, que saía de dentro de seu tronco, fazendo-a parecer viva com as gavinhas estendidas para mim.

— Nossa! A maioria das pessoas tem uma casinha de veraneio ou, quem sabe, um jardim de inverno... vocês têm um templo!

— Sim, mas veja o que está escrito nele.

Ergui os olhos para a estrutura monolítica. Havia letras gravadas no alto, mas uma palavra chamou minha atenção: *Glória*. O restante estava escondido pela camada espessa de folhas cerosas e pontiagudas, mas acertei na mesma hora o que estava escrito ali.

— *Sic transit gloria mundi*, assim passa a glória do mundo — li e bufei lentamente. Patrick! Eu podia sentir sua presença tentando me arrastar para dentro. Ele deve ter ficado nesse mesmo lugar, elaborando seu próximo passo ou desafio para mim. De repente, o bosque pareceu-me muito hostil. Nesse momento, pude realmente acreditar que isso não era um jogo e que Patrick queria me fazer mal.

— Você acha que seu irmão esteve aqui, Sinead?

Fiz que sim com a cabeça.

James falou com um tom calmamente pragmático.

— Nesse caso, devíamos investigar.

Estava tão escuro lá dentro que tive de fechar um pouco os olhos para distinguir algum detalhe. Eu andava com cautela, porque havia no chão um emaranhado de muitos anos de folhas, gramíneas e bagas apodrecidas, e eu não queria imaginar quantos animais tinham buscado abrigo nesse lugar nos invernos rigorosos. Pedestais de pedra de diversos tamanhos espalhavam-se por ali.

— O templo prestava homenagem à cultura grega — disse James. — Havia uma exposição de estátuas de mármore aqui, mas elas foram doadas a um museu.

O lugar deve ter sido lindo antes de as árvores e trepadeiras dominarem tudo; pude imaginar a luz inundando o domo, batendo no mármore branco e refletindo nas paredes. A única ornamentação que dava para ver agora eram as figuras gravadas nas paredes; elas me lembravam a arte rupestre da Idade da Pedra.

— O que são essas coisas? — perguntei.

— A história do submundo. Aqui está o rei, Hades, com sua mulher, Perséfone.

Corri os dedos pelas imagens, das quais partes estavam desaparecidas, uma vez que a pedra era porosa e farelenta.

— Isso lhe dá alguma pista, Sinead?

— O submundo e a caverna que foram revelados a São Patrício — refleti, conversando, na maior parte do tempo, comigo mesma.

— Duas visões da vida após a morte, uma pagã e a outra cristã. É provável que faça sentido para a mente distorcida de Patrick, mas, não para mim... e, depois, tem todo aquele papo sobre a passagem do tempo, o que é estranho, porque... ele parece passar mais devagar aqui.

— Ninguém pode fazer o tempo passar mais devagar — disse James, mas pareceu como se quisesse estar errado.

Olhei ao redor novamente, sem saber ao certo por que não gostava nem um pouco do templo. Impressionou-me como um lembrete decadente de uma era passada, mas também havia algo de sinistro em relação ao interior vazio. Eu estava para sair quando percebi alguns galhos sobre um dos pedestais. Eles estavam dispostos cuidadosamente em uma forma triangular, por isso eu soube que não tinham sido levados pelo vento lá para dentro. Peguei um deles e notei que tinha sido aparado com uma faca porque estava liso. Senti o suor na parte inferior das costas e tentei manter a voz firme.

— Isso é um sinal de Patrick.

— É fácil ver *sinais* por todos os lados — disse James, com a voz suave.

— Um sinal *secreto* — enfatizei. —Toda vez que eu estava encrencada em casa ou meus pais brigavam, Patrick deixava um aviso perto da porta da frente... alguns galhos dispostos em um triângulo. É o símbolo internacional do perigo. Patrick aprendeu isso nos escoteiros ou em algum lugar.

— E o que significa?

— É um S.O.S.

James arqueou as sobrancelhas.

— Um pedido de socorro.

Senti um arrepio na escuridão do templo. Puxei James para fora comigo e cobri o rosto com as mãos.

— Essas pistas são muito mórbidas, e o estado mental de Patrick está instável... mas... enquanto eu estiver atrás dele, acho que estará seguro. Eu não sei por que ele está fazendo tudo isso, nem por que a irmã Catherine está escondendo coisas de mim, mas acho que estou cada vez mais perto.

James jogou a cabeça para trás como se estivesse esperando que as respostas caíssem do céu.

— Não consigo pensar em nenhuma outra pista, Sinead.

Fiquei desapontada, mas não quis mostrar isso.

—Você me trouxe até aqui. Você me contou que a Casa Benedict era uma igreja antes, e eu nunca teria encontrado o templo sozinha. Pensei em seguir a irmã Catherine...

— Não se incomode com isso — disse ele. — Ela faz o mesmo caminho, entra dia, sai dia. Isso deixaria qualquer outra pessoa louca.

Franzi a testa e concordei.

— Bom... quem sabe... amanhã você possa experimentar a chave para mim no andar de cima. Não consegui chegar lá ainda.

James fez que sim, sem qualquer dificuldade, como se fosse um pedido perfeitamente normal. Ele olhou novamente para as palavras em latim lá em cima.

— Você reconheceu a expressão, James.

— É muito estranho — disse ele. — Conheço o caminho ao redor da casa e o terreno. Consigo me lembrar das estações e de como a paisagem mudava... — pausou —, principalmente no outono; todo esse lugar é fascinante quando as folhas mudam de cor e morrem em uma glória súbita e passageira. — Ele piscou rapidamente. — Mas todo o resto é como... lutar contra as sombras.

Tentei tranquilizá-lo.

— Você vai se lembrar de mais coisas agora que está em casa. Sua mãe deve ter ajudado você a preencher as lacunas.

— Sim, ela me contou o quanto meu pai e eu éramos inseparáveis e que percorríamos o terreno juntos, fazendo coisas de homem.

— E o que o psicólogo disse sobre sua falta de memória?

Ele suspirou.

— Que ela provavelmente foi provocada pelo trauma de eu ter deixado meus amigos, minha família, o lugar onde cresci. É estranho, porque passei os últimos oito anos sendo alguém, mas não sei se essa pessoa sou eu.

— A perda de memória não pode alterar sua personalidade — insisti. — Não pode mudar o que está aí dentro.

James tirou do bolso uma fotografia envelhecida e a entregou para mim. Nela, estava um homem bastante novo e bem vestido, em pé à frente de um carro esportivo de dois lugares. Ele não precisou me dizer que era seu pai, pois a semelhança indiscutível; a estrutura óssea e a linha do cabelo, até a postura, eram as de James. Mas, havia uma arrogância, quase um ar de escárnio, no sorriso que James não tinha, e havia alguma coisa nos olhos que me deixou inquieta.

— Estou tentando impressionar meu pai — disse ele com uma gargalhada triste. — Foi por isso que aluguei o carro antigo.

— O carro fez você se lembrar de alguma coisa?

Ele revirou os olhos.

— Só que ele dirigia como um louco. Tive de me conter para não dirigir como ele mais de uma vez.

Lembrando da minha viagem assustadora no carro, dei um sorriso amarelo. Sabia que devíamos voltar, mas queria ajudar James e não tinha vontade de acabar com nosso tempo juntos. A conversa sobre nossos sonhos ainda estava fresca em minha memória. Tive uma ideia.

—Você pode experimentar algo para mim? — sugeri.

— O quê?

Olhei para o chão macio do bosque.

—Você pode se deitar?

James nem perguntou por quê. Ele até pareceu agradecido por se jogar no chão, que estava almofadado com os fios entrelaçados de uma planta em forma de cordão. Ajoelhei-me perto dele e puxei um dos fios para ver até que ponto ele era firme. Pedi que ele fechasse os olhos e esperei até que ele se acomodasse. Quando cobri suas pálpebras com as mãos, senti seus cílios roçarem nas minhas palmas.

— Eu tenho muito medo do escuro — comentei —, mas minha mãe nunca me deixou dormir com a luz acesa. Eu ficava acordada durante horas e... como não podia enxergar nada, meu olfato e minha audição se intensificaram. É assim que me lembro de tanta coisa sobre a noite em que fiquei doente. Pensei que poderíamos ver se dá certo com você... para estimular sua memória.

— Você está fazendo uma experiência comigo — provocou James.

Apertei bem minhas mãos sobre seus olhos.

— Fique deitado aí, quietinho. Deixe sua mente vagar e os sentidos se aguçarem.

Esperei alguns minutos, observando com atenção a expressão de seu rosto. Aos poucos, ela foi deixando de lado um ceticismo divertido, adquirindo uma leve seriedade e, por fim, ficando concentrada.

— Sinto o cheiro de madeira queimada — disse ele, umedecendo os lábios com a língua. — Posso ouvir os pássaros batendo as asas e passos pisoteando as folhas secas. Os passos são pesados e estão se aproximando... Uma mulher chora... — encolheu-se. — Sinto uma respiração quente na nuca, um cão está arquejando e a saliva está espirrando em minha pele. Ouço guinchos... parece um animal com dor; os guinchos são estridentes, desesperados...

De repente, os olhos de James abriram-se e ele me fitou como se eu fosse uma estranha.

— Voltei aqui outra vez, e me lembrei do cachorro do papai, Cérbero.

— Cérbero?

— O animal de três cabeças que guardava a entrada para o submundo — disse ele, sentando-se. — Era a piada do papai em relação ao seu animal preferido. Ele o usava, principalmente, como cão de guarda, mas eles se dedicavam um ao outro... — Ele parou, abruptamente.

— Mais alguma coisa?

Frustrado, ele fez que não com a cabeça.

— O resto continua nas sombras... formas em movimento em meio a uma névoa. É como se eu estivesse estacado no... meio do caminho

NÃO OLHE PARA TRÁS

— No meio do caminho?

— Entre a realidade e a ilusão — respondeu, sem rodeios.

Apertei o ombro de James e ajudei-o a se levantar. Voltamos juntos para a casa, e esperei que ele voltasse a segurar minha mão, mas ele parecia distante, perdido em seus pensamentos. Retirou-se com um sorriso triste e a promessa de passar por ali no dia seguinte para pegar a chave de Patrick. Eu esperava um sermão da irmã Catherine, mas ela parecia estranhamente impassível.

— Ainda estou atrás de Patrick — comentei, quase em um tom de desafio. — Encontrei outras pistas de que ele esteve aqui. — Ela olhava fixamente para frente sem reagir às minhas palavras. — Você não espera que eu fique me matando de trabalhar aqui durante catorze dias sem me dar alguma informação.

Por um instante, eu realmente pensei ter visto a linha de um sorriso em seus lábios.

— Você deveria se concentrar em provar que tem a resistência necessária para dar conta desta tarefa.

— Eu tenho *resistência* suficiente para encontrar Patrick — assegurei-lhe.

Ela enrugou o nariz.

— Talvez devesse perguntar para si mesma se esse lugar é realmente pra você... se você tem as qualidades certas para continuar na Casa Benedict.

— Continuar! — gritei, enfurecida. — Eu só estou aqui por causa de Patrick. Não vou ficar aqui nem mais um minuto do que preciso. Não sou uma prisioneira. Eu poderia sair agora mesmo e não olhar para trás.

Ela me agarrou pelo braço. Os dedos ossudos machucavam minha pele.

— Quando encontrar o que deseja, Sinead, não olhe para trás; você nunca deve olhar para trás.

Como se estivesse preocupada por ter dito coisas demais, ela pôs o dedo nos lábios e saiu rapidamente. Tentei tirar aquelas palavras estranhas da mente. Quando acabei de limpar a sala de visitas, minhas pernas estavam moles e eu mal conseguia levantar a cabeça. Cancelei o encontro com Harry, desesperada para ficar sozinha e pensar naquele dia. Aqueci no micro-ondas uma refeição individual muito ruim que comprei na loja da esquina, composta por uma coisa parecida com carne boiando em algum tipo de molho. Parecia e tinha o gosto de cola apimentada.

Minha mãe tinha deixado quatro mensagens. Tive de falar com ela e convencê-la de que estava fazendo progressos e de que Patrick tinha estado na Casa Benedict. Ela ainda não tinha ido à polícia. Era quase como se acreditasse tão piamente no jogo de Patrick a ponto de achar que eu era a única pessoa capaz de levá-lo para casa. Pensei novamente nas pistas de Patrick e na ideia de ajudar James, mas a lembrança de minhas visões não parava de voltar à minha mente: plantas malévolas, fungos predadores e um enxame de libélulas zangadas. Libélulas... nunca tinha visto uma, mas, a primeira vez que vi, fui atacada por centenas.

Pesquisei a palavra "libélula" no Google e hesitei diante dos vários nomes que davam para elas, na maioria, perniciosos: calunga, cavalinho-do-diabo, lava-bunda, pito-do-coisa-ruim, fura-olho. Segundo antigas superstições, uma libélula podia arrancar os globos oculares ou costurar as pálpebras uma a outra. Na Suécia, acreditava-se que o diabo as usava para pesar as almas. Se uma libélula voasse em volta da cabeça de uma pessoa, era isso que ela estava fazendo. Parecia que a Casa Benedict estava colocando coisas em minha mente, e a irmã Catherine não estava ajudando quando dizia aquelas esquisitices sobre minha permanência na casa. Como se alguém quisesse ficar mais um minuto do que devia. Tentei parar de pensar nisso, mas era impossível. Sua voz insistente ainda ecoava em minha cabeça, como um estranho presságio. *Quando encontrar o que deseja, Sinead, não olhe para trás; você nunca deve olhar para trás.*

CAPÍTULO
DEZENOVE

Hoje, a íris dos olhos de James estava da cor de caramelo derretido e as pupilas pareciam enormes esferas escuras. Toda vez que eu o via, tinha de fazer meu coração parar de palpitar como uma borboleta capturada. Ele pegou a chave comigo e a guardou no bolso.

— Algum plano para hoje? — perguntei, tentando parecer indiferente.

— Vou ao vilarejo mais tarde para conversar com algumas das famílias que eu conhecia. Tomara que alguém consiga lembrar alguma coisa sobre meu pai... ou sobre mim. Quem sabe, até descubra quem eu era.

Dei um sorriso de incentivo.

— Boa ideia.

— Você pensou em mais alguma coisa sobre Patrick?

Inclinei a cabeça para o lado.

— Eu queria saber se existia um porão na casa. Uma das coisas que Patrick disse foi: *Aqueles que estão debaixo da terra clamam por libertação.*

James franziu o rosto, com ar duvidoso.

— Eu conheço cada centímetro desta casa, e não há nada no subsolo.

— O S.O.S. de Patrick tem a ver com o fato de a Casa Benedict ter sido uma igreja antes — continuei. — Outra ideia que me ocorreu foi que talvez houvesse uma parte da casa mais sagrada que o restante, alguma coisa em sua história.

James parece ter entendido minhas palavras e olhou para mim atentamente.

— Há um lugar especial.

Meu coração começou a acelerar.

— Onde?

— A Casa Benedict tem um buraco de padre. Você já ouviu falar deles?

Coloquei as mãos no quadril, fingindo estar indignada.

— Minha mãe é católica e irlandesa. É claro que eu sei o que são... lugares secretos onde padres da Igreja Católica se escondiam durante a Reforma.

— Encaixa na história? Um lugar de penitência, salvar nossa alma...

Meus olhos iluminaram-se.

— Quando podemos ir lá?

— Vamos ter que esperar até termos certeza de que a irmã Catherine não vai voltar.

— Por quê?

Ele ergueu as sobrancelhas.

— Porque é onde ficam os aposentos dela.

Comecei a olhar nervosamente para os lados, mas James me assegurou que estávamos sozinhos.

— Está tudo bem, Sinead. A irmã Catherine vai visitar a vovó na mesma hora todos os dias e passa mais de meia hora com ela.

— Ela é estranha quando o assunto é tempo, não é? — perguntei, ciente de que talvez estivesse falando de mim mesma. — Tudo é tão preciso e medido, como se tudo isso significasse alguma coisa.

— A vovó me disse que ela vem de uma ordem rigorosa na qual elas evitam o mundo exterior, mas rezam o tempo todo. Ela se levanta às 4h e começa sua caminhada no escuro.

— Sério? Mas como ela enxerga?

James deu de ombros.

— Ela conhece tão bem o lugar que deve andar por aqui de olhos fechados. Não se preocupe com a irmã Catherine... eu acho que, lá no fundo, ela tem um bom coração.

Fiz um beiço, sem vontade de atribuir quaisquer motivos altruístas à minha xará carrancuda. Voltei minha atenção para James. As últimas horas à sua espera tinham se arrastado muito. Ele tinha uma manchinha de algo no canto da boca, talvez do almoço, o que me deu vontade de me aproximar para limpar. Sua pele cheirava à maçã ou a algum suco de fruta qualquer, e respirei fundo. Ele me atraía e eu lutava para impedir que isso acontecesse. Havia algo nele que desmentia a aparência autoconfiante e atraente. E ele percebia as coisas que a maioria das pessoas não via, com olhos que pareciam sondar profundamente minha alma.

Fiquei me balançando com impaciência onde estava.

—Tudo bem, onde fica?

James sorriu de modo enigmático e foi direto à porta escondida no saguão. Segui atrás dele, e nós dois ficamos, quase encostados um no outro, no pequeno espaço.

— Eu sabia que esse lugar era estranho — disse. — A irmã Catherine passa horas e horas aqui, e, quando entrei escondida para dar uma olhada, vi que a porta estava fechada com tijolos.

James virou-se para mim com um olhar travesso e, então, se agachou lentamente e examinou os painéis de madeira. Ouvi um leve estalo, e uma das partes dos painéis praticamente deslizou para cima, como uma janela do tipo guilhotina. Nós dois ficamos olhando para um espaço.

— Vamos lá — pressionou. — Toda casa antiga tem que ter uma escada secreta.

Senti uma pontinha de empolgação enquanto seguia James. Ele corria como um menino, com os pés virados para fora e fazendo barulho em cada degrau. Subimos tanto que devíamos estar perto do forro do telhado. Como uma velha como a irmã Catherine conseguia subir aquela escada? No entanto, tive a resposta para outro mistério; devia haver uma abertura em algum lugar, porque eu podia sentir uma corrente de ar e ouvir um assobio, o que explicaria os suspiros estranhos. Também me lembrei das vozes desesperadas e percebi que estava vendo e ouvindo coisas que não existiam.

Havia outra pequena porta do lado direito. Meus olhos automaticamente procuraram um buraco de fechadura. Olhei para James à espera de uma orientação, e ele deu um empurrão para abrir a porta, pedindo-me para ir primeiro. Dei um passo hesitante para dentro. A sala tinha pouco mais que uma cama de solteiro, uma cômoda e uma pequena cadeira de treliça. Notei um hábito de freira pendurado no encosto da cadeira, como se estivesse esperando que alguém o vestisse. Tudo estava pintado de branco, e os lençóis asseados na cama estavam bem esticados, sem o menor vinco. Bem à nossa frente, havia uma fabulosa pintura tridimensional de uma janela em arco, retratando uma menina de cabelo curto e escuro olhando para o céu, em pé perto de um lago. Suas mãos estavam levantadas, enquanto um bando de pombos voava em direção ao céu. Um semicírculo criado pela luz do sol iluminava a pintura, propagando-se para os lados e enfraquecendo ao chegar à menina. Fiquei impressionada. Era estranho esconder algo tão bonito. A única outra decoração no quarto era um ícone de uma senhora com vestes brancas. Acima de sua cabeça, havia uma aureola e letras desbotadas: Santa Catarina de Gênova.

Fiz a pergunta, mesmo sabendo, instintivamente, qual era a resposta.

— A irmã Catherine dorme aqui? Ela prefere se esconder nesse quartinho a ficar na suntuosa casa?

James deu de ombros.

— Eu acho que sim.

O espaço era uma tela em branco. Fazia-me lembrar do quarto de Patrick depois da reforma. Cocei o nariz, pensativa.

— O apartamento de Patrick ficou impressionantemente limpo... ofuscante, no sentido literal. O que você acha disso?

James encolheu os ombros.

— Ele está tentando virar a página, limpando seu espaço e... quem sabe, a si próprio?

— Foi o que Harry achou... mas não acredito muito nisso. Talvez Patrick esteja tentando mudar e se tornar uma nova pessoa.

— Tomara que sim — disse James.

— Ainda não estou perto de encontrá-lo — falei com tristeza. — O buraco de padre é uma grande pista, mas eu não acho que Patrick esteve aqui.

— Esse não é o buraco de padre, Sinead. Devia ser um quarto de criado.

Franzi as sobrancelhas.

— Onde é, então?

James fez-me encarar a porta. Ouvi um tipo de trinco metálico se abrindo, e ele me virou pelos ombros com o olhar de um menino me mostrando seu esconderijo. Pude ver que a pintura escondia uma cavidade do tamanho suficiente apenas para um adulto entrar agachado. Fui até lá, desesperada para encontrar uma das pistas

NÃO OLHE PARA TRÁS

de Patrick, mas o espaço estava vazio. Apesar de minha decepção, não pude deixar de admirar a forma engenhosa com que a parede espessa tinha sido escavada. A pintura estava aplicada a uma tábua pesada com fechaduras habilmente disfarçadas que estavam alinhadas com a parede. Com um sorriso largo, James espremeu-se para entrar no buraco, e fiquei imaginando quantas vezes ele tinha feito isso quando era criança. Deve ter sido um lugar fantástico para se esconder. Não pude resistir à vontade de fechá-lo lá dentro.

—Você vai ficar aí até a irmã Catherine voltar — gritei.

As palavras abafadas de James eram como se ele estivesse ficando irritado, o que me fez abrir um sorriso largo para mim mesma. Mas, então, ele bateu na madeira de forma tão desesperada que percebi que algo estava errado. Mais que depressa, tentei abrir as fechaduras, mas estava com os dedos suados e demorei um pouco para abri-las. Sua agitação deixou-me ainda mais sem graça. Vê-lo daquele jeito deixou-me chocada. Ele estava agachado lá dentro, encolhido de medo, com as mãos na cabeça.

— James, desculpa, foi só uma brincadeirinha...

Ele saiu com o rosto pálido e com dificuldade para respirar. Pude ver que ele estava tremendo.

— Eu sou um pouco claustrofóbico — murmurou, nitidamente envergonhado. — De repente, lembrei o quanto odiava ficar ali dentro, mas já era tarde demais; você já tinha me trancado.

Desde criança, eu odiava espaços fechados também. Pedi desculpas novamente, zangada comigo mesmo por ter sido tão insensível e imaginando o quanto o buraco de padre era perigoso, uma vez que não podia ser aberto por dentro. Ao colocar a pintura novamente no lugar, reparei a parte de trás da madeira: havia muitos arranhões profundos, como se alguém tivesse usado as unhas para tentar sair de lá. Tremi. James já tinha passado pela porta, como se não pudesse esperar para sair. Dei uma última olhada ao redor para ter certeza de que nada estava fora de lugar. Meus olhos pousaram nas feições benevolentes de Santa Catarina, sua auréola formando um anel dourado iridescente, a cabeça inclinada em uma posição de modéstia. Suspirei em silêncio. Não havia nada que indicasse que Patrick tinha estado ali.

Desci as escadas atrás de James. Ele tinha acabado de colocar o painel no lugar quando ouvimos o som característico de passos. Endureci, procurando um lugar para me esconder. Ele me empurrou para um canto atrás de dois casacos grossos pendurados em um gancho, mas nossas pernas ainda podiam ser vistas, e não havia como não sermos achados. Como se reconhecesse isso, James virou-se de lado e me puxou em sua direção até ficarmos com os rostos encostados, os lábios quase se tocando. Eu podia sentir seu coração. Mesmo tremendo de nervosismo, eu estava decidida a aproveitar cada segundo. Um feixe estreito de luz invadiu o espaço, indicando que a porta tinha sido aberta um pouquinho. Minha respiração estava tão irregular que James colocou um dedo em meus lábios e o deixou ali.

Os passos determinados pararam a poucos centímetros de nós. Quase dei uma risadinha, porque estava perturbada dos nervos, mas consegui me controlar. Não tive coragem de dar uma espiada, mas fechei os olhos. A irmã Catherine não fez nenhum outro som, o que significava que ela provavelmente estava olhando, espantada, à espera que aparecêssemos. O único pensamento reconfortante era que, se ela me trancasse ali para sempre, pelo menos, eu estaria com James.

Concentre-se, Sinead. Talvez você nunca mais fique tão perto dele assim.

Meus olhos estavam tão apertados que eu podia ver estrelas, e elas obscureciam tudo, menos o toque e o cheiro dele. Sara tinha me perguntado o que eu faria com todo o tempo que tinha poupado de forma frenética, e, agora, eu tinha a resposta: ficar ali com James, sem nunca mais ter de me mexer ou falar. Aquilo era o paraíso.

Houve um leve ruído, o roçar de roupas e o barulho típico de alguém subindo escadas, com os sapatos batendo na madeira nua. De algum modo, a irmã Catherine não nos viu escondidos ali. Ela se foi. Abri os olhos e fiquei olhando de frente para James. Estávamos tão perto que seus cílios roçavam meu rosto. Ele continuou parado e eu também. Esconder-se dessa maneira fez-me sentir segura e diminuiu meu nervosismo. Nossa respiração estava sincronizada e seu hálito quente entrava em minha boca. James deslizou o dedo de meu lábio, percorrendo a linha de meu queixo até o pescoço. Uma onda de desejo percorreu meu corpo, e fechei os olhos novamente, esperando que ele me beijasse. Nada aconteceu. Estendi a mão lentamente e senti um material áspero, mas não uma pele firme. Abri os olhos e me vi sozinha, agarrada a algum tipo de casaco grosso de lã. Não percebi quando James saiu dali.

Sua voz, por fim, me trouxe de volta à realidade, um assobio impaciente que veio de fora da salinha.

— Depressa, Sinead. Vamos antes que ela volte.

Você franziu os lábios... você franziu os lábios para ele e ele correu para bem longe.

Pedalando freneticamente para me distanciar o mais rápido possível da Casa Benedict, eu alternava entre ficar louca de raiva e indiferente, enquanto pensava no acontecido. Eu praticamente me atirei para ele e ele se afastou. Só conseguia pensar no quanto devia ter parecido patética, de olhos fechados, lábios franzidos, inclinando-me em sua direção, pronta para desfalecer em seus braços. Eu queria um buraco para me esconder. *Você franziu os lábios!* Em silêncio, gritei para um caminhão que estava passando, que me fez desequilibrar perigosamente na bicicleta depois que passou. Meu rosto estava pegando fogo, como se estivesse com uma terrível alergia.

Isso que dá nunca ter se preocupado com namoros, sempre mantendo os meninos à distância ou só como amigos. No espaço de uma semana, você conseguiu estragar tudo com dois caras: fez papel de boba com um e feriu o outro de forma imperdoável.

Eu estava tão envergonhada que nem atendi o celular ou dei notícias para minha mãe. Quando vi, havia doze ligações perdidas. Não conseguia deixar de pensar no quanto tudo estava dando errado. Não tinha encontrado mais nenhuma pista de Patrick, e James tinha descoberto pouco de seu passado, exceto que era claustrofóbico, como eu. Foi fácil evitar as ligações de Harry, mas minha mãe não iria desistir. Por fim, fui obrigada a atender o telefone, sentindo o estômago revirar.

— Desculpe, mãe. Perdi o sinal.

— Sonhei com Patrick — disse ela, entre lágrimas. — Ele era um menininho de novo, e nós estávamos juntos na cidade, mas soltei a mão dele e não consegui encontrá-lo mais. Fiquei *arrasada*. Eu sei o que meu subconsciente está tentando me dizer: abandonei meu único filho. Ele está por aí, sozinho e desprotegido, uma ovelha no meio dos lobos.

— Sinto muito — murmurei novamente. — Eu acho que estou chegando perto. Ele quer ser encontrado, mãe, eu sei disso agora. De certo modo, ele está me ajudando.

— É o grito de desespero dele — continuou. — Patrick é tão talentoso; isso faz parte de seu problema. Ele nunca será uma pessoa comum; não devemos esperar que ele leve uma vida normal como

as outras pessoas. Quando ele estiver em casa, vamos ter que en
contrar uma saída para seus talentos extraordinários.

Distraí-me, enquanto ela listava os muitos talentos de Patrick, como se eu já não soubesse todos eles de cor e salteado. Ela terminou com seu refrão habitual:

— Não me decepcione, Sinead.

Respondi automaticamente.

— Não vou.

CAPÍTULO
VINTE

Na manhã seguinte, tive o privilégio de limpar o escritório escuro e sombrio. Meu humor não estava melhor, e a irmã Catherine sempre conseguia me tirar do sério. Era possível que ela não soubesse de minhas visões assustadoras, mas tinha, com certeza, o dom de me intimidar. Eu estava decidida a fazer com que ela soubesse que não iria conseguir.

— Nada neste lugar me assusta — falei. — E posso sobreviver a qualquer teste de resistência que me der ou a qualquer uma das outras coisas estranhas que acontecem aqui. Vai ser assim até eu descobrir o paradeiro de Patrick.

— Nada aqui pode prejudicá-la, Sinead — respondeu. — Que bom que você não está com medo. A única coisa a temer é o próprio medo.

— Muito profundo — murmurei baixinho.

A irmã Catherine deve ter ouvido.

— Você queria que eu dissesse para você enfrentar seus demônios? Que esse é o momento?

Encarei-a para que soubesse o quanto estava me irritando, mas uma ligeira expressão de algo que quase parecia afeição surgiu em seu rosto. Logo desapareceu.

— Vou deixar você fazer seu trabalho — disse ela, secamente.

NÃO OLHE PARA TRÁS

Olhei ao redor do escritório. Na parede, havia uma coleção sombria de pinturas a óleo com molduras douradas. Uma delas retratava uma cena de caça, com muitas figuras de casaco vermelho montadas em cavalos, perseguindo uma raposa e o líder soprando um chifre. Uma pintura menor retratava um cão com um faisão morto na boca e uma lebre esticada no chão, com sangue escorrendo das feridas. Trabalhei durante toda a manhã, nervosa com a ideia de ver James novamente, mas as horas se arrastaram, e ele não apareceu. Doeu ver que ele não me procurou; ele parecia tão interessado em ajudar. Mas, isso foi antes de eu me atirar nele.

No intervalo do almoço, fui para o bosque com o coração pesado e segui para o templo. Era o último lugar onde eu sabia que Patrick tinha estado com certeza e eu não conseguia pensar em outra coisa senão voltar lá. A princípio, fiquei com medo de me perder, mas, agora, podia ver que a propriedade como um todo era um círculo e, se duvidasse de meu senso de direção, só precisaria procurar o paredão verde. Enquanto caminhava, reconheci alguns pontos, lembrando-me de como James tinha segurado minha mão ali há apenas dois dias, e pareceu algo tão natural. Parei abruptamente quando me deparei com uma figura deitada na grama, o sol refletindo no cabelo louro. Só podia ser James, mas ele não se movia. Fiquei com o coração na mão. Cheia de pavor e com a boca seca, aproximei-me, mas depois vi que ele estava com os olhos abertos e mexia o peito. Senti um grande alívio.

— James, você me deu um susto!

— Eu?

Sua expressão estava totalmente deprimida, os olhos sem brilho e as curvas da boca voltadas para baixo.

— O que aconteceu? — perguntei.

Ele balançou o braço.

—Você não está vendo?... É este lugar. Tem alguma coisa... escondida que sufoca toda a beleza.

Ele disse isso do nada, mas, quando me sentei ao seu lado e olhei ao redor, pude ver o que ele queria dizer; na superfície, tudo estava vivo e em plena floração, com o rendado exuberante das árvores nos protegendo, mas uma rede de ervas daninhas se escondia por baixo, destruindo sorrateiramente tudo o que aparecia pelo caminho.

Ele dirigiu os olhos para um enorme carvalho.

— Eu me lembrei de outra coisa, Sinead. Eu me lembrei de como a propriedade pode ser mortal.

Estendeu as mãos, e, em cada uma delas, havia um cogumelo cor de azeitona. Observou atentamente minha expressão.

— Um é comestível, um cogumelo comum do campo, o outro é um chapéu da morte, o mais letal dos cogumelos. A morte pode ocorrer em menos de 24 horas.

—Você não pode ter tanta certeza assim.

— Eu posso — insistiu. — É fácil confundi-los, mas o chapéu da morte tem um cheiro característico, como pétalas de rosa.

— Pétalas de rosa — repeti baixinho.

— Você ainda não acredita em mim? — Lentamente, James levou um aos lábios. Fiquei olhando, impressionada, certa de que ele estivesse brincando, até que abriu a boca e pôs o cogumelo sobre a sua língua dobrada.

— O que você está fazendo? — gritei, batendo em sua mão e fazendo o cogumelo cair. — Eu acredito em você. Não precisa fazer uma besteira.

James virou-se de costas e olhou para mim, com um sorriso misterioso no rosto.

— Eu poderia morrer em seus braços, Sinead.

— Prefiro você vivo — respondi, tentando parecer normal. — Seria uma morte horrível, lenta e agonizante.

Ele entrelaçou os dedos e pôs as mãos atrás da cabeça.

— Não consigo pensar em mortes piores... mais lentas, infinitamente mais dolorosas, até você implorar para nunca mais ver o sol nascer de novo.

Eu estava zangada com ele por falar assim.

— Eu nunca poderia imaginar um jeito de acabar com minha vida — comentei. — Ela é tão preciosa; o tempo é precioso.

A cabeça de James pendeu para um lado e notei que, mesmo de cabeça para baixo, ele ainda era lindo.

— O tempo só é precioso quando está acabando, Sinead.

— O que aconteceu? — perguntei novamente. — Aconteceu alguma coisa no vilarejo?

Ele suspirou.

— Não aconteceu nada no vilarejo... O problema é esse. Todo mundo com quem falei disse que meu pai era uma espécie de santo amado por todos, um grande fidalgo, um amigo e um bom velhinho... ah, e ele e minha mãe foram muito felizes juntos.

— Vai ver que essa é a verdade, então. Por que as pessoas mentiriam?

— Porque não querem me deixar chateado. Mas eu sei que estão mentindo; elas não conseguem me encarar. — Ele contorceu o rosto. — Sabe... eu vim para casa com a expectativa de encontrar meu herói, o cavaleiro branco, e estou assustado com o que está acontecendo. Estou com medo da minha mente, dos lugares escuros onde as coisas ruins se escondem.

— Todo mundo tem esses lugares — tentei tranquilizá-lo. — Vai ver que sua mente está confusa e... meio que punindo seu pai por ter abandonado você.

James respirou fundo de um modo trêmulo e foi aí que percebi o quanto isso era difícil para ele.

— Quando fiquei trancado no buraco de padre... me senti um menino de novo e pude sentir um cheiro em minhas roupas que fez meu estômago virar... uísque e cigarros... estava em meu nariz, me sufocando... Eu acho que era o cheiro dele. Eu acho que ele me colocava lá dentro, me trancava no escuro, e eu arranhava a madeira na tentativa de sair até ficar com sangue nos dedos.

— Você não se lembra dele fazendo isso?

James fez que não com a cabeça.

— Mas... você pode ter sido trancado lá por acaso, por um amigo fazendo uma brincadeira, como eu fiz.

Seus olhos estavam enormes, e ele estava assombrado.

— Outra coisa... Outro dia, no bosque... quando você cobriu meus olhos... morri de medo de alguma coisa... ou de alguém... abrindo caminho por entre as árvores... As sombras estão se aproximando e estão me assustando. — Ele parecia tão dramático que fiquei com o coração apertado.

— Você gostaria de nunca mais ter voltado, né?

Ele inclinou a cabeça para olhar para mim.

— Eu nunca poderia desejar isso. Só estou começando a perceber por que voltei.

Desviei os olhos. *Não olhe para ele, Sinead; ele está usando seus poderes mágicos agora. Lembre-se do motivo pelo qual está aqui. Lembre-se de Patrick.*

— Estou indo ao templo para procurar mais pistas — falei, abruptamente.

Levantei-me e avancei para o meio do bosque. Não esperei para ver se James iria me acompanhar, mas pude ouvir seus passos atrás de mim. De caso pensado, mantive o ritmo acelerado e caminhei à sua frente, para que não ficássemos lado a lado. Assim que entramos no templo, senti o ar pesado. Era como se o bosque tivesse revivido, como se as trepadeiras pudessem romper o telhado de vidro e me estrangular. Fiquei andando por ali, repassando as pistas de Patrick, com o rosto impassível. Tirei os galhos que ele tinha colocado nos pedestais, irritada porque isso mostrava que eu estava em um beco sem saída.

— Que estátua ficava aqui? — perguntei a James, como quem não queria nada.

Ele não precisou pensar.

— Eurídice. Era minha favorita.

— Como ela era?

— Linda — respondeu James, e quase senti ciúmes. — Vestido longo, flores no cabelo, a mão... graciosa na testa...

Meu coração descompassou.

— Eu vi uma estátua assim pelo terreno quando cheguei.

— Mas... tenho certeza de que todas foram doadas para o museu.

Franzi a testa.

— Eu não acho que seja imaginação minha. Ela era bem branca e estava com a mão na testa. Na verdade, ela me assustou no início, porque achei que fosse real.

— Você conseguiria encontrá-la de novo?

— Eu... acho que sim. Ela não estava tão longe dos portões principais.

Saímos juntos, e mantive o passo acelerado, irritada comigo mesma por ter deixado passar algo tão óbvio. Patrick tinha escolhido aquele pedestal em especial por uma razão, e eu precisava descobrir por quê. Depois de um tempo, James estava quase ofegante, e vi novamente o quanto ele ainda estava exausto, com gotas de suor brilhando no lábio superior. Sua letargia e as marcas em seus braços ainda me preocupavam, e continuei a lançar olhares discretos para ele.

Tentei lembrar-me de quando tinha visto a mulher de mármore pela primeira vez. Era difícil ser precisa, mas chegamos aos enormes portões sem qualquer sinal dela.

— Dava para vê-la do caminho, com certeza — disse.

James olhou para mim com ceticismo, o que me fez pensar se tudo aquilo tinha sido um sonho. Corri na frente, lembrando o momento em que estava de bicicleta e vi a cabeça dela brilhando no meio das folhagens. Ela não estava em nenhum lugar. Intrigada, comecei a procurá-la na vegetação rasteira. Não demorou muito tempo para que eu visse a forma de mármore branco. Falei alto, empolgada.

— Aqui está ela. Ela deve ter saído do lugar... Não... isso não é possível. O mato deve ter se espalhado e a cobriu.

James enfiou-se no meio das folhas e juntou-se a mim. Abriu um sorriso largo e correu as mãos pelo mármore liso.

— Eurídice — disse ele, orgulhoso. Olhou ao redor. — Mas cadê o Orfeu? Eles nunca deveriam ter sido separados.

— Os dois são um casal?

— Claro que sim. Você não conhece o mito?

Fiz que não com a cabeça.

— Orfeu e Eurídice — disse James. — Segundo a lenda grega, ela morreu no dia do casamento. Orfeu encheu-se de tristeza e tocou canções tão tristes em sua lira que o barqueiro o deixou atravessar vivo o rio Estige e descer ao submundo. O rei e a rainha do submundo também ficaram comovidos com a música dele e deixaram Eurídice retornar à terra... mas havia uma condição. Orfeu só poderia olhar para ela quando chegasse ao mundo dos vivos. Mas... ele olhou antes disso, e ela foi tirada dele pela segunda vez, e ele só poderia vê-la de novo quando morresse.

Não conseguia tirar os olhos da estátua, que tinha se deteriorado com o tempo e estava desgastada em algumas partes, mas ainda era bela, com veios da cor da ferrugem percorrendo o mármore quase branco. Fiquei fascinada com as curvas e as formas fluidas e surpresa com a capacidade de alguém esculpir algo tão realista, do botão das flores no cabelo e as dobras do vestido longo aos dedos das mãos e dos pés perfeitos. Eurídice, em seu pranto, já estava meio virada, como se estivesse para ser levada às escondidas.

— O que é isso enrolado na base? — perguntei, de repente.

James curvou-se para examinar.

— É uma cobra d'água. Não precisa se apavorar... está morta.

Fiquei olhando com nojo para a pele verde escamosa com as listras pretas características.

— Que coincidência estranha — disse James. — Eurídice morreu, porque foi picada no pé por uma cobra.

Meu rosto fechou-se.

— Eu não acredito mais em coincidências. Aposto que Patrick deixou isso aí para mim.

— Por que ele faria isso?

Franzi o rosto.

— Mmmmmm... Eurídice é mais uma ligação com o submundo... Era para São Patrício ter acabado com todas as cobras da Irlanda... a imagem na parede mostrava pessoas com o cabelo feito de serpentes... Patrick ainda está me mostrando imagens diferentes da vida após a morte. — Levantei as mãos. — Ou, quem sabe, só estou me agarrando a qualquer coisa por desespero.

— Orfeu passou a vida chorando por Eurídice — disse James, pensativo —, e só ficou esperando a morte. Ele deveria estar aqui. Eles estão unidos para sempre.

— Orfeu pode ser a próxima pista de Patrick — comentei, esperançosa.

Que bom que a trilha não tinha desaparecido completamente, mas Patrick ainda estava testando minha paciência. Comecei a andar em círculos, tentando fazer meu cérebro funcionar, para montar esse quebra-cabeça. James tentou ajudar, mas estava apático, apanhando margaridas e fazendo um colar com elas. Aproximei-me dele, incapaz de compreender sua melancolia.

— Todo esse papo de vida após a morte... — disse ele, calmamente. — Você já se perguntou o que acontece... depois que morre?

Dei de ombros.

— Não é o que todo mundo se pergunta? Mas... isso sempre será um mistério.

— Mas em que você acredita... de verdade? — insistiu.

Respirei fundo.

— Se eu dissesse que acredito que fazemos apenas parte do ciclo do nitrogênio e que apodrecemos na terra para adubar o solo, você acreditaria?

— Não — respondeu.

Levantei o queixo.

— Tudo bem... acho que alguma coisa continua viva... as lembranças ou a consciência ou... a alma, se tiver que chamar de alguma coisa.

— E o amor? Ele pode sobreviver à morte?

— Sei lá.

— Mas de que adiantaria o amor se não fosse eterno? — James segurou meus dedos e os esfregou.

—Você sabe que eu tenho namorado — lembrei, ainda sofrendo com sua rejeição e com a consciência pesada por causa de Harry.

— Ele não é o cara certo para você — disse James, simplesmente.

— E aquelas meninas que eu vi com você?

James fez uma careta.

— Elas não significaram nada. Fazia muito tempo que uma garota não olhava para mim e... eu fiquei um pouco louco...

Revirei os olhos, sem poder acreditar. As meninas deviam paquerá-lo o tempo todo.

— Eu não estou mentindo — protestou. — Você sabe que eu estava doente. A verdade é que eu nunca tive uma namorada séria. — Ele pressionou a testa na minha. — Ontem... eu fiquei com tanto medo... Nunca me senti assim e entrei em pânico. Passei a noite inteira com vontade de ter beijado você e não conseguia dormir, pensando em você.

Senti um frio na barriga.

— Mas eu não quero machucar você, Sinead. Você sabe que eu não posso ficar...

De repente, essas palavras me acertaram em cheio, e eu me afastei.

— Você vai embora daqui a dez dias...

Os ombros de James enrijeceram, e ele me olhou com reprovação.

— Não me faça lembrar disso de novo. Eu não posso deixar você e não posso ser egoísta a ponto de pedir que você vá comigo. — Ele fechou os olhos, desesperado. — Eu prometo pra você que cada minuto que me resta é seu. Podemos viver uma vida inteira em dez dias.

Fiz que não com a cabeça de maneira enfática.

— Desculpa, James. Esse tempo não é suficiente

Virei-me abruptamente e fui embora.

CAPÍTULO
VINTE E UM

Harry estava magoado. Dava para dizer, pelo modo como me olhava com reprovação e picava os legumes para o refogado; o som da faca na tábua de madeira era muito silencioso e preciso; Harry, normalmente, fazia tudo com prazer. Fiz um esforço para elogiar seus dotes culinários e limpar meu prato, o que não foi tão difícil, porque ele cozinhava muito bem. Eu, por outro lado, queimava tudo, até as torradas.

— Pensei que você estivesse me evitando — disse ele, finalmente.

— É claro que não. É que ando muito cansada, trabalhando naquele mausoléu pavoroso, mas... tenho notícias sobre Patrick.

— Você o encontrou?

— Não exatamente... mas ele ainda está me deixando pistas. Encontrei um templo no terreno da casa com o mesmo lema em latim da instituição missionária. Lá dentro, há desenhos do submundo na mitologia grega e um S.O.S. exatamente como os avisos que ele colocava do lado de fora de nossa casa para mim.

Eu estava cheia de culpa novamente, porque, de caso pensado, não mencionei que James estava me ajudando. Pela expressão de Harry, ele parecia sempre desaprovar, com os lábios formando uma linha fina. Tentei animá-lo, aproximando-me de surpresa atrás dele e fazendo-lhe cócegas nas costas. Ele quase conseguiu sorrir.

— E eu também encontrei um quarto secreto com um buraco de padre escondido... mas não deu em nada. Ainda não sei o que isso significa. Porém, todas as pistas têm a ver com a vida após a morte; algumas cristãs e outras pagãs.

Harry suspirou alto, e eu percebi que isso o estava afetando também.

— Eu ainda acho que você está em perigo — disse ele —, mas... você não quer enxergar.

— Tive mais uma daquelas visões esquisitas — continuei, sem muita seriedade, mas precisava compartilhar isso com alguém.

Harry franziu as sobrancelhas.

— Diz aí.

Contei-lhe sobre o incidente das libélulas com um tom meio divertido para que ele não pensasse que eu era completamente ingênua.

— Ao que parece, as libélulas eram vistas como coisas ruins e, quando voam ao redor de sua cabeça, elas estão, na verdade, pesando sua alma.

—Você está tão obcecada com esse papo de morte, de juízo e de além, Sinead, que provavelmente está vendo coisas.

— Pode ser. — Harry, obviamente, compartilhava de meus próprios medos. Seria quase preferível que ele tivesse dito que eu estava louca. — Às vezes... é besteira... mas estou quase achando que tem alguma coisa ruim na casa... ou no terreno... que fica apenas observando, aguardando a hora certa.

Harry mal tocou na comida. Empurrou o prato para o lado, enquanto eu já tinha terminado fazia tempo. Ele começou a implorar novamente.

— Eu não quero perder você.

— Você não vai — assegurei-lhe, incapaz de olhar para eles nos olhos. Eu ainda estava com as palavras de James na cabeça. *Nunca tinha me sentido assim.* Ele foi sincero? Por que reagi tão mal? Porque ele disse a pior coisa para mim: ele não podia me dar mais tempo.

Harry sentou-se ao meu lado no sofá e começou a acariciar meu pescoço com o nariz.

— Senti sua falta.

— Eu também — respondi como se fosse um robô.

Harry entrelaçou os dedos nos meus, e eu descansei a cabeça em seu ombro. Ele parecia feliz em ficar assim, mas eu estava ansiosa para fazer algumas pesquisas em meu *laptop*. Fiz alguns sons para insinuar, delicadamente, minha inquietação, mas ele me beijou no rosto e acariciou meus cabelos, forçando minha cabeça para trás. Tentei falar, mas ele me impediu, pressionando os lábios nos meus. Isso me fez lembrar na mesma hora de quando estava perto de James. Dei a entender que estava a fim e deve tê-lo enganado, porque Harry sorriu para mim e tirou o cabelo de meu rosto.

Minha consciência começou a pesar novamente. Harry contentava-se com tão pouco que aquilo simplesmente não era justo de minha parte. O incômodo foi aumentando até que me senti fisicamente mal. Ele acariciou meu braço, e eu recuei.

Nesse momento, ele pareceu confuso.

— Algum problema, Sinead?

Tudo veio à tona em um ataque de culpa impetuoso e irascível.

— Tem um problema... muito sério.

Ele se afastou um pouco, examinando meu rosto à procura de uma resposta. Não consegui encarar aqueles olhos azuis e deixei cair a cabeça. Os segundos foram passando, cada um mais doloroso que o outro, até que simplesmente deixei escapar a verdade.

NÃO OLHE PARA TRÁS

— Estou... apaixonada por outra pessoa. Desculpa... mas aconteceu.

Ele passou a mão nos cachos e deu uma risada vazia.

— Só isso?

Nesse momento, tive coragem de olhar para ele.

— Não é o suficiente?

Harry mexeu os lábios como se fosse assobiar, mas simplesmente bufou.

— Imaginei que fosse isso — disse ele, finalmente.

— Imaginou?

Eu estava envergonhada, porque ele também já devia ter imaginado por *quem* eu estava apaixonada.

Ele concordou com a cabeça.

— Você olhou pra *ele*, para James, na lanchonete, e eu nunca tinha visto você com aquela cara. Seu rosto se iluminou, de verdade... como uma lanterna.

Não havia nada que eu pudesse dizer para melhorar as coisas.

— Desculpa — murmurei.

Harry parecia quase otimista.

— Valeu por me dizer a verdade. Não deve ter sido fácil.

Estremeci, porque ele estava tirando aquele peso de meus ombros.

— Mas... isso não melhora nem um pouco as coisas pra você.

Ele encolheu os ombros, e uma expressão determinada apareceu em seu rosto. Eu tinha me esquecido do quanto ele podia ser teimoso.

— Está tudo bem, porque... ele vai embora daqui a...

— Dez dias — completei, acanhada.

— Dez dias — repetiu, quase em um transe. — Mas eu ainda estarei aqui ao seu lado... para espantar os pesadelos e abraçar você quando estiver chateada. Eu não sou bronzeado nem tenho uma prancha de surfe — acrescentou com um sorriso cínico –, mas eu estou aqui.

— Você tem um coração incrível — disse-lhe com sinceridade, desejando que o chão se abrisse e me engolisse. — Eu sei que você não quer que eu volte para a Casa Benedict, mas não vai acontecer nada entre mim e James...

— Aí que você se engana — disse ele. — Eu não gostaria de prender você. Tenho que deixá-la seguir seu coração e espero que seja algo passageiro. Se você ama alguém, tem que deixar essa pessoa livre e esperar que ela volte para você.

O que mais eu poderia dizer? Desculpar-me ainda mais só pioraria as coisas. Eu não conseguia parar de bater o pé no chão, como se cada segundo fosse um estranho minuto.

— Parece que o calor não está diminuindo — comentei, finalmente.

Sério, Harry fez que não com a cabeça.

— A noite vai ser abafada.

— Eu queria que chovesse de novo.

— Eu também. — Harry levantou-se e disse com uma alegria forçada: — Que tal eu ir à loja e comprar uma sobremesa pra você? Você precisa se alimentar.

Sorri.

— Seria ótimo.

Ele podia ler minha mente tão bem; qualquer tipo de distúrbio emocional me deixava com fome, e eu estava desesperada para afogar as mágoas em um doce. Quando a porta se fechou, enterrei o rosto em uma almofada e, depois, joguei-a na parede. Como Harry conseguia ser tão irritantemente compreensivo e generoso? Por que ele não me criticava, não gritava comigo nem ficava com raiva de mim?

Depois de alguns minutos me martirizando, acalmei-me. Tinham tirado um peso de cima de mim, o peso da culpa. Eu lhe disse a verdade, embora tivesse sido uma das coisas mais difíceis que já tive de fazer. Harry era honesto, confiável e meu melhor amigo. Se James deixava minha vida agitada, Harry acalmava as águas e me levava de volta à praia.

Agora, sozinha, empenhei-me a fundo na tarefa diária de pôr minha mãe a par da situação. Sem estômago para outra conversa, limitei-me a enviar mensagens sem sentido, dizendo que estava me esforçando ao máximo em minha busca por Patrick e que tinha esperanças de encontrá-lo em breve. Ela nem se deu ao trabalho de responder. Harry voltou com um merengue de framboesa. Pôs uma porção generosa na única taça limpa que encontrou, o que significava que tínhamos de compartilhá-la. Isso pareceu quebrar o gelo entre nós. Sentamo-nos um ao lado do outro no sofá, com meu *laptop* em meus joelhos.

Harry tocou em meu ombro, hesitante.

— E a freira louca? Santa Catarina?

— Você quer dizer *irmã* Catherine? — Tive um estalo e olhei bem para Harry. — Na verdade, você pode ter razão. Eu acho que o nome dela vem de Santa Catarina de Gênova. Encontrei uma imagem no quarto dela quando estava xeretando lá.

Meus dedos rapidamente digitaram "santa catarina de gênova", e fiz um pequeno floreio com a mão.

— Dá uma olhada nisto. "Santa Catarina de Gênova teve uma visão do que uma alma experimenta no purgatório. Depois disso, ela dedicou sua vida aos pobres, doentes e desamparados, carregando os mesmos fardos que eles." — Eu o cutuquei. — O purgatório nos leva de volta à Station Island, a São Patrício e a todas as outras pistas...

É como se todas elas estivessem neste círculo estranho, do qual eu não consigo achar o fim.

— O fim é o que mais me preocupa — disse Harry, desolado.

Não respondi, pois estava determinada a assimilar os detalhes da vida de Santa Catarina e curiosa para saber como alguém poderia ser tão incrivelmente perfeita. Ao que parece, ela bebia água misturada com vinagre como forma de penitência. Eu ainda podia sentir o gosto da água da Casa Benedict. Isso não significava nada, disse para mim mesma. Era por causa dos canos antigos. A irmã Catherine provavelmente estava acostumada com o gosto, e James se lembrava dele de sua infância.

—Todas as alusões levam ao mesmo lugar — reiterei.

— Mas não a Patrick — disse Harry. — Ele parece ter desaparecido da face da terra.

Senti um arrepio de inquietação pelo corpo e, por um momento de loucura, não pude descartar a ideia de que tudo isso era real e que minha alma estava sendo julgada de alguma forma. Senti-me obrigada a fazer a pergunta.

— Se você tivesse só mais uns dias de vida, Harry, você teria... certeza de que sua alma era... pura?

Para minha surpresa, ele não caçoou de mim.

— Eu não sei como avaliar isso, então, como vou saber?

Engoli em seco e disse com tristeza:

— Minha vida está cheia de boas intenções que deram errado...

— Mas não deixam de ser boas intenções — disse Harry.

— Hum — concordei, mordendo o lábio. — Mas eu sou uma péssima filha, irmã e amiga, e não tenho paciência nem consideração. — Fiquei imaginando por que estava cada vez mais suscetível a revelar meus pensamentos mais íntimos.

— Que bobagem, Sinead! Você não faz outra coisa senão colocar sua família em primeiro lugar. E você fez algo bom. Você me fez incrivelmente feliz.

Isso era discutível também, mas dei um sorrisinho ao ouvir o elogio. Franzi o rosto enquanto tentava me lembrar de algo realmente altruísta que já tivesse feito. O enorme esforço para isso era perturbador, até que uma luz se acendeu m minha cabeça.

— Bom... na verdade... salvei um passarinho uma vez. Ele caiu do ninho e não conseguia voar.

Harry abriu um sorriso.

— Já é um começo.

— Minha mãe disse para eu não me preocupar — continuei, apressada —, que era melhor deixá-lo morrer, por isso, eu o escondi durante semanas e o alimentei, dia e noite, com uma pequena pipeta.

— Desviei os olhos, envergonhada. — Fiquei tão feliz quando ele voou pela primeira vez, mas... ele não ia embora e ficava batendo em minha janela. Eu ficava com o coração partido por ter que ignorá-lo, mas eu queria que ele fosse livre, que voasse no céu e não que ficasse preso em meu quarto.

— São duas boas ações — disse Harry. — Salvá-lo e ser generosa o suficiente para deixá-lo ir.

— Eu acho que sim — respondi, contente sem saber por quê.

Harry observou-me atentamente.

— Não é bom remoer tudo isso. Você mesma disse que a Casa Benedict parece um mausoléu. Fique com os vivos e comigo.

— Estou tão perto de chegar lá, Harry. Dá para sentir isso. Há uma nova vida à minha espera, e eu sou como... aquele pássaro esperando para abrir as asas.

Isso foi um pouco poético para mim, e Harry pareceu surpreso. Ele não dormiu em casa, e a noite parecia durar para sempre.

O calor, minha consciência, as palavras de James e todas as coisas estranhas que tinham acontecido colaboraram para perturbar meu sono. Acordei suando e lutando para recuperar o fôlego, tirando o cabelo molhado da testa. Meu sonho foi horrivelmente vívido: eu estava debaixo do chão, mergulhando cada vez mais na terra, sem poder voltar atrás. A fumaça estava fechando minha garganta e uma voz perto de mim estava implorando que eu lutasse. *Não morra, Sinead; sua hora não chegou. Não morra.*

CAPÍTULO
VINTE E DOIS

James deve ter ouvido as rodas de minha bicicleta no cascalho, porque pôs o rosto em uma das janelas do andar superior. Ele apareceu na sacada, vestido apenas com uma cueca samba-canção listrada. Protegi os olhos para olhar para ele lá em cima, enquanto ele se debruçava no corrimão para me observar. Levantou a mão e, então, desapareceu. Imaginei que ele estivesse se vestindo. Senti os aromas do verão e fiquei observando uma abelha industriosa retirando o pólen. Um barulho fez-me olhar para cima: alguém estava limpando a garganta. Enganei-me quando pensei que James estava se vestindo; ele estava descalço e ainda quase nu. Seu cabelo estava lindamente bagunçado e um dos lados de seu rosto tinha a marca de um travesseiro. Aproximou-se até ficarmos a apenas um metro de distância ou algo assim um do outro.

Não devia fazer diferença vê-lo na praia ou em uma piscina, exceto que, de algum modo, fazia. Examinei cada músculo de seu corpo esbelto: o pequeno v formado pelos pelos em seu peito, as cavidades acima das clavículas, as costelas e até o umbigo, que era lindamente desenhado.

Por que ele não disse nada?

E, apesar disso, eu não queria que dissesse, se fosse para estragar o momento. Era como se tudo no planeta deixasse de existir, com exceção das batidas fortes do meu coração.

Eu me dei conta do tempo e entrei em pânico.

— É melhor você ir antes que a irmã Catherine apareça. Ela vai ficar horrorizada se pegar a gente assim.

Ele se inclinou e levantou meu queixo com o dedo.

—Você sabia que seus olhos têm uma mancha violeta que dança com a luz do sol?

Virei o rosto. Depois do dia anterior, eu estava mais determinada do que nunca a não deixar que ele brincasse com meus sentimentos.

— Eu tenho que encontrar Patrick — falei com firmeza. — Esse é o único motivo pelo qual estou aqui. Nada mais importa, e você devia se concentrar no que está procurando. Vai ver que... ajudar um ao outro não é uma boa ideia.

Isso não pareceu incomodar James nem um pouco.

— Se não trabalharmos juntos — disse ele —, você não vai saber o que descobri depois de conversar com minha avó.

— Mas... você disse que ela era...

— Ela tem momentos de lucidez, Sinead, e foi muito clara sobre uma coisa — hesitou James. —Tanto Eurídice como Orfeu ficaram na propriedade. Orfeu, com certeza, ainda está aqui, em algum lugar do terreno. Parece que fui eu que escolhi o lugar dele durante todos esses anos... mas... eu não consigo me lembrar.

— Podíamos procurá-lo mais tarde — falei, com o rosto ficando branco depois de ouvir passos.

Em silêncio, implorei-lhe com o olhar que se apressasse, mas, com uma lerdeza provocante, ele foi andando até a entrada principal até desaparecer. Baixei a cabeça, tentando me recompor, e, quando ergui os olhos, a irmã Catherine estava se aproximando. A palavra *culpa* devia estar escrita em minha testa.

— Você vai conseguir terminar o trabalho a tempo, Sinead? — Sua voz estava falha, como se fumaça de lenha queimada se misturasse ao ar de desaprovação.

A menção da palavra tempo fez-me retorcer os lábios.

— O tempo se arrasta por aqui. Não reparou?

— Não é isso que você sempre quis? Mais tempo?

Fiquei bem espantada com a resposta. *Como ela sabia que eu era obcecada com esse negócio de tempo?*

Ela me olhou de cima a baixo como se estivesse me examinando.

— Espero que você perceba muito em breve que está no lugar certo; que é aqui que você quer ficar.

E por que ela ficava falando sobre esse negócio de eu ficar? Isso não ia acontecer.

Fitei-a com meu olhar mais duro.

— Eu sei que você tem algum tipo de plano esquisito, mas vamos esclarecer uma coisa... nada, nem ninguém, vai me convencer a ficar aqui.

— A persuasão não faz parte de minha personalidade, Sinead. Sua escolha será por livre e espontânea vontade. Agora, venha comigo para a biblioteca.

Na verdade, ela apontou um dedo torto para mim. A biblioteca era tão sem graça quanto o nome: madeira maciça do teto ao chão, estantes com portas de vidro que, estranhamente, não guardavam livros. Quanto mais eu pensava, mais a casa estava, para minha surpresa, desprovida de objetos pessoais. Era como se James e a família nunca tivessem vivido ali. Comecei a trabalhar, tentando me acalmar. Meu coração ainda estava disparado, uma vez que eu ficava imaginando James de cueca. Só foi preciso um pulinho mental para imaginá-lo momentos antes, na cama, antes de acordar, comigo deitada ao seu lado. Ele teria aberto os olhos, olhado para mim como se eu fosse a única garota do mundo, me envolvido nos braços e então... estremeci. Eu tinha de continuar forte.

James voltou pouco depois do meio-dia. O sol escaldante tirava-me o fôlego, e eu o puxei rapidamente para longe da casa. À medida que roçávamos as folhagens, as folhas secas do bosque iam abrindo caminho para que entrássemos nele. Notei o tronco gigante de um carvalho caído e me sentei nele. Tirei meu sanduíche da mochila e fiquei observando a extensão da vegetação e dos galhos que nos protegiam. James juntou-se a mim, com as pernas compridas balançando acima do solo.

— A propriedade é enorme — observei. — Vamos levar um século para encontrar a estátua. Sua avó não faz nenhuma ideia de onde Orfeu poderia estar?

James fez que não com a cabeça.

— Não, mas, parece que era um lugar especial aonde eu gostava de ir. Parei a irmã Catherine hoje de manhã, certo de que ela o teria notado em suas andanças, mas ela disse que nunca se desvia de seu caminho e que seus olhos estão sempre voltados para Deus.

Revirei os olhos.

— Ela é totalmente esquisita. — Dei um tapinha no lado da cabeça de James. — Está por aqui, James, em algum lugar. Pense.

— Não consigo. Conheço as trilhas, mas são todas iguais para mim.

Arranquei pedaços da casca da árvore com as unhas.

— Sua mãe disse que você era muito apegado ao seu pai e que vocês faziam coisas juntos. Que tipo de coisas?

— Mmmmm... ela disse que a gente ia para o bosque para brincar de Robin Hood, fazia fogueiras e passava a noite lá.

A imagem de James pequeno correndo pelo bosque com um arco e flecha era, especialmente, meiga. Não parecia que ele estava com o mesmo pai que o trancava em um buraco escuro.

—Você achou que tinha se lembrado de algo no meio do bosque que estava vindo atrás de você. Você era apenas um menino. Se você se sentisse ameaçado, teria corrido para um lugar seguro... um lugar especial, se você tivesse um.

— Acho que sim — respondeu –, mas como faço para encontrá-lo?

— O terreno não é iluminado à noite — observei, pensativa. — Se você dormia aqui fora, com certeza sabia chegar lá no escuro.

James ainda parecia incerto e mais do que um pouco nervoso.

— Para encontrá-lo eu tenho que voltar, Sinead, e é disso que eu tenho medo.

— É para isso que você está aqui — disse-lhe, delicadamente. — Sua mente não esqueceu; ela só... reprimiu algumas coisas que você não quer lembrar. Eu acho que você ainda pode encontrar esse lugar, se tentar.

James olhou para mim por alguns instantes e, em seguida, levantou-se. Endireitou os ombros e bufou como se estivesse prestes a disputar uma corrida.

— Tente não pensar ou raciocinar — falei. — Apenas explore o terreno... seu corpo pode, instintivamente, lembrar o caminho... Eu vou atrás de você — assegurei.

James começou, parecendo confuso e mais do que um pouco apreensivo. Ele olhou para trás uma ou duas vezes, como se estivesse conferindo se eu continuava ali. Mas, então, sua postura mudou e tornou-se mais decidida. Ele ganhou velocidade, e comecei a ter dificuldade para acompanhá-lo. Meus pés tinham de vencer cada saliência e cratera pelo chão, mas os dele não vacilavam; eles conheciam o caminho. Quando James chegou a uma bifurcação, não hesitou. Eu estava certa: era possível que ele tivesse feito isso no escuro. Nesse momento, quando James se virou para ver se eu estava atrás dele, seus olhos não me viram; ficaram olhando de um lado para outro, de um modo frenético, para algo invisível. Eu podia ver o medo em seu rosto e sua respiração ofegante. Lembrei-me de ter sentido o mesmo quando fui parar ali pela primeira vez, do pânico cego que me consumiu quando pensei que as folhagens tinham ganhado vida e estavam se fechando sobre mim. Gritei por James, mas ele estava insensível à minha voz. Cortava os braços nos galhos, mas não parecia sentir. Corria como um menino novamente, com a cabeça para baixo e os pés pisando duro no caminho estreito. Foi correndo até parar, de repente, perto de um salgueiro-chorão, sem fôlego e suado. Olhou ao redor sem expressão e pareceu surpreso ao me ver. Sacudiu-se como se, de repente, estivesse se lembrando de onde estava.

Inclinei-me para frente com as mãos nos joelhos, ofegante e com um aperto no peito. Quando ergui os olhos, James tinha, com ar de vitória, afastado as folhagens amarelas do salgueiro e pude ver Orfeu em toda a sua glória. Examinei os traços esculpidos com esmero e, em seguida, olhei para James, sem saber ao certo quem era o mais perfeito. Afastei-me por um momento, imaginando as duas estátuas novamente juntas: Eurídice, desesperadamente trágica, porque estava prestes a ser levada, e Orfeu, contemplando-a pela última vez com uma expressão triste, sabendo que ambos estavam prestes a ser separados outra vez.

Passei por James e me enfiei nas folhagens para olhar mais de perto, com a grama alta e seca roçando minhas pernas. Pude ver os mesmos veios da cor da ferrugem percorrendo a extensão de Orfeu e notei com a mesma atenção os detalhes; a lira em sua mão estava primorosamente entalhada. James embrenhou-se ali comigo e a luz natural desapareceu. Não é de admirar que gostasse dali quando era pequeno: era completamente isolado. Esperei que ele dissesse se tinha se lembrando de mais alguma coisa ou se sabia do que estava fugindo, mas sua expressão era curiosamente serena.

— Parece que você é capaz de encontrar as respostas melhor do que eu, Sinead.

— Eu apenas usei a lógica — respondi. — Estou afastada da situação, por isso é mais fácil para mim.

Tirei um lenço de papel do bolso e limpei o sangue de seus braços. Podia sentir seus olhos em mim.

— Quando você está comigo, você espanta todas as coisas ruins.

— Você não está mais com medo?

Ele fez que não com a cabeça.

— Este lugar voltou a ficar bonito. Você parece me conhecer melhor do que eu mesmo — acrescentou, baixinho.

Tentei distraí-lo.

— Orfeu parece tão real que quase dá pra ouvir sua música.

James não tirava os olhos de mim.

— Ele era tão habilidoso com a lira que podia encantar qualquer criatura viva, e até objetos como pedras e rochas. — Como um mágico, arrancou algo de entre os dedos de Orfeu. Segurou minha mão e pôs nela uma pedra branca. Pude sentir o quanto ela era suave.

— Por favor, não fuja de mim — disse ele.

Dei alguns passos para trás, com o braço roçando no mármore frio. A voz repentinamente aguda de James fez-me parar de repente.

— Pare, Sinead! Seja lá o que você for fazer, não vá nem mais um centímetro para trás. Venha em minha direção!

Convencida de que uma cobra estava prestes a me morder, congelei, incapaz de me mexer, com um dos pés levantados. James deu um passo para frente e deixou-me cair em seus braços. Virei a cabeça e olhei para o chão. Dentes metálicos serrilhados arreganhavam-se para mim.

— É uma armadilha para animais — disse ele, com a mão sustentando minha nuca e me puxando para mais perto dele. Meu coração ainda estava batendo forte, e eu queria ficar em seus braços, mas, muito consciente, me soltei. Vi quando ele pegou um pedaço de pau e fechou as mandíbulas do objeto. Percebendo o que poderia ter acontecido, desviei o olhar, assustada.

— Estou começando a me lembrar de tudo agora — disse ele, com a voz pouco clara. — Meu pai adorava caçar... coelhos, lebres, raposas... Estas armadilhas foram ilegais durante anos, mas, mesmo assim, ele as usava. Elas não matavam, só mutilavam, e o animal ficava ali, agonizando de dor, até meu pai voltar e tirá-lo daquela agonia. Às vezes, ele se esquecia, e, quando eu estava deitado na cama, podia ouvir o animal chorando a noite inteira. O escritório dele era cheio de animais e aves que ele matou. Eles eram colocados em armários de vidro e recebiam olhos de vidro como se estivessem arregalados. Eu nunca entrava lá; o ambiente estava cheio de morte.

— Que horror, James! — exclamei. — Por que ele colocou uma armadilha tão perto de Orfeu?

Ele enrugou o queixo.

— Porque era meu lugar favorito. Ele a colocou lá como castigo, porque eu não ia caçar com ele. Ele gostava de esmagar, mutilar e matar, Sinead, e queria que eu fosse como ele. — O rosto de James estava cheio de angústia. — Eu não queria matar. Eu nunca iria matar.

CAPÍTULO
VINTE E TRÊS

Eu estava desesperada para aliviar aquela angústia de James.

— Isso não significa que seu pai seja um monstro. Algumas pessoas não veem mal nenhum em caçar.

James puxou a gola de sua camiseta, e pude ver uma cicatriz retangular de um lilás argênteo.

— Ele me bateu com a coronha de sua arma, porque eu não quis matar uma lebre. Ela estava uivando de dor. Eu deveria acabar com ela... Edo fundo e... eu não me lembro de mais nada... eu acho que apaguei.

Eu queria colocar os braços em volta dele, mas estava com medo de me aproximar novamente.

— Minha mãe odiava a propriedade, Sinead. Ela queria sair daqui e me levar com ela. Meu pai disse que ela teria que ir pro outro lado do mundo, se não quisesse que ele encontrasse a gente. — James encolheu-se. — Eu acho que foi isso mesmo que ela fez.

— Lamento — falei, percebendo o quanto isso tinha soado inapropriado.

— Não precisa. Que bom que descobri a verdade, ainda que doa. A verdade é muito importante. Foi por ela que vim pra casa. Isso e... para conhecer você. — Seu olhar era meigo e suplicante. — O que eu sinto por você é verdadeiro, Sinead... eu não poderia fingir.

Eu sabia que James estava me seduzindo novamente e estava me sentindo muito fraca para resistir. Seus lábios moveram-se em silêncio e seus olhos brilharam. Coloquei os dedos em cima de suas pálpebras e obrigou-o a fechá-las. Ele estava física e emocionalmente exausto e caiu no sono em questão de minutos. Essa era a segunda vez que ele adormecia em mim. Tentei esquecer a expressão em seu rosto quando ele me disse que não podia fingir o que sentia por mim. Ninguém jamais tinha olhado para mim daquele jeito. Meu coração saltava de emoção.

Pus-me em pé em um salto, mais inquieta do que nunca e desesperada para esticar as pernas. Pobre James. Seu pai estava se saindo um belo tirano, o mais oposto possível ao cavaleiro branco.

Senti um nó na garganta e tentei me concentrar nas pistas de Patrick. Ambas as estátuas tinham sido encontradas, mas não estavam juntas. Saí da sombra do salgueiro. A pedra branca ainda estava em minha mão. Estranho, pois havia outra no chão. Nunca tinha visto outras iguais a essas. Minha pele pinicou. Teria Patrick deixado as pedras para mim? Caminhei lentamente, com os olhos vasculhando o chão. Cada vez que encontrava outra pedra, meu coração acelerava. A trilha fez-me passar por entre as árvores até chegar a uma clareira que parecia um oásis no deserto. A bela clareira era algo tão inesperado que eu era até capaz de acreditar que as fadas é que tinham organizado tudo de forma tão linda. As flores silvestres revelavam uma exuberância de cores e as árvores ao redor eram jovens e flexíveis. Na verdade, duas se dobravam uma para a outra, formando um arco, como dois amantes desesperados para se encontrarem. A grama era verde e úmida, contrastando com as folhas amarelas e secas em outros lugares. A trilha acabou. Continuei a procurar, não podendo acreditar que Patrick me deixaria nessa situação indefinida.

NÃO OLHE PARA TRÁS

Protegi meus olhos e comecei a olhar para mais longe. Havia uma ponte de tábuas que atravessava um riacho estreito e sinuoso praticamente seco. A história de James, de repente, veio à minha cabeça: *Orfeu teve permissão para atravessar o rio Estige*. As pedras eram tão lisas quanto os seixos de uma praia, como se fossem polidas pela água. Andei em direção à ponte. Devia ter existido algum tipo de jardim fechado do outro lado. Eu podia ver um muro de vegetação densa. Um barulho fez-me enrijecer, um rosnado grave e ameaçador que me deixou os pelos da nuca arrepiados. Congelei, com todos os músculos tensos e as pernas bambas.

Um enorme cachorro preto apareceu do outro lado da ponte. Seu dorso estava arqueado e com os pelos levantados, e ele mostrava os dentes, com os lábios puxados para trás enquanto rosnava ferozmente. Tinha o corpo em forma de barril, parecido com um jumentinho, e a cabeça excessivamente grande, típica de um mastim tibetano, com mandíbulas largas e perigosas. Não tive coragem de me virar e correr, porque tinha certeza de que isso faria de mim um alvo fácil em movimento. Calmamente e sem fazer nenhum movimento brusco, fui andando para trás, mas, a cada passo, o cachorro avançava, salivando com expectativa. Eu tinha certeza de que ele estava prestes a me atacar. Estiquei as mãos para trás, afastando o mato e os arbustos até conseguir me esconder. Eu ainda estava com muito medo para dar as costas para a criatura e continuei a recuar lentamente, tentando não fazer o menor ruído. Eu mal me permitia respirar. Meu dedo enroscou-se em algum tipo de anel de metal pendurado em um pequeno galho. Levei-o comigo, mas só me atrevi a olhar para ele quando estava longe o suficiente para me sentir segura. Meu sangue gelou. Era uma placa de identificação de metal para cachorros. Nela estava gravado o nome *Cérbero*.

• • •

213

James estava saindo de trás da cortina do salgueiro quando me aproximei, hesitante e ainda tremendo muito.

— E-eu acabei de ver o Cérbero — consegui gaguejar — perto da ponte. Pensei que ele fosse me atacar.

Com as mãos trêmulas, entreguei-lhe a placa de identificação.

— Isso só pode significar uma coisa — disse James, austero. Ele parecia pálido.

— O quê?

— Aquele cachorro nunca saiu do lado do meu pai. Meu pai deve estar de volta. Pelo jeito, ele ficou sabendo que estou por aqui e está se escondendo em algum lugar no vilarejo, criando coragem para me ver. — Apertou os lábios. — E eu vou estar preparado.

Arregalei os olhos.

— Depois do que você se lembrou, estou surpresa por querer vê-lo.

— Eu sou um homem agora — disse James, sério. Quero olhar nos olhos dele e pedir que se explique. Se ele não puder fazer isso, quero a chance de dizer pra ele o que penso dele.

Concordei com a cabeça, sabendo exatamente como James se sentia. Eu pensava o mesmo sobre o momento em que voltaria a encarar a Patrick.

— Afinal de contas, o que você estava fazendo perto da ponte? — perguntou.

— Eu encontrei uma trilha de pedras iguais à que você tirou da estátua. Eram todas lisas e redondas como seixos de praia. Pensei em Patrick de novo e segui para a ponte.

James protegeu os olhos.

— Isso é estranho, porque... de certa forma, as duas estátuas deviam ficar lá... com os mortos.

Meu coração deu um salto.

— Os mortos?

James tirou o cabelo do rosto.

— O cemitério.

De alguma forma, isso não me surpreendeu, mas fiquei me perguntando por que James não tinha mencionado o cemitério antes.

— É um jazigo da família?

James fez que não com a cabeça.

— Na Reforma, era contra a lei realizar enterros católicos, mas um de meus antepassados ignorou a lei e permitiu que eles fossem feitos na propriedade. Para mantê-los em segredo, os túmulos não podiam ser marcados. Meu pai me dizia que era um terreno abençoado e que eu nunca devia brincar lá; os mortos não deviam ser perturbados.

— Você nunca teve vontade?

— É claro que sim... mas um paredão de azevinho e hera venenosa cerca o local, e eu ficava com medo.

— De Cérbero ou de seu pai?

— Dos dois — respondeu James, com o rosto impassível.

— Cérbero não machucaria você, machucaria?

Com os olhos fixos em mim, James arqueou-se e virou a cabeça. Pude ver duas perfurações cercadas por um tecido cicatrizado. De repente, percebi o que ele estava tentando me dizer e fiquei de queixo caído.

— Minha mãe me disse que fui atacado por um vira-lata que estava perambulando pela propriedade, mas, depois de hoje, não acredito mais nela.

— Mas Cérbero conhecia você. Por que ele atacaria você? Você ainda não se lembra?

Ele fez que não com a cabeça.

— Minhas lembranças são como... imagens subliminares que aparecem em um filme... o resto ainda é vago.

Puxei James pela camiseta.

—Tenho que voltar lá. Os túmulos podem estar ligados às pistas de Patrick sobre a vida após a morte.

James teimou.

— É muito perigoso — insistiu. — Cérbero pode atacar você também. Aquela armadilha não é nada comparada às mandíbulas dele.

Essas palavras realmente surtiram efeito. Pensei na última vez em que tive de fugir e encostei-me na árvore mais próxima para poder me recompor. Por um instante, todas as coisas estranhas que aconteceram comigo desde que comecei minha busca por Patrick passaram diante dos meus olhos: minha luta contra a morte na torre do relógio, os espinheiros, as libélulas, a armadilha para animais e, agora, Cérbero. Talvez Harry tivesse razão e eu estivesse correndo risco. Minha mente não enfrentaria outro tipo de perigo que eu temia de forma irracional: o perigo para minha alma imortal.

Meu rosto deve ter denunciado alguma coisa, porque James veio em minha direção com uma expressão preocupada. Abri a boca para falar, mas as palavras não saíam. Era como se minha garganta estivesse obstruída. Ver James se aproximando de mim deixava-me mais sem fala ainda. Ele se encostou no mesmo tronco, com a cabeça inclinada para mim e os olhos examinando meu rosto. Minhas pernas estavam ainda mais bambas agora, mas por outro motivo. Uma das mãos de James acariciava suavemente meu rosto, como se enxugasse uma lágrima e, depois, tocou minha testa, as pálpebras, o nariz e os lábios, como se ele fosse cego.

— Eu quero lembrar — sussurrou. —Até em meu sonho, quero me lembrar de seu rosto.

NÃO OLHE PARA TRÁS

Só me dei conta de que estava me aproximando dele quando a casca da árvore arranhou minha pele. Nossos lábios tocaram-se, mas não chegamos a nos beijar; ficamos juntos assim até eu ter a sensação de que estava dando vida a James. Sua cor realçou e o sangue voltou aos seus lábios pálidos. Quando, finalmente, nos beijamos, foi de um modo hesitante, como se nós dois estivéssemos com medo de nossos sentimentos. Não fechamos os olhos, e eu podia ver meu rosto refletido nos olhos dele. Era como se o mundo tivesse parado de girar, e eu mal conseguisse suportar a força de meus sentimentos. Eles vinham lá do fundo e paravam em meu peito, sufocando-me. Parte de mim queria fugir, só que eu não podia deixar James nem que minha vida dependesse disso. Seus beijos tornaram-se mais intensos. Essas sensações eram completamente novas para mim, e eu estava feliz com o apoio que aquela árvore estava me dando. Finalmente, nós nos separamos e nos encaramos. Nervosa, toquei em meus lábios, que estavam quentes e esfolados.

— Eu não quero magoar você — disse James.

Prefiro me magoar a não ter isso; finalmente, sei que estou viva.

Essa confissão deixou-me chocada. Ela enfraquecia minha resolução anterior e vinha diretamente do coração, sem que eu pensasse ou considerasse qualquer coisa. Contudo, eu não estava pronta para contar isso para ele.

—Tenho que pensar em Harry — confessei, ainda com cuidado para baixar a guarda.

James enrijeceu o queixo.

— Meu tempo está acabando. Não vá embora esta noite, Sinead. Precisamos ficar juntos.

Segurei seu rosto com as mãos.

— Eu não posso. Tenho coisas pra fazer e... tenho que conversar com uma pessoa.

Ele deu um pequeno aceno de cabeça e beijou minha testa.

— Até amanhã, então.

Voltamos juntos para a casa e ele me deixou na entrada principal. Atirei-me freneticamente no trabalho, tentando acalmar minha mente agitada. Quando eu estava beijando James, ficou perfeitamente claro com quem eu deveria ficar, mas eu tinha receio de colocar minha amizade com Harry em perigo, embora ele tivesse sido muito compreensivo. E James ainda não podia me prometer mais tempo. As coisas pareciam confusas, e eu estava me distraindo da minha missão de encontrar Patrick.

Quando a irmã Catherine fez sua inspeção à hora habitual, seu rosto não estava tão azedo como de costume. Meu trabalho tinha sido tão diligente que ela não conseguiu encontrar falha alguma. Fui dispensada das atividades do dia com o que poderia ser até um sorriso tímido. Quando saí de bicicleta pela entrada secreta, o sol do final de tarde me fez fechar um pouco os olhos. Comecei a pedalar, com um frio na boca do estômago quando pensava no que tinha pela frente. Ouvi um bipe no celular e parei no acostamento. Era uma mensagem de Harry. Ele estava viajando para Chester para voltar no mesmo dia, acompanhando a irmã e as amigas escoteiras dela. O carro tinha quebrado, deixando-os presos por lá. Ele não sabia a que horas estariam de volta. Imaginei Harry rodeado de meninas cansadas e queixosas, tentando pacientemente animá-las. Ele tinha um coração de ouro, pensei, egoisticamente feliz por estar livre de responsabilidades.

Sem pensar, dei meia-volta com a bicicleta, sabendo que tinha de ver James. Quando me aproximei do paredão verde, até os grifos pareciam olhar para mim com bons olhos. Afastei a hera e passei curvada pela porta, com um desejo de James cada vez mais forte. Não seriam necessárias palavras, o que era bom também, porque eu era péssima para me expressar. Ao percorrer o caminho, reconheci o matagal que escondia Eurídice. Tomada por uma vontade súbita de vê-la novamente, joguei a bicicleta no chão e enfiei a cabeça no meio das folhas verdes manchadas.

CAPÍTULO

VINTE E QUATRO

Eu estava com frio. Parecia que fazia tanto tempo que eu não sentia frio que a sensação me pegou de surpresa. Minhas roupas pareciam úmidas, e eu tremia. Houve um barulho estranho por perto, e levei um minuto para perceber que era minha própria respiração abafada; meu rosto estava enterrado na grama úmida. Devia ter chovido. Consegui sentar-me ereta, flexionando os músculos para aliviar as articulações tensas. Meu braço doía e uma rápida olhada revelou um hematoma feio do tamanho de um punho. Fiquei tonta e confusa enquanto tentava lembrar a sequência dos acontecimentos. Estava voltando para a casa quando parei para ver Eurídice. Será que tinha caído e batido a cabeça?

Outra coisa era estranha: estava escurecendo, o que significava que eu tinha perdido horas. Na verdade, eu deveria ir para casa, mas ainda estava grogue, e o pôr do sol estava lindo: tons de violeta e rosa em torno de um radiante semicírculo de fogo. Fiquei olhando por mais alguns minutos, tentando achar sentido em tudo aquilo. Em vez de descer, o halo de fogo estava subindo e os raios quentes salpicavam a grama debaixo das árvores. Olhei para meu celular e, confusa e espantada, fiquei com o coração disparado. Eram 5h30. Não era noite, mas, sim, manhã. Eu devia ter passado a noite toda ali, e não era chuva que estava sobre a grama, enchendo as flores arrebitadas como se fossem pequenos jarros de seda, mas, sim, orvalho. Eu tinha perdido doze horas inteiras.

Um sentimento profundo de tristeza brotou dentro de mim quando me lembrei de meus sonhos. Sonhei que estava presa ali havia anos, tentando encontrar James novamente. Passavam as estações, e eu continuava a procurá-lo sob calor escaldante, chuva torrencial, vendavais e nevascas. O chão, com as pétalas do verão, ficava macio debaixo de meus pés e, depois, duro como o ferro por causa da geada. E Patrick estava no sonho. Eu sentia fortemente sua presença, como se ele estivesse à minha frente nesse momento. Ele tinha um foco de luz, uma chama na ponta de uma tocha de madeira que tremeluziu até se apagar quando ele se refugiou em uma série de túneis. Ele tentava me mostrar o caminho, primeiro com incentivos e, depois, com uma raiva crescente, porque eu não obedecia. A força com que apertava meu braço ficava ainda maior à medida que o teto do túnel descia. Contorci-me para me livrar dele, mas seus dedos machucavam minha carne. Eu estava sufocando, em pânico, e comecei a arranhá-lo, deixando em seu pescoço e seu belo rosto marcas profundas, como se ele tivesse sido atacado por um animal selvagem.

Arrepiada com a lembrança, levantei-me com dificuldade. Iria fazer o caminho para a casa a fim de ver se James estava acordado e se podia me dar uma luz em relações às horas que eu tinha perdido. Precisava saber o que tinha acontecido comigo. Tinha de haver uma explicação. Tentei acabar com meu medo crescente de que não havia mais explicações racionais; esse lugar estava além da esfera da normalidade. Engoli um soluço de pânico. Minha mão tocava cegamente o rosto de Eurídice, e meus dedos sentiam no mármore lágrimas perfeitas que eu não tinha notado antes. Havia uma mancha de alguma substância escura em uma árvore próxima, e parei para examiná-la, com medo de que fosse meu sangue. Quando a raspei com os dedos, lascas ficaram presas debaixo de minhas unhas, mas elas não tinham a cor nem a textura do sangue. Que diabo estava acontecendo? Segui, pisando em falso. O carro de James estava estacionado na frente da casa, e lembrei-me da noite anterior e de minha urgência de estar com ele, a qual não tinha diminuído, mas só aumentado. Se, ao menos, ele aparecesse na varanda de novo com o calor do sono...

A porta da frente estava aberta, mas não havia sinal de ninguém por perto. Entrei no saguão e fiquei tentando ouvir alguma coisa, com os pelos da nuca arrepiados. Os gemidos eram, particularmente, tristes no silêncio e, de vez em quando, uma palavra indistinta parecia quebrá-lo. Cautelosamente, segui em direção à porta secreta, esticando as orelhas. Uma voz grave murmurou: "Sinead". Era a voz de Patrick e tinha o mesmo tom veemente do de meu sonho. Meu coração bateu forte. Eu sabia que ele estava perto. Era a mesma sensação que eu havia tido antes. Como se fosse um sinal, abriu-se uma pequena fresta no painel. Esse era o momento em que, finalmente, eu encontraria meu irmão e ele apareceria. Eu já tinha ido longe o suficiente seguindo seus passos. O jogo tinha acabado.

Apareceu a mão de alguém, sem o corpo, com a pele enrugada coberta de manchas de idade e as unhas descoloridas. Eu queria fugir, mas me vi estagnada onde estava, em um estado pavoroso de fascínio, enquanto a fresta aumentava. Apareceu uma figura velha de olhos arregalados e cabeleira branca com uma longa camisola de cor marfim. Tinha no rosto pregas profundas de pele amarelada, as bochechas afundadas e a boca aberta em um O de surpresa. Estava com os pés descalços e, em uma das mãos, carregava uma lâmpada a óleo. Aproximou-se de mim, e eu resisti à vontade de correr. Apontou um dedo deformado para mim como se estivesse me acusando de alguma coisa.

—Você já chegou — suspirou, com um ruído estranho no peito por causa do esforço. — Eu não esperava você tão cedo.

— Senhora... Benedict? — perguntei com cautela. — Sou Sinead. A irmã Catherine me contratou.

Sua mão surgia diante de meu rosto, mas, quando recuei instintivamente para me proteger, caiu ao lado do corpo. Ela se virou na direção da escadaria, e seu corpo enrijeceu como se estivesse se preparando para subir. Ofereci-lhe o braço e segurei a lâmpada para que pudesse se segurar no corrimão. Ela respirava com uma dificuldade que dava aflição, mas chegou ao topo. Uma vez em seus aposentos, ela pareceu se recompor e sua expressão relaxou. Esta poderia ser uma oportunidade para perguntar-lhe sobre Patrick.

Mostrei-lhe a fotografia dele.

— A senhora viu meu irmão aqui nos últimos dias?

Ela fez que não com a cabeça, mas não pareceu surpresa com minha pergunta.

— Desculpe. Você deveria perguntar à irmã Catherine. Eu não vejo as pessoas que são convidadas a ficar na casa.

As pessoas que são "convidadas a ficar na casa". Então, não era só a irmã Catherine que falava desses convites estranhos.

Guardei o celular, desapontada.

— Deixe-me pegar o café da manhã pra você — disse ela.

Levantei as mãos em sinal de protesto.

–Não... nada disso. Não posso dar esse trabalho pra senhora.

— Vou fazer uns ovos mexidos — insistiu. Seus olhos percorriam meu corpo de cima a baixo. — Seu rosto é bem jovem e saudável, mas... você está muito magra.

— Tenho muita energia — disse ao perceber a necessidade de explicar. Examinei meu rosto no espelho sobre a lareira. A mulher tinha razão sobre minha pele, que estava bem brilhante, como se eu tivesse tomado um banho no orvalho da manhã, o que caía bem, porque era exatamente isso que eu tinha feito. E não parecia que eu tinha ficado com o cabelo em cima da grama molhada a noite toda. Ele parecia melhor do que quando eu dormia em um travesseiro de penas.

Essa era a primeira vez que eu estava no andar de cima da Casa Benedict. Várias outras lâmpadas a óleo estavam espalhadas por ele, e o calor delas tinha criado manchas em forma de chamas no papel de parede de cânhamo que quase tremeluziam com a luz do sol. À noite, devia parecer o inferno. Peguei ociosamente uma fotografia em um aparador entalhado. Identifiquei o pai de James no mesmo instante. Possessivo, ele estava com os braços em volta de uma mulher, que ostentava um cabelo cacheado típico da década de 1980, e de um menino louro com um sorriso tímido. Deviam ser James e sua mãe. Ambos tinham os mesmos olhos grandes com cor de avelã, mas havia outra coisa: ambos pareciam vulneráveis e assustados naquele abraço sufocante. O pai de James olhava diretamente para a lente com um sorriso arrogante. Estudei seu rosto novamente, curiosa para saber se ele poderia, de fato, ser tão cruel como James suspeitava.

Agora que estava em seus aposentos, a avó de James parecia bastante animada. Ela me fez um sinal para me sentar a uma mesinha redonda. Um prato grande de ovos mexidos quentes em torradas finas e escuras e uma xícara de chá foram colocados à minha frente. Eu estava desesperada para tomar um café, mas sorri, agradecida. Tomei um gole do chá. Tinha um gosto bom sem qualquer resíduo amargo de vinagre.

NÃO OLHE PARA TRÁS

— Você deve fazer um trabalho de Sísifo aqui — disse ela. — Você não parece estar preparada para a tarefa.

— Sísifo? — perguntei sem entender.

Ela trouxe seu próprio café da manhã para a mesa e sentou-se à minha frente, parecendo satisfeita por poder me explicar.

— Sísifo foi um rei mentiroso a quem os deuses obrigaram a rolar uma pedra até o alto de uma colina como castigo por toda a eternidade. Toda vez que ele chegava no meio do caminho, a pedra rolava para baixo e ele tinha que começar tudo de novo.

— Eu sou mais forte do que pareço — respondi, perguntando-me se a família inteira era obcecada por mitos. — Eu acho que a Casa Benedict também tem sua lenda assombrada.

Ela deu um gole no chá de modo cerimonioso.

— Às vezes, é difícil separar a história da lenda, mas cuidamos para que a porta esteja sempre aberta.

Contraí a boca, porque a mulher não podia estar mais errada; a irmã Catherine cuidava para que a porta estivesse sempre fechada e trancada com uma corrente grossa de metal. A avó de James parecia disposta a conversar, e eu mantive meu tom coloquial.

— A casa antes era uma igreja, não era?

Ela pôs faca e garfo na mesa.

— Não foi bem assim. A igreja foi demolida e a Casa Benedict foi construída depois... em um lugar diferente dentro da propriedade.

Fiquei boquiaberta.

— Me disseram que a casa era uma igreja, então eu pensei que as duas fossem... mais ou menos, a mesma coisa. Sendo assim, onde ficava a igreja?

Ela fez que não com a cabeça.

— Poderia ficar em qualquer lugar da propriedade. Já se passaram mais de mil anos.

Meu cérebro estava girando, tentando entender essa nova informação. A primeira igreja, aquela sobre a qual Patrick tinha escrito, não tinha nada a ver com a Casa Benedict propriamente dita. Poderia estar em qualquer lugar do terreno. Apertei os olhos, frustrada.

— Será que não existem mapas ou livros antigos que possam dar a localização exata?

— Houve um incêndio na casa — disse ela, cansada, pressionando a testa com a mão. — Tudo se perdeu.

— E sobre os arquivos locais?

Ela estalou a língua.

— A história da família Benedict nunca foi entregue aos arquivos. Ela sempre ficou aqui, aonde pertencia.

Para virar fumaça, pensei, irritada.

Sentei-me por um momento, perguntando-me o que mais poderia lhe perguntar. Era impossível deixar de olhar para a fotografia do pai de James novamente. O sorriso orgulhoso e os olhos astutos tornavam indesejável sua semelhança com James.

— Bonito demais para seu próprio bem — riu ela, percebendo minha atenção. — Assim como meu neto. Já conheceu James?

Dei atenção ao meu prato de uma forma incomum, tentando ignorar o fato de que James estaria dormindo no quarto ao lado.

— Sim... a gente se esbarrou pela casa. James mencionou que estava... meio que esperando encontrar o pai... agora que estava em casa.

Fiquei na expectativa.

— Espero que isso não aconteça — disse ela com veemência. — Eu espero mesmo que não, mas... está fora de meu controle.

Encostei-me na cadeira, perguntando-me o que poderia deduzir a partir disso. Ela estava reconhecendo o quanto seu filho tinha sido um pai horrível?

— Eu... acho que eu vi um mastim preto no terreno hoje, perto da ponte. James acha que pode ser Cérbero, o cachorro do pai dele.

— Ah, pobre Cérbero — disse ela com tristeza. — Um cachorro tão fiel, mas não vai ter que esperar por muito mais tempo.

— Para quê?

— Para... voltar para essa casa. — Olhou ao redor, distraída. — Não posso deixá-lo perto da casa. Se ele ouvisse a voz do dono, não sei o que poderia acontecer.

Senti uma onda de arrepio nos braços e nas pernas.

— A voz do dono?

— Sim. Eu a estava ouvindo no corredor com as outras. Você não ouviu?

— Eu não sei o que estava ouvindo — respondi, com o estômago revirado.

— Mas... eu achei que a irmã Catherine tivesse explicado as coisas e que você tivesse entendido por que está aqui.

Minha faca escapou da mão e fez um barulho ao bater no prato. O que a irmã Catherine vinha dizendo a uma senhora velha e doente? A avó de James sorriu de uma maneira doce e consciente, pedindo que eu me aproximasse. Inclinei-me com cautela para o outro lado da mesa.

— James me contou um segredo — sussurrou. — Ele me contou sobre a moça especial que ele conheceu. Estou muito feliz por ele.

Fiquei nas nuvens e tentei conter meu sorriso. James tinha falado de nós para sua avó. Ele devia estar bem certo do que estava sentindo.

— James falou mais alguma coisa sobre... essa moça?

Ela riu de modo festivo.

— Ele disse que ela é enérgica e animada e que foi amor à primeira vista.

— Eu queria que ele pudesse ficar mais tempo — comentei, suspirando de felicidade.

— Como assim?

Havia uma expressão tão incrédula em seu rosto que tive receio de ter cometido uma enorme gafe, mas era impossível parar ali.

— Ele... comentou alguma coisa sobre voltar para a Austrália.

Ela fez que não com a cabeça e sorriu como se estivesse tentando me animar.

— Ele nunca deveria ter ido embora. Era meu dever convidá-lo para vir para cá, mas apenas para enfrentar seu julgamento... É tarde demais pra ele, sabe.

Olhei para ela, pasma.

— Você entende, Sinead. Ninguém simplesmente vai embora...

Tentei manter uma expressão impassível enquanto, hesitante, me levantava da mesa e seguia de costas em direção à porta. Quanto mais calma ficava sua voz, mais gelada eu ficava.

Ela limpou cuidadosamente os cantos da boca com um guardanapo.

— Não, não, não, sua bobinha. Meu filho descobriu que é impossível sair deste lugar. James não conseguirá, nem você. Sua chegada anuncia um novo começo, e, para mim, o fim das vicissitudes desta vida.

Por favor, deixe-me sair daqui. James tentou me avisar que sua avó não estava boa da cabeça. Eu devia ter ouvido. Ela estava me deixando totalmente assustada.

Felizmente, consegui chegar à porta e, graças a Deus, girar a maçaneta de metal.

— Eu tenho mesmo que ir. Obrigada pelo café da manhã.

NÃO OLHE PARA TRÁS

Ela não tinha terminado, e, para reforçar suas afirmações malucas, pôs-se em pé com os braços levantados e a camisola marfim cintilando com os raios de sol.

— Seu destino é ficar aqui em uma prisão que você mesma escolheu. A terra chorará com você e, de suas lágrimas, brotarão novos rebentos...

Saí voando do quarto e desci correndo as escadas.

CAPÍTULO
VINTE E CINCO

Deixei escapar uma risada nervosa e bufei baixinho, jogando-me no chão do corredor e, em seguida, balançando para trás para me sentar no último degrau. Apesar do calor, eu estava tremendo. As palavras da senhora Benedict perturbaram-me muito, especialmente depois de ouvir a voz de Patrick nessa manhã. *Eu a estava ouvindo no corredor com as outras. Não era só eu.* Ela havia ouvido algo também.

O que Harry tinha me dito sobre a lenda? *Os gemidos dos condenados ainda podem ser ouvidos até hoje.*

Pare com isso, Sinead. Você está é muito cansada. Coloquei a cabeça entre as mãos. A lista de acontecimentos estranhos estava aumentando, e o meu medo também. Por que James não acordava? Eu não tinha coragem de irromper do nada em seu quarto, mas precisava tanto estar com ele que meu desejo se transformou em um desespero febril que me dava calafrios. Fui para a frente da casa, lá fora, mas a veneziana de seu quarto estava fechada.

Ele devia estar bem convencido de que não iria chover na noite anterior, porque tinha deixado a capota do carro aberta. Fui passando os dedos no acabamento interior e, então, parei. Havia, nitidamente, arranhões horizontais na porta esquerda, exibindo o tom prateado debaixo do acabamento metálico. E pude sentir um leve amassado que não estava ali outro dia. James não tinha mencionado o acontecido para mim. Afastei a mão do carro e olhei para minhas

NÃO OLHE PARA TRÁS

unhas. Ainda havia sujeira e fragmentos vermelhos nos lugares onde tinha arranhado a árvore nesta manhã. Lentamente, coloquei um dedo sobre a pintura; a cor batia perfeitamente.

A lembrança foi voltando em um surto veemente de desespero. Eu estava olhando para Eurídice quando um carro passou por mim em alta velocidade, arranhando uma árvore próxima e fazendo com que eu me jogasse na grama alta. Mas não sem que antes eu olhasse de relance o belo perfil de James. E, enquanto eu sentia o cheiro da grama e da terra, o som da risada ressoou em meus ouvidos: a risada de uma menina. Essa foi a última coisa que ouvi antes de desmaiar.

James esteve com outra garota. Durante todo o tempo em que fiquei caída ali, inconsciente, James estava com outra menina, logo depois de declarar seu amor eterno por mim. Como pude ser tão idiota? Comecei, na verdade, a ranger os dentes. Eu era péssima em se tratando de julgar o caráter das pessoas, com exceção de Harry. Graças a Deus, eu não tinha lhe contado sobre James na noite passada.

Mesmo em meio ao meu sofrimento, um sentimento de autopreservação falou mais alto. Ninguém sabia da minha noite no bosque e nem saberia. Respirei fundo para impedir que a dor aumentasse, mas meu peito latejava como se tivesse sido apunhalado. Sentia-me em carne viva e, se meus sentimentos fossem visíveis, eu seria candidata a fazer uma cirurgia de coração aberto. *O que eu sinto por você é verdadeiro, Sinead... eu não poderia fingir.* James devia dizer a mesma coisa para todas as moças que conhecia. Eu tinha de sair daqui enquanto houvesse tempo, porque não podia confiar no que seria capaz de fazer.

— Sinead... você chegou cedo.

Só me virei depois de alguns segundos, tentando controlar minha raiva. James tinha acabado comigo na noite passada e feito com que eu me sentisse um lixo, e ele merecia o mesmo. Eu daria o troco pela raiva que ele me fez passar.

Encarei-o nesse momento, com um brilho no olhar e uma expressão doce e confiante estampada no rosto.

— Sim... cheguei cedo.

— Mal consegui pregar o olho — suspirou ele, andando em minha direção. — Senti você tão perto que quase pude tocá-la.

— Em compensação... eu dormi como um anjo — falei de forma arrastada, tentando não ser sarcástica. James estava usando uma calça de moletom e uma regata, mas era óbvio que tinha acabado de acordar, porque seu cabelo estava sedutoramente desgrenhado. Ele deve ter percebido algo estranho em minha voz, porque um vinco profundo apareceu em sua testa.

— Está tudo... bem?

— Tudo está simplesmente... maravilhoso, James.

Ele estava bem à minha frente nesse momento, parecendo acariciar meu rosto com seu hálito quente. Não havia infidelidade em seus enormes olhos castanhos, e eu vacilei, presa onde estava, querendo acreditar que estava enganada. Ele inclinou a cabeça para mim, e eu não me afastei. Estávamos de rosto colado quando um perfume invadiu minhas narinas, uma fragrância almiscarada que, com certeza, não era minha. Dei um passo para trás.

— Foi doloroso? — perguntou baixinho, com um tom compreensivo. — Contar pra Harry?

Olhei para ele com espanto, fingindo não saber do que estava falando.

— Contar pra Harry o quê?

Ele pareceu magoado, e fiquei feliz.

— Sobre nós — respondeu, incerto.

Levei a mão à boca, fingindo estar chocada.

— Você quer dizer... que aquilo foi sério?

James cruzou os braços sobre o peito em uma atitude defensiva.

— Eu achei que sim.

Aproximei-me dele até meu nariz quase tocar no dele, com a expressão de que estava liberando um divertimento reprimido. Então, dei um beijo em sua bochecha direita, sentindo-me como Judas.

— Eu só estava brincando, James. Eu achei que você soubesse disso.

— Estou sabendo agora — respondeu calmamente. Seus olhos ficaram mais um segundo em mim, estudando meu rosto. Vi uma luta entre dor, confusão e orgulho ferido antes de ele se virar e ir embora.

Foi uma vitória sem valor. Fiquei tão arrasada que senti a garganta apertar e tive de desacelerar a respiração para conseguir levar ar suficiente para os pulmões. Abaixei a cabeça e tentei resgatar algum vestígio de orgulho.

James foi embora pensando que você só estava brincando com ele. Até que ponto isso é melhor do que ele pensar que partiu seu coração?

Este pensamento chocou até a mim. Eu tinha um coração, e ele foi despedaçado por um rapaz que eu conhecia há menos de uma semana. Mas ele não sabia disso e nunca saberia.

A irmã Catherine escolheu o pior momento para aparecer.

— Você está quase encontrando o que você veio procurar, Sinead? — perguntou.

Levantei a cabeça e olhei para ela com um ódio mortal.

— Você sabe o que vim fazer aqui: Patrick e nada mais. Você me prometeu respostas.

Seus olhos pareciam estranhamente vagos.

— Sempre que as respostas nos escapam, isso significa que estamos procurando no lugar errado.

— Minha mãe está morta de preocupação — resmunguei. — Você não está nem aí?

— Claro que estou, mas minhas funções são limitadas.

Esfreguei as têmporas, tentando não perder a calma.

— Quando cheguei aqui, você me disse que a propriedade sempre pertenceu a Deus. Eu sei que havia uma igreja aqui antes da casa...

Ela curvou a cabeça em sinal de reconhecimento.

— Eu quero saber onde ela ficava.

— Eu não posso dizer — respondeu. — Você tem que encontrá-la sozinha.

— Eu não consigo. A propriedade é enorme.

Joguei as mãos para o ar.

— Você quer que eu fique como você, andando sem parar pelo terreno à procura de algo que se perdeu? Eu não vou fazer isso. Eu vou... eu vou embora... agora.

Foi como se eu tivesse tido minha própria epifania. É claro que eu deveria ir embora. Por que eu hesitava?

— Você prometeu ficar catorze dias, Sinead.

— Eu disse que podia ir embora a qualquer momento, e é isso que eu vou fazer.

Uma vez que tomei minha decisão, não via a hora de desaparecer dali o mais rápido possível. Peguei minha bicicleta e saí às pressas, quase esperando que a irmã Catherine tentasse me impedir, mas isso não aconteceu. Na saída, olhei para os grifos, que pareciam olhar para mim com reprovação. Quando voltei para o apartamento, eu esperava me sentir aliviada, mas o clima tinha mudado e não era mais tranquilo. Havia um cheiro estranho no ar, como quando a carne ainda está crua e toda a gordura está derretendo, e o calor tinha trazido consigo uma dezena de moscas agitadas. Eu continuava a encontrá-las no chão, zunindo enquanto estavam moribundas. A luz estava muito forte para mim. Procurei uma caixa de tachas e prendi um lençol na janela, o mais grosso que consegui encontrar. Em seguida, atirei-me no sofá, pensando nas implicações do que tinha acabado de fazer. Tinha perdido a paciência e ido embora sem decifrar as pistas de Patrick. Teria de enfrentar minha mãe e explicar por que não tinha conseguido encontrá-lo.

Mas, e eu? É claro que eu merecia um pouco de atenção e compreensão, não? Estava tão magoada com James que me sentia fisicamente doente, mas também cansada e com vontade de chorar. Na última semana, tinha perdido completamente o controle de minhas emoções. Na verdade, eu queria falar com alguém e a única pessoa em quem conseguia pensar era minha mãe. Eu sabia que não éramos próximas, mas ela já tinha sido adolescente; ela devia se lembrar de como era a sensação de ter o coração partido pela primeira vez. Eu precisava de um pouco de seu tempo, e Patrick teria de ficar em segundo plano pelo menos uma vez. De um modo estranho, isso poderia, de fato, aproximar-nos. Bebi quase um litro de café antes de criar coragem para telefonar para ela.

Antes mesmo de dizer alô, ela já me repreendeu.

— Você encontrou Patrick, Sinead?

— Eu acho que perdi o rastro dele, mãe. Eu não sei mais o que fazer. Fiz o que pude...

Ela elevou a voz rispidamente.

— Mas... eu não entendo. Patrick nunca sumiria assim. Alguma coisa passou batida. Você precisa refazer os passos.

— A questão, mãe, é que... — Eu não conseguia controlar as lágrimas que escorriam por meu rosto. — Aconteceu uma coisa quando eu estava na Casa Benedict. Conheci um rapaz e...

— Você conheceu um rapaz? — interrompeu.

— Sim, eu conheci um rapaz... e estava tudo ótimo entre a gente, mas descobri hoje que ele está saindo com outra pessoa. Eu me sinto tão triste e... idiota...

Sua voz ficou baixa e quase sinistra.

— Então, deixa eu ver se entendi. Enquanto você deveria procurar seu irmão, você estava, na verdade, fazendo papel de boba e correndo atrás de um rapaz?

— Não foi bem assim. A gente descobriu que tinha muita coisa em comum, e ele conhece a propriedade dos Benedict e estava me ajudando a procurar Patrick.

Houve uma pausa angustiosa.

— É esse o problema. Dá pra ver agora. Patrick deixou um rastro pra você, e só pra você, mas você deixou um estranho se envolver. Isso é um assunto particular, de família, que não é pra ser compartilhado com todo Romeu que aparecer pelo caminho. Você tem que voltar pra lá.

— Eu acho que não consigo — disse com a voz fraca. — Eu não consigo encará-lo de novo; dói demais, e eu estou cansada daquele trabalho que não tem fim.

— Pode parar de ser egoísta, Sinead. É uma lição amarga que você deve aprender, mas esse rapaz, pelo jeito, já viu quem você é de verdade. Não dá para esconder isso por muito tempo.

Funguei e tirei alguns lenços de papel de minha bolsa.

— O que você quer dizer com... quem eu sou de verdade?

Ela não hesitou.

— É difícil para uma mãe dizer isso, mas tem algo frio e *perverso* em você. Eu achava que era minha culpa, mas, agora, eu posso ver que sempre existiu... sei disso desde que você era pequena. Sinto muito, Sinead, mas você deve ter percebido que é diferente.

Nem protestei. Minha mãe tinha acabado de confirmar meus piores medos. Por mais que Harry me dissesse que eu era uma boa pessoa, eu realmente não acreditava nele.

— Agora você tem a oportunidade perfeita pra fazer algo bom — continuou —: encontrar seu irmão. Não dá pra acreditar que você está hesitando.

Um, dois, três, quatro... qual é, Sinead? Eu não estou longe. Cinco, seis, sete, oito... siga meus passos, não é difícil.

— Eu vou voltar — decidi, cansada, reconhecendo minha derrota. — Quem sabe... a gente possa comer alguma coisa primeiro. Eu poderia passar aí e a gente poderia...

A voz de minha mãe foi friamente brusca.

— Você só deveria voltar mesmo pra casa, Sinead, depois de encontrar seu irmão, depois de trazer Patrick de volta pra mim.

Depois de tudo, eu teria de voltar à Casa Benedict, mas a possibilidade de me livrar de Patrick já não parecia libertadora. Que tipo de vida me esperaria depois disso? Sara estava certa: consegui afastar todos os que me cercavam e acabaria isolada e sozinha. *Esse rapaz, pelo jeito, já viu quem você é de verdade.* Ele e todos os outros. Eu não podia mais fugir de quem eu era. Aninhei-me bem no sofá, abraçando meu corpo e desesperada para esquecer tudo.

Desliguei minha mente e tive a sensação mais estranha de estar acordada e sonhando ao mesmo tempo. Eu estava do lado de fora do quarto branco da irmã Catherine, tentando descer as escadas, mas elas se deslocavam debaixo de meus pés. Pressionei as palmas das mãos contra as paredes, mas elas se moviam também, e sentia no corpo um ar quente que subia de algum lugar. Olhei para baixo, horrorizada, ao perceber que estava me afundando cada vez mais em um buraco escuro, com um gás quente e cinzas se levantando no ar, e que as vozes já não mais sussurravam, mas uivavam de dor. E Patrick estava esperando ao pé da escada para me cumprimentar, com os olhos enlouquecidos de ódio. Meus pés tentavam desesperadamente subir de volta, mas continuei a afundar ainda mais na direção dele. Eu podia me sentir cada vez mais fraca, dominada pela fumaça. Pus a mão no bolso e tirei um lenço de papel, pressionando-o na boca e no nariz. Havia outra coisa ali; minha mão fechou-se em torno de sua medalha de São Cristóvão. Joguei-a no abismo e saí para a luz do sol, tão ofuscante que me cegou.

A campainha assustou-me com seu toque alto e insistente. Fiquei surpresa quando vi que era de noitinha. Apertei o botão para abrir o portão, certa de que devia ser Harry. A voz de James fez meu coração saltar e depois acalmar. Tomada de frenesi, dei uma olhada no cabelo e no rosto no espelho antes de deixá-lo entrar. Ele parecia lindo, mas hostil; tinha uma expressão fria no rosto, a linguagem corporal reservada e a voz falha. Começou em seu discurso, obvia-mente, bem elaborado com o ar de quem estava ali por condescen-dência.

— A irmã Catherine está preocupada com sua ausência. Você não deveria se afastar por minha causa, Sinead. Eu sei exatamente qual é o meu lugar e não vou incomodar você de novo.

NÃO OLHE PARA TRÁS

Eu estava tão cheia de sentimentos contraditórios que apenas fechei os olhos. James parecia não saber o que fazer em seguida.

— Esta é a imagem que fizeram na parede? — perguntou. Ele se aproximou para dar uma olhada. — Parece que os nove círculos de Dante se fundiram em um só.

— Nove círculos?

— Do inferno — concluiu.

— O que... leva você a dizer isso?

— Todos estes corpos se contorcendo em tormento, e a cobra gigante...

Franzi o rosto.

— Eu sei que havia pessoas com serpentes no cabelo... mas não me lembro de uma cobra gigante.

Ele apontou com o dedo.

— Aqui está ela... uma muito feia com a cabeça de um homem e a língua bifurcada.

— Deixa eu ver.

Pus James para o lado e fiquei olhando para a imagem. Senti calor, depois frio e uma fraqueza terrível que dominou meu corpo e levou o pouco de força que me restava.

— Isso não estava aí antes. Tenho certeza.

James não respondeu como se eu estivesse louca, mesmo tendo franzido as sobrancelhas.

— Sua conexão é a cobra?

Apreensiva, fiz levemente que sim com a cabeça.

— Talvez... mas isso significa que alguém esteve no apartamento de novo. Só pode ter sido Patrick, então... ele deve estar bem. Certo?

James foi até a porta e examinou a corrente.

— Isso não serve pra nada. Alguém poderia simplesmente passar a mão para o lado de dentro e abri-la. Quem fez isso?

— Harry — sussurrei. — Ele não tem muita experiência.

Uma mosca lançou-se contra James e ele fez uma cara de nojo.

—Você não devia ficar aqui — disse ele. — A portaria está vazia. Por que você não volta comigo? Fica uns dias lá na casa até as coisas se acalmarem ou você se sentir melhor em relação a tudo.

Depois do que tinha acontecido entre nós, olhei para ele, desconfiada. Como se lesse meu pensamento, ele disse:

— Falando sério... não tem por que não sermos amigos.

Concordei de forma agradecida, sentindo como se tivessem me jogado uma tábua de salvação. Eu não podia voltar para casa e não queria ficar ali. Comecei a andar de um lado para outro, completamente perdida e sem chegar a lugar nenhum. Tinha começado a jogar coisas a olho em uma pequena mala de mão quando dedos suaves em meu braço me fizeram parar.

—Você não precisa de nada, Sinead.

Eu estava tão exausta que confiei na palavra de James e saí do apartamento de Patrick apenas com a roupa do corpo. O carro de James estava esperando lá fora, e eu, com um sentimento de gratidão, deslizei para dentro dele. James debruçou-se sobre mim e apertou meu cinto de segurança, gentilmente atencioso como se eu estivesse doente ou com dor. Antes de colocar o carro no meio do trânsito da cidade, ele me examinou bem pela última vez.

CAPÍTULO
VINTE E SEIS

Meu sono naquela noite foi, excepcionalmente, profundo e restaurador. Quando acordei, o edredom fino que me cobria estava quase do mesmo jeito, como se eu não tivesse me mexido durante a noite. James tinha me deixado instruções para não me esquecer de manter todas as portas e janelas fechadas, mas esses medos pareciam ridículos em uma propriedade cercada em uma manhã brilhante de verão. Dentro dela, a portaria parecia uma casinha de brinquedo para crianças. Considerando o tamanho do apartamento de Patrick, com os tetos altos e reverberantes, eu esperava me sentir enclausurada, mas era como se estivesse envolvida por um cobertor quente. Fiquei andando pela casa com os pés descalços no piso já aquecido pelo sol. Não havia poeira nas superfícies, o que me fez pensar que alguém tinha vivido ali até pouco tempo. Não podia ter sido Patrick, porque havia um cheiro distinto de mulher, algo ultrapassado e floral.

Não demorou muito para eu perceber que já tinha um problema, para início de conversa. James tinha me dito para não levar nada. Essa foi uma das raras ocasiões em que me arrependi de não ouvir os conselhos de minha mãe quando dizia que era bom levar roupas íntimas extras para qualquer emergência que pudesse ter. Pensei em pedir à irmã Catherine que me emprestasse roupas, mas isso não adiantaria muito, a menos que eu me imaginasse vestida com um hábito de freira extra que ela tivesse.

Deixaram-me um bilhete enquanto eu estava tomando banho. O bilhete tinha apenas três palavras: *desjejum lá fora*. Abri a porta. No degrau, tinha sido deixada uma pequena cesta cheia de pãezinhos, geleia, manteiga e café. Não vi James por perto, mas me sentei na pedra fria e comecei a partir os pãezinhos de casca crocante e passar geleia neles. Tive companhia. Os pássaros e as lebres eram mansos e se lançavam afoitos sobre qualquer migalha que eu deixasse cair.

Respirei fundo e peguei meu celular. Precisava falar com Harry. Escrevi uma mensagem, dizendo que precisava de um pouco de espaço para colocar a cabeça em ordem e resolver a questão do desaparecimento de Patrick. E que entraria em contato em breve.

A caminho da Casa Benedict, procurei Eurídice e parei, de repente. Ela podia ser vista novamente, mas, desta vez, do outro lado do mato. James, claramente, esteve ocupado. Decidido a colocá-la ao lado de Orfeu, é provável que ele estivesse aproximando as duas estátuas. Ou as estivesse levando em direção à ponte, que era o lugar delas? Por mais que ele dissesse que era muito perigoso ir até lá, eu precisava dar uma olhada, caso Patrick tivesse deixado alguma coisa para mim. Agora parecia um bom momento, antes que me convencessem a desistir novamente. Segui em direção ao salgueiro e continuei para a clareira. Fiquei a uma distância segura e subi no galho mais baixo de uma árvore que me dava um ponto de observação.

Meu estômago embrulhou. Cérbero estava andando de um lado para outro, ainda maior do que eu me lembrava. A imagem das perfurações no pescoço de James não tinha desaparecido. Os cães normalmente avançam na garganta se têm intenção de matar, e eu sabia por meu pai que essa raça era diferente das outras. Uma vez que cravam os dentes em uma vítima, as mandíbulas se fecham e fica difícil abri-las. Eu não tinha como atravessar a ponte de forma alguma. Por que o cachorro tinha ficado? Não fazia sentido. James foi categórico quando disse que Cérbero nunca saía do lado de seu pai, o que significava que o pai o tinha deixado para trás de caso pensado. Também significava que era possível que o pai não estivesse por perto. Talvez a senhora Benedict não tivesse se confundido quando disse que Cérbero estava esperando para se juntar ao seu dono. Eu precisava contar isso a James.

Enquanto voltava para a casa, algo, de repente, me ocorreu; se eu não podia atravessar a ponte, então Patrick também não podia, por isso, aquele era um lugar com que eu não tinha de me preocupar em relação a seguir seus passos.

Meu senso de tempo não havia falhado. Consegui chegar à casa às 10h em ponto. A irmã Catherine submeteu-me a um grau de escrutínio fora do normal.

— Você voltou — disse ela.

Encarei-a de frente.

— Voltei.

— Pronta para completar seu teste?

Isso me irritou, porque era óbvio que ela estava pensando que tinha vencido.

— Tenho escolha?

— Eu já expliquei, Sinead, que você sempre teve escolha. — Não discuti, e meu silêncio deve ter agradado à mulher. Vi quando esfregou as mãos com o que parecia ser satisfação. — Você logo voltará ao começo.

Voltará ao começo. O que ela queria dizer com isso? Eu não iria refazer todas as tarefas que tinha dado para mim. Quando chegasse à última sala, eu não começaria tudo de novo nem por um decreto. Ela só podia estar louca se pensava nisso.

Esperei que ela explicasse.

— *Domus dei* — murmurou.

— Eu já sei sobre a primeira igreja, lembra? E você ainda não me ajudou.

Ela suavizou o rosto de modo imperceptível.

— Quando chegar a hora certa, estarei ao seu lado.

Quando chegar a hora certa. A irmã Catherine *tinha* vencido; pensei que poderia economizar tempo e ignorar seu teste idiota, mas podia ver agora que isso não aconteceria. Ela só me daria alguma resposta depois dos catorze dias.

— Você pode começar pelo andar de cima, Sinead.

A irmã Catherine levou-me à primeira porta no alto da escadaria. Tensa porque não queria esbarrar com a avó de James outra vez, entrei rapidamente. Este parecia ser o quarto principal por causa da cama de quatro colunas intrincadamente entalhada. Consegui aguentar mais uma manhã interminável sufocada pelo pó. Ao meio-dia, fui para o lado de fora com meu almoço. Nem a pista da cobra nem as estátuas pareciam levar a algum lugar concreto. A chave era um mistério também. James tinha tentado usá-la em todas as portas do andar superior sem sorte alguma, então a devolveu para mim. Patrick tinha mudado de tática? Ele tinha ido para o térreo? E algo estava diferente na irmã Catherine; ela parecia quase pesarosa por não poder ajudar mais, como se estivesse com as mãos atadas de alguma forma.

Chutei o cascalho poeirento. Estava começando a me sentir como James: caçando sombras neste lugar estranho. A primeira igreja ainda parecia ser minha melhor pista, e, à sua maneira estranha, a irmã Catherine tinha confirmado isso. Começaria minha busca perto da casa e trabalharia na parte de fora. Talvez ainda houvesse algum tipo de sinal encoberto ao longo dos séculos, ou talvez Patrick me levasse à direção certa de alguma forma. Inclinei a cabeça. O silêncio ali normalmente era profundo, mas pude ouvir um assobio, e não era um pássaro. Levantei-me e segui o som até a parte de trás da casa, num canteiro onde flores silvestres cresciam de forma descontrolada. Passei por um arco ornamental. Em contraste com as madeiras, cada uma das plantas e das flores ali era leve, graciosa e delicadamente coberta de vegetação, balançando sem a menor brisa.

Fui parar atrás de um biombo e fiquei observando ali com calma. James estava cavando uma parte do jardim e assobiando. Ele não sabia que estava sendo observado e parecia entretido no trabalho e feliz. Estava usando uma calça *jeans* enrolada até os joelhos e uma camisa de algodão puída aberta até o umbigo, com o cabelo brilhando debaixo do sol. Suspirei e ouvi uma sinfonia em algum lugar de minha cabeça. Eu não deveria ficar ali, de olho nele, mas seria pior ser pega saindo dali na ponta dos pés. Dei uma pequena tossida.

— Desculpa, James, eu... não sabia que você estava aqui.

— Dormiu bem? — perguntou, esticando-se preguiçosamente.

Ri.

— Como um anjo.

Ele apontou para a pá.

— Estou tentando dar um jeito nisso tudo aqui pra que a vovó possa passar mais tempo sentada aqui fora. Ela fica muito tempo trancada em seus aposentos.

— Conheci sua avó — comentei. — Ela preparou um café da manhã pra mim ontem.

James pareceu um pouco envergonhado e ajoelhou-se, arrancando uma erva daninha.

— Ela estava... bem?

— Mmmmm, ela estava... muito bem. O lance, James, é que... eu voltei à ponte hoje de manhã e Cérbero ainda estava lá, andando de um lado pro outro. Sua avó me disse que ele estava esperando para se juntar ao dono. Ela falou como se ele estivesse aqui há algum tempo.

— Cérbero ainda está lá?

Fiz que sim com a cabeça.

— Acho que seu pai deve ter deixado o cão pra trás e... ido pra bem longe, até mesmo pra fora do país.

James olhou para mim, surpreso.

— Você está certa. Ele nunca teria abandonado Cérbero, a não ser que fosse obrigado a fazer isso. Ele adorava aquele cachorro... mais do que...

Deixou o resto por dizer.

— Por que ele fica pra lá e pra cá perto da ponte? — perguntei. — Parece que ele a está vigiando.

James revirou os olhos.

— Meu pai provavelmente treinou-o para isso há anos: para me impedir de ir até lá. — Seu rosto entristeceu. — Eu estava tão convencido de que meu pai estava por perto. Estou tendo novos sonhos com o cavaleiro branco...

Tive de dar uma força para ele continuar.

— Agora... quando o vejo... ele está coberto com o sangue da lebre... e seus olhos ficam fixos em mim como se estivessem me acusando de alguma coisa. Acordei molhado de suor.

Eu sabia o que ele estava sentindo.

— James... até eu consigo entender o que está acontecendo. Você se sente culpado pelo fato de seu pai matar animais e tentar fazer você ser como ele. Inconscientemente, você acha que o sangue deles está em suas mãos.

— Eu queria poder acabar com isso — disse ele com a expressão angustiada.

—Você vai, quando se encontrar com seu pai de novo, quando confrontá-lo sobre o comportamento dele.

— *Se* é que vou conseguir encontrá-lo um dia. Eu pensei ter uma pista outro dia desses, mas não deu em nada.

— O que foi? — perguntei.

Os cantos de sua boca contorceram-se.

— Quando eu estava atrás de informações com o povo do vilarejo, uma das meninas que ia comigo para a escola disse que sabia alguma coisa de meu pai e que, se eu saísse com ela, ela me contaria.

Senti os músculos do estômago se contraírem.

—Você... saiu com ela no carro esportivo?

— Sim... como você sabe?

— Foi só um... tipo de... palpite certo. Ela... contou alguma coisa?

James fez uma careta.

— Não, ela só dava risadinhas e ficava falando que gostava de mim desde que tinha dez anos. Foi uma verdadeira perda de tempo.

Arregaçou as mangas e sentou-se em um banco velho. Com os braços atrás da cabeça, a abertura de sua camisa ficava maior, exibindo ainda mais seu peito. Sentei-me ao seu lado, atenta aos estalos da madeira esbranquiçada que me davam desespero. Um pensamento superou todos os outros. Se James tivesse me falado desse encontro, estaríamos juntos agora; eu não tinha a menor dúvida. Por que ele não tinha falado nada? Ele achava que eu ficaria com ciúmes ou ele simplesmente tinha se esquecido? Senti uma dor me corroendo por dentro enquanto pensava que tinha estragado tudo entre nós e perdido tanto tempo.

— Mais alguma pista sobre Patrick, Sinead?

Tentei falar normalmente.

— Perguntei à sua avó sobre aquele lance de a Casa Benedict ter sido uma igreja primeiro. Ela disse que a igreja foi demolida e que a casa foi construída em um lugar completamente diferente. — Levantei as mãos. — Eu sei que a propriedade é enorme, mas estou procurando algum sinal que me mostre onde a igreja pode ter ficado antes. No bilhete, Patrick descreveu o lugar como uma espécie de passagem.

James olhou de lado para mim, e não tive certeza se ele já tinha me perdoado.

—Você ainda vai me ajudar? — perguntei. —Você conhece tão bem o terreno.

Ele concordou com a cabeça, mas ainda parecia distante. Ficamos sentados por mais alguns minutos, ambos pouco à vontade. Fiquei com os braços cruzados sobre o peito, enquanto James se concentrava em tirar grãozinhos de terra das unhas.

— Você tem tudo o que precisa na portaria? — perguntou, finalmente.

Fiquei me perguntando se ele estava sendo engraçado. Ele devia se lembrar de que eu tinha saído do apartamento de Patrick sem nada.

— Bom... eu não tenho nenhuma roupa, nem produtos de higiene pessoal, nem... mmm... uma calcinha.

James deu um sorriso malicioso.

— A gente tem quase a mesma altura. Vou dar umas coisas minhas pra você.

NÃO OLHE PARA TRÁS

Tentei espantar a imagem de James tirando suas roupas para dá-las para mim.

— Eu queria saber quem morava lá antes. O lugar está impecável, e ainda dá pra sentir um perfume fraco.

— A irmã Catherine — respondeu, simplesmente.

Por algum motivo, isso me deixou completamente perplexa.

— A irmã Catherine? — Engoli em seco. — Por que você não me contou?

James pareceu confuso.

— Por que eu deveria ter contado?

Eu estava estranhamente perturbada.

— É só que... quando a gente estava examinando o buraco de padre, você não falou nada.

Ele franziu o rosto.

— Eu não achei que fosse grande coisa.

Ele tinha razão. Não era grande coisa, mas eu ainda precisava perguntar:

— Quando ela saiu da portaria? Você sabe?

James bufou com um ar indiferente.

— Faz uns dias. Ela disse que estava na hora de sair, e eu a ajudei a trazer umas coisas.

— Ela disse por quê?

— Ela disse que teríamos um novo hóspede e que precisava arrumar um lugar pra ela.

Meu coração estava disparado.

— Ela disse um lugar pra *ela*, tem certeza?

— Mmm... algum problema?

— Problema nenhum — sussurrei com a voz rouca.

CAPÍTULO
VINTE E SETE

A irmã Catherine não sabia que eu ficaria na portaria. Como ela poderia saber? Eu só estava ficando paranoica. Ela provavelmente vivia *convidando* pessoas para ficarem ali, e isso não tinha nada a ver comigo. Mesmo assim, senti um frio na barriga de inquietação. E o que dizer de James? Estraguei para valer as coisas entre nós, mas não era muito tarde. Por que eu simplesmente não conversava com ele? As batidas de meu coração estavam me deixando louca. Pus a mão sobre o peito, mas de nada adiantou para abafar o bum implacável que soava em minha solidão, meu desejo de estar com ele e cada segundo infeliz por não estar. Por que James não conversava comigo? Porque ele não sabia a razão pela qual eu o tinha dado um fora e provavelmente pensava que eu era horrível. Eu podia sair da portaria nesse momento à luz do luar, andar até a casa principal e jogar pedras em sua janela. Era fácil assim, mas por que não eu fazia isso?

Passava da meia-noite quando, finalmente, consegui dormir. Sonhei que estava em pé diante de uma fila de portas de madeira idênticas com a chave de Patrick na mão. Coloquei-a na primeira porta, e essa se abriu para um espaço vazio, imaculadamente branco com um aspecto de clínica. Desesperada, corri para a próxima. Quando olhei à distância, as portas tinham se juntado em um círculo, e eu estava de volta ao começo. Contudo, eu não conseguia parar de olhar. Era como se essa busca inútil fosse continuar pela noite toda. Em desespero, comecei a bater na madeira com os punhos.

Sentei-me abruptamente na cama com o coração batendo forte pelo impacto do sonho. Encolhi-me. As batidas na porta eram reais, e James gritava meu nome. Olhei ao redor à procura de algo para vestir. Enrolando-me no lençol de algodão branco, fui tropeçando para o banheiro, lavei a boca com pasta de dentes e corri para abrir a porta.

—Você está parecendo Eurídice. — James sorriu, olhando para meu roupão improvisado. Ofereceu-me outra cesta de alimentos. — Já passa das 9h. Você ainda está com cara de cansada.

Não perguntei como ele sabia disso, porque só havia uma resposta. A portaria era pequena, e as cortinas finas não se fechavam adequadamente; ele devia ter me observado enquanto eu estava dormindo. Coloquei a cesta no chão, agarrando o lençol antes que pudesse escorregar.

— Eu não trouxe uma camisola nem uma toalha — disse, tímida.

James mostrou-me uma sacola de plástico que trazia nas costas.

—Tem uma toalha aqui, e as outras coisas que prometi.

Envergonhada, murmurei um agradecimento. Ele andou cerca de dez metros e não conseguiu deixar de olhar para trás, com os olhos meio fechados por causa do sol. Esse era o momento para dizer algo. Eu podia correr para seus braços, lembrando-me de segurar o lençol. Eu estava com tanta saudade que fiquei muda e parada ali olhando para ele como uma idiota. James deu-me um sorriso pesaroso e virou-se para ir embora. Fiquei observando enquanto ele se afastava, sentindo um nó na garganta. Era assim que seria quando ele voltasse para casa, e tomei a decisão ali mesmo, naquele momento, de que não iria vê-lo partir. Meu coração pararia de bater de tanta dor.

Mas, ele não estava voltando para a Austrália. Ele só estava indo para a casa principal. Outra oportunidade de ouro desperdiçada. Por que eu era tão pamonha, tão incapaz de ir atrás da felicidade? Eu sabia que ele ainda sentia alguma coisa por mim. Ele não podia deixar isso mais óbvio. O que aconteceu com minha determinação de aproveitar cada momento?

Cheia de adrenalina, bati a porta, virei o conteúdo da sacola de James no chão e apanhei uma bermuda e uma camiseta sem mangas. Não levei mais de trinta segundos para colocá-los e calçar meus tênis. James tinha apenas uma pequena vantagem, mas ele já estava fora de vista. Com minhas pernas compridas, sempre me dei bem em corrida e tinha certeza de que iria alcançá-lo facilmente. Mas, corri e corri, motivada pela coragem, até chegar ao lugar onde as árvores começaram a diminuir, e pude ver a casa e o pátio de acesso. James não estava à minha frente. Olhei ao redor, mas ele não estava em nenhum lugar. Meu peito doía, e fiquei furiosa comigo mesma outra vez. Ele devia ter ido para o outro lado.

Mancando, comecei a voltar para a portaria, sentindo uma pontada na boca do estômago, e dei de cara com Eurídice.

— Eu o perdi de novo — lamentei. Toquei seu rosto, mas não consegui sentir o relevo delicado das lágrimas. *Estranho.* O mármore estava completamente liso.

— Por que eu o deixei ir? — gemi. — E por que eu estou perguntando isso pra você? Você não passa de um pedaço de pedra.

Olhei para seus olhos vazios, esperando pateticamente uma reação. Até encostei seu nariz no meu, desejando que me desse uma resposta.

—Você não sabe o que é ter coração — disse-lhe com desdém.

— Não, mas eu sei.

Quase dei um pulo quando James falou. Virei-me para vê-lo aparecer atrás de uma árvore.

— O que você está fazendo? — perguntei, trêmula.

— Esperando você, Sinead. Por que você estava correndo?

James avançava em minha direção, com o rosto sério e intenso. De um modo patético, comecei a recuar, falando com a voz estridente.

— Você não levou... leite.

— E foi por isso que você veio correndo atrás de mim?

— Sim — menti.

— Quem é que você perdeu, Sinead?

Não respondi, e minha intenção de fugir terminou quando bati na estátua. Estendi as mãos e agarrei seu vestido frio.

— As lágrimas dela sumiram — disse, confusa. — Estavam aqui outro dia.

— Você sabe que isso é impossível. — Nesse momento, James estava a apenas alguns centímetros de meu rosto. — Você não me perdeu — sussurrou. — Estou esperando desde que pus os olhos em você. — Ele estendeu os braços para abraçar Eurídice, deixando-me presa entre os dois. — Não me peça pra ir embora de novo.

Fiz que não com a cabeça e olhei para baixo para examinar os pés dela com seus dedos perfeitos. Ele colocou a mão em meu queixo, forçando-me a olhar para ele.

— Você vai ficar comigo?

— Eu vou ficar com você — repeti.

— Por quanto tempo?

— Para sempre — respondi sem pensar.

— Era isso que eu queria ouvir — disse James. — Inclinou a cabeça para mim e me pressionou contra a estátua de mármore. Eu não podia me mexer de modo algum, mas também não queria.

Desta vez, foi diferente; desta vez, não havia distância nem incerteza entre nós. Não foi só o beijo que fez meu corpo amolecer; a honestidade que havia nesse beijo atingiu profundamente minha alma cansada. Eu devia ter confiado em meus instintos antes; *era* impossível fingir isso. Quando nos separamos, tentei explicar o episódio em que o vi com aquela garota, mas ele mal me ouvia e continuava apenas a beijar avidamente meus lábios entre uma palavra e outra.

Senti uma pontada forte ao perceber o quanto isso era doce e amargo ao mesmo tempo, porque nos restava pouco tempo.

— Não vou ver você partir — disse-lhe de forma impetuosa. — Não quero ver você se afastar de mim.

James segurou minha mão e colocou-a sobre seu coração.

— Não consigo deixar você, não importa aonde eu vá ou o que faça. Entendeu?

Mergulhei em seus olhos novamente e vi tudo o que sempre quis na vida, mas que não sabia que existia. Fiquei emocionada em saber que tudo aquilo era meu e que iria guardá-lo com muito carinho. Ninguém encurtaria o tempo que teríamos juntos. Se alguém tentasse, teria de se ver comigo.

O resto do dia passou em meio a uma espécie de clima de sonho. Era impossível pensar e as palavras soavam incoerentes. A irmã Catherine poderia ter me dado instruções ou poderia ter apenas mexido os lábios. Trabalhei como um robô, sem saber o que estava fazendo. Minhas pernas e braços não pareciam pertencer ao meu corpo, e eu olhava para eles com espanto. A sensação de que me separaria de James já era forte, mas havia um consolo: eu estava usando suas roupas e elas ainda tinham seu cheiro. Toda vez que eu respirava, ele estava comigo. Era isso que o amor fazia. Ou a loucura. Ou ambos.

NÃO OLHE PARA TRÁS

Na primeira oportunidade que tive, disparei para fora da casa e rumo ao jardim de flores. Estava cheia de expectativa, mas, no meio do caminho, algo mudou e um sentimento de perda, como nada que eu já tivesse sentido, tomou conta de mim. Corri o resto do caminho com medo de que James tivesse ido embora. Mas, ele ainda estava lá, maravilhosamente introspectivo e ocupado em arar a terra. O alívio foi muito grande, e fiquei ali um minuto vendo-o trabalhar. Eu estava completamente quieta, mas ele deve ter percebido alguma mudança e ergueu os olhos. Quando me viu, pôs a enxada no chão. Não falamos nada, mas ficamos a certa distância como dois blocos de pedra. Não consegui resistir tanto quanto ele e caminhei para seus braços.

Nós nos sentamos no banco bambo, de rostos colados, antes de nos entregarmos a um beijo demorado e persistente. Em meio ao silêncio extremo deste lugar, o verão fazia um barulho que ia além do canto dos pássaros, um zumbido pesado e abafado. Até o calor tinha uma espécie de vibração. A tardinha estava tão agradável que ficamos ali fora e nem pensamos em comida. Por mais que nos beijássemos, nunca era suficiente para mim, e o lugar era tão afastado que todas as minhas inibições pareciam ter desaparecido. Corri os dedos pela aspereza de seu queixo e senti a linha marcada de sua mandíbula. Meus lábios roçaram seu rosto e acariciaram o belo vinco acima de sua boca antes de descerem para seu pescoço. Beijei-o na orelha até chegar à clavícula, sentindo o gosto salgado do suor. Meu cabelo roçou seu peito, e eu o senti estremecer. Mudei de posição, porque meu corpo desejava se aproximar mais dele. Envolvi-o com minhas pernas compridas e curvei as costas enquanto ele beijava meu pescoço. O calor que emanava de nós era suficiente para iniciar um incêndio. Virei a cabeça para o lado, e ele me soprou levemente na nuca, enquanto meu corpo se enroscava nele. Minha camiseta subiu, e ouvi seu gemido quando nossa pele nua se tocou. O calor sufocante só aumentava meu desejo; eu me sentia embriagada e em um estado de completa entrega.

James olhava para mim atentamente, e a tensão era tanta que ficava difícil suportá-la. Percorri seu braço com o dedo e parei no pulso, sentindo sua pulsação acelerada. Cada parte de mim estava pulsando, à espera que ele tomasse a iniciativa, a de cruzar a linha entre o que estávamos fazendo agora e o que estávamos prestes a fazer. Pensei que tivesse deixado claro para James o que eu queria, mas era como se ele precisasse de algum tipo de sinal definitivo. Eu não sabia ao certo se teria coragem o suficiente para dizer as palavras.

Quando, finalmente, falei, minha voz estava áspera e meu rosto continuava firmemente enterrado em seu peito.

— A gente podia... voltar para a portaria. Você não precisa sair à noite. Quero dizer... você podia... ficar... comigo.

James levantou-se, de repente. Ajeitei minha roupa e tentei parecer indiferente, mas, por dentro, estava morrendo de vergonha.

James não estava olhando para mim, mas eu o ouvi dizer sem a menor dúvida:

— Não é uma boa ideia, Sinead. Não posso confiar em mim mesmo.

CAPÍTULO

VINTE E OITO

Bati o travesseiro com tanta força que o enchimento se desmanchou em pedaços irregulares e buracos que machucavam minha cabeça. *Não posso confiar em mim mesmo.* A única coisa pior que James poderia ter dito era que me respeitava muito. Eu tinha me atirado nele e ele não podia aceitar, pois tinha escrúpulos e força moral e outras qualidades totalmente irritantes. Dormir era difícil, e quando finalmente consegui, o sono foi cheio de sonhos torturantes acerca de James, nos quais ele não tinha absolutamente nenhuma moral. Eu estava desesperada para vê-lo novamente e acordei cedo. Esperei com impaciência perto da janela, até que o vi se aproximar da portaria, e abri a porta antes que ele chegasse a ela. Nós dois estávamos um pouco estranhos depois da última noite, e quando ele descobriu que eu ainda tinha a intenção de trabalhar, seu rosto fechou.

— Você não está falando sério? — perguntou ele. — Passe o dia comigo, Sinead. Você sabe que a gente não tem muito... — Ele parou abruptamente e a palavra *tempo* ficou por dizer. Senti-me grata.

Descansei o rosto contra o dele, com meus dedos puxando seu cabelo, agora dividida entre o dever e o desejo.

— Eu não posso deixar Patrick para lá — disse. — A irmã Catherine venceu, e ela sabe disso. Ela me disse que eu teria de trabalhar por catorze dias antes que eu pudesse encontrar as respostas. Sem nenhuma outra pista de Patrick, não posso fazer mais nada.

James acariciou meu pescoço, o que provocou um arrepio imediato em minha espinha. Ele torceu a boca ao decidir:

— Eu vou ajudar você, então. Nós dois juntos fazemos o trabalho mais rápido.

— Eu tenho que fazer isso sozinha — respondi com cuidado. — Parece que essa tarefa é minha, e só minha. — Minha sobrancelha erguida indicava que nem eu mesma me entendia.

Esperei que James protestasse novamente, mas ele pegou meu rosto com as mãos e o trouxe para mais perto dele. O momento antes de nos beijarmos sempre era o melhor; a expectativa e a saudade faziam tudo parecer como se estivesse acontecendo em câmera lenta. Quando nossos lábios se encontraram, minhas mãos agarraram sua nuca e meu corpo se colou ao dele. Nós nos encaixávamos perfeitamente, duas partes de um mesmo todo. Sorri para mim mesma, pensando que ele devia ter mudado de ideia sobre ir embora na noite passada e, agora, tinha a intenção de compensá-la. Com um movimento rápido, James me apoiou contra a parede, com uma de suas pernas pressionada entre as minhas. Sensações deliciosas percorreram meu corpo. Larguei uma das mãos e a corri por debaixo de sua camiseta, com os dedos percorrendo suas costas, sentindo-a se arrepiar. A imagem feliz de James me tomando em seus braços e me levando para o quarto obscureceu minha mente por um instante. Ele olhava para mim com seus olhos castanhos lindos antes de...

Mas o sonho acabou tão abruptamente quanto antes. James soltou-se de mim e deu uma tossida forçada.

— Eu esqueci as horas, Sinead. A gente tem que ir agora; a irmã Catherine provavelmente está esperando.

· · ·

NÃO OLHE PARA TRÁS

A irmã Catherine provavelmente está esperando. Que diferença fariam uns minutos? Tudo o que ela fazia era esperar. E por que James era tão relutante? Era por minha causa? Talvez eu estivesse fazendo tudo errado. Contraí as bochechas, pensando em como faríamos para ir para a casa principal. Nós nos separamos perto dos degraus para a entrada.

A irmã Catherine estava esperando por mim lá dentro, mas fiquei surpresa porque ela parecia inexplicavelmente... alegre.

— Bom-dia, Sinead.

Esta foi a primeira vez que ela me cumprimentou de forma delicada, e eu me convenci de que ela ainda estava exultante por ter me feito voltar. Estranhamente, ela não me deu nenhuma instrução, o que significava que eu estava livre para trabalhar onde quisesse. Contudo, nem pensei em diminuir o ritmo. Disparei pela casa como se tivesse asas. Se essa era a única maneira de descobrir o que tinha acontecido com Patrick, então, eu estava pronta para arregaçar as mangas.

Quando me encontrei com James novamente, andamos pela propriedade, tentando mapear os lugares mais prováveis para se construir uma igreja. Acho que nós dois sabíamos, lá no fundo, que era improvável que encontrássemos qualquer vestígio. O passar dos séculos devia ter apagado todos os sinais, mas eu continuava alerta para novas pistas. Eu concordava com minha mãe: Patrick nunca pararia de uma vez. Seu ego não lhe permitiria.

O sol estava em seu ápice, e James estava definitivamente lutando contra o calor.

— Ainda cansado? — perguntei, com preocupação.

— Estou muito melhor aqui — respondeu ele, devagar. — Lá em casa, eu ficava andando, esperando para... me recuperar.

Olhei para ele com ar de dúvida. Seu bronzeado estava desaparecendo e ele parecia ficar mais pálido a cada dia.

— Gosta de se refrescar? — perguntou ele, enxugando a testa.
— Conheço um lugarzinho.

Pensei que ele estivesse me paquerando, até que ele limpou meu rosto e me mostrou a sujeira em sua mão. Eu estava suja como um menino de rua. Enquanto seguíamos por entre as árvores, enrosquei a minha mão na dele e senti seu polegar raspando a minha palma. Esse caminho era mais denso do que qualquer outro por onde ele tinha me levado antes, e o chão estava manchado por um musgo esmeralda brilhante. Nossos quadris se chocavam enquanto tentávamos caminhar lado a lado. Pude sentir o cheiro da água antes de chegarmos a ela, aquele cheiro levemente úmido de vegetação em decomposição. O chão ficou mais macio e meus tênis se prendiam em alguns lugares.

— Não é exatamente um lago — disse ele. — Está mais para uma lagoa.

— Eu sabia que tinha água aqui — exclamei. — Eu vi o vapor subindo e ouvi um barulho borbulhante.

— Acho difícil. — Ele riu. — Esta é a parte mais fresca da propriedade. O verão tem sido tão quente que o nível da água diminuiu, mas está bom para dar um mergulho.

Eu ainda hesitava. Havia o dilema de tirar minhas roupas. Por baixo, eu estava usando um sutiã bem comportado e cuecas samba-canção de James, que eram surpreendentemente confortáveis, mas ainda me sentia constrangida. James inclinou-se e esfregou um pouco de lama entre o polegar e o indicador antes de fazer duas faixas de terra de cada lado de meu rosto.

— Agora você tem que entrar.

Ele entrou na água, cortando a superfície. A água era mais profunda do que eu esperava e chegava à cintura. Quando ele estava de costas, arranquei minha camiseta e a bermuda, e fui atrás dele.

Com cuidado, meus dedos se agarraram nas pedras e em algum tipo de alga, mas a água estava surpreendentemente fria e refrescante. Agachei-me, tentando esconder minha seminudez, mas James me puxou novamente e olhou para mim com admiração. Inclinou a cabeça para mordiscar a pele de meu pescoço até o umbigo. Encheu as mãos de água e derramou-a sobre meu cabelo, tirando-o de minha testa. Gotas escorriam por meu rosto e entravam em minha boca quando o beijei.

— Você é tão linda — suspirou ele.

Eu não me olhava no espelho desde que tinha chegado à portaria, mas o estranho era que, de repente, eu acreditava nele; em vez de ser desajeitada e desengonçada, eu *era* linda. E meu corpo não estava mais desajeitado e descoordenado, mas era forte e gracioso. Nunca tinha me sentido tão confiante, e estava determinada a convencer James a abandonar seus princípios. Meus braços cruzaram-se atrás de seu pescoço, com as mãos apontadas para cima. Eu tinha certeza de que James não estava fingindo o que sentia; seus olhos estavam bem fechados, sua respiração rápida e seu corpo tenso de desejo. Mas, como se visse meus pensamentos, ele se afastou de mim, o que me pareceu duplamente brutal.

Nós nos encaramos um ao outro, ainda um pouco ofegantes. Olhei para a água e para cima novamente, virando os olhos de um lado para outro, pouco à vontade. Por fim, gaguejei:

— S-só porque eu... não quis *antes*... não significa que eu... não quero agora.

Pude ver os músculos de James endurecerem e seu rosto ficar tão inflexível como tinha ficado na noite passada.

— Não seria justo.

— Por quê? — perguntei com petulância.

— Porque você sabe que não posso ficar, por mais que eu queira.

— A vida não é justa — disse. — Nunca falaram isso pra você?

James mordeu os lábios até eles ficarem brancos e apertou as mãos ao lado do corpo.

— Eu não tinha percebido como as coisas eram injustas até conhecer você. É como ter um vislumbre do céu só pra ele ser arrancado de você de novo.

— Se quisermos mesmo ficar juntos — falei, desesperada, — não pode ser impossível. Dezesseis mil quilômetros não é *tão* longe assim.

James deu um sorriso triste e baixou a cabeça. Eu já não duvidava de seus sentimentos por mim, mas ele parecia relutante em me dar esperança de que poderíamos ter um futuro juntos. Mais do que nunca, eu não queria estragar o tempo que nos restava. Aproximei-me novamente, com os olhos suplicantes.

— Eu estou aqui agora. Este momento é tudo o que importa.

Pude ver que ele estava tentando engolir em seco e não conseguia. Isto era uma agonia. Eu queria me agarrar a ele até que ambos déssemos o último suspiro, mas ele parecia decidido em manter essa distância entre nós.

— Eu vou buscar uma toalha — murmurou, por fim.

Fiquei observando as costas de James enquanto ele se afastava de mim outra vez. Eu ainda estava frustrada com ele, apesar de entender melhor suas reservas. Ele queria me proteger de algo de que eu não queria ser protegida. Eu estava prestes a sair da água quando algo borbulhou sob a superfície. Fiquei intrigada, mas um pouco triunfante. Quando eu tinha falado para James sobre o ruído estranho, ele, na mesma hora, não deu importância. O som ficou mais alto, até que muitas bolhas de ar se formaram ao meu redor como pequenos redemoinhos.

Corri em direção à margem, assustada. Meu pé escorregou e minha cabeça afundou na água pela primeira vez. Ela era de um verde-escuro denso, com exceção do lodo granulado que flutuava na frente de meus olhos. Levantei-me, ofegante, e senti as pernas fugirem de mim. Afundei outra vez antes que pudesse tomar fôlego. Desta vez, não consegui me levantar. Era como se houvesse algemas em torno de meus tornozelos, e, por mais que eu me esforçasse, elas me prendiam com força. A água tinha pouco mais de um metro de profundidade, mas eu estava deitada no fundo da lagoa, girando e me contorcendo, tentando agarrar qualquer coisa que pudesse me ajudar. Eu estava me afogando enquanto a água enchia meus pulmões.

Da escuridão veio uma luz, mas era só em minha consciência. Papai estava debruçado sobre mim, soprando ar para dentro de minha boca, gritando para eu respirar. Contudo, seu rosto estava flutuando muito longe. Com minha última gota de força, consegui levantar a cabeça um pouco e levantar uma das mãos para fora da água. Ela foi agarrada por um punho de ferro que me arrastou do túmulo aquático. James virou-me de lado, e eu cuspi água como uma gárgula.

— O que aconteceu? — perguntou, acariciando meu cabelo com o nariz e limpando suavemente meu rosto com a toalha.

— Eu escorreguei e devo ter prendido o pé em alguma vegetação — engasguei.

Ele franziu o rosto, incrédulo.

— Que acidente esquisito! Parece impossível em águas tão rasas.

Ele deve ter percebido como eu estava abalada, porque começou a dar-me tapinhas na pele toda como se eu fosse um bebê. Esse foi meu encontro mais próximo com a morte. Eu tinha certeza de que, se ele não tivesse voltado, eu teria me afogado. Minha garganta ainda estava áspera e meu peito doía muito. Levantei-me com dificuldade.

— Eu tenho que sair daqui.

James segurou-me e eu me apoiei nele enquanto caminhávamos. Ele parecia estranhamente calmo. Deixei-me cair sob a sombra de um carvalho e me deitei de costas, olhando para o céu coberto.

— Você vai me dizer o que realmente aconteceu lá atrás? — perguntou ele.

— Eu sei tanto quanto você.

— Você está escondendo alguma coisa de mim... não está?

Continuei a engolir ar como se tivesse me esquecido de como era respirar. Levei um tempo até conseguir falar.

— Você se lembra da vez em que imaginei o enxame de libélulas? Bom... outras coisas têm me incomodado aqui. Coisas que eu vi ou senti que não são... não podem ser reais, incluindo o que aconteceu agora na lagoa.

James suspirou longamente.

— Você contou para mais alguém?

— Hummm... Harry. Ele acha que eu estou estressada.

— Mas você não concorda?

Dei uma risada cínica.

— Talvez seja eu quem precisa de ajuda psiquiátrica, não Patrick.

— Eu acho que não — disse James, firmemente. — Você parece boa da cabeça pra mim.

NÃO OLHE PARA TRÁS

Ajoelhei-me.

— Você nunca pensou que havia alguma coisa... *inexplicável* aqui?

— Inexplicável?

— Como... mmmmm... não deste mundo?

— Você quer dizer sobrenatural? — Ele sorriu, pesaroso. — A propriedade é tão antiga e tão cheia de histórias que pode fazer você imaginar coisas que não são reais.

Eu devia ter me tranquilizado, mas não conseguia me livrar da sensação de mau presságio. Meu cabelo já tinha secado ao sol. Eu o sacudi com impaciência e tentei limpar a garganta seca.

— Eu tenho uma ideia maluca de que tudo isso é algum tipo estranho de teste, além de ter que trabalhar na casa para encontrar Patrick, ter que vencer minha obsessão com o tempo e... meu próprio pavor da morte.

James estreitou os olhos.

— Isso parece profundo.

Sacudi um ombro.

— A irmã Catherine é de enlouquecer qualquer um, mas ela me disse pra enfrentar meus demônios...

James fechou o rosto de imediato. Percebi o que tinha dito e estendi a mão para ele.

— Desculpe... eu sei como foi difícil pra você voltar e ser forçado a enfrentar os seus.

Ele fez que não com a cabeça.

— Se eu não tivesse voltado, não teria conhecido você, Sinead. Eu estava morto por dentro. — Ele delicadamente percorreu o contorno de meu rosto com os dedos. — Eu faria qualquer coisa por você... até andar pelo fogo.

Sorri com ar de dúvida.

— Sério?

— E eu venderia minha alma pro diabo — acrescentou de forma imprudente — por uma hora a mais com você.

— Você não vai precisar fazer isso — disse — porque não há nada que me prenda aqui. Aonde quer que você vá, eu vou com você.

Percebi a verdade dessas palavras. Não havia ninguém que realmente sentisse falta de mim e nenhum lugar em que eu me sentisse em casa.

Um olhar de dor atravessou rapidamente o rosto de James.

— Tem alguns lugares que nem você pode ir.

— Está na cara que você não me conhece. Você acharia mais fácil se livrar do diabo.

Eu o puxei para mais perto e massageei seus ombros com cuidado, pressionando os dedos nos pontos de tensão. Ele continuou a falar, mas era como se tivesse esquecido que eu estava ali.

— Sabe, Sinead, uma vez que você admite a possibilidade de seu tempo ser finito, mesmo que corra muito e para bem longe, nada pode salvar você... isso vai devorar você como um animal selvagem. Não meça o tempo que resta pra você.

Ele virou o pescoço para olhar para mim e seus olhos encontraram os meus com um desespero atormentado que eu não entendia.

CAPÍTULO
VINTE E NOVE

Confiei nas palavras de James. Parei de medir o tempo: os segundos, os minutos, as horas. Se eu não os contasse, eles não poderiam esgotar para nós. Recusei-me a olhar para meu relógio ou observar a altura do sol ao meio-dia e o tamanho das sombras do final da tarde. Eu não contava as intermináveis horas que trabalhava na Casa Benedict ou por quanto tempo vasculhava o terreno à procura de mais pistas de Patrick. E recusei-me a reconhecer quantas noites eu me afligi sozinha, desejando que James ficasse comigo. A Casa Benedict possuía algum tipo de poder que permitia ao tempo ser nosso aliado. Não era lógico, mas eu já não tentava analisar. Ainda que nos restassem apenas alguns dias, faríamos com que durassem uma vida inteira, e eu não sabia como, mas encontraríamos uma maneira de estar juntos novamente.

Eu não podia deixar de ter certa sensação de triunfo. O que quer que eu tivesse de sofrer nesse lugar, e qualquer que fosse o motivo, havia uma coisa que ninguém tinha esperado: eu ter encontrado James. Esse único fato fazia com que toda essa provação parecesse menos difícil. Olhei com ternura para Eurídice, que parecia concordar com esse sentimento. Eu gostava de me deitar na grama quente com ela olhando para mim. James não tinha comentado sobre o fato de ela ter mudado de lugar, o que me deixou mais convencida de que ele tinha feito isso.

— Por que você trocou Eurídice de lugar? — perguntei uma tardinha, fazendo-lhe cócegas no rosto com uma folha.

Ele olhou para mim, desconfiado.

— Eu não fiz isso. Por que faria?

Dei-lhe um beliscão no braço.

— Pra me fazer pensar que ela estava tentando chegar a Orfeu — sugeri, rindo.

— Não fui eu. Sério.

Sorri ironicamente, ainda não acreditando nele.

—Talvez tenha sido a irmã Catherine — sugeri, rindo.

—Acho difícil.

— E se... ela for uma romântica incurável e quiser juntar os dois de novo?

— Ela não pode ser romântica — ressaltou James.

— Ela é apenas humana — repliquei, o que era irônico, porque, no começo, eu realmente duvidava disso. A noite estava avançando, e raios do sol poente brilhavam por entre as árvores. Eu nem me dei conta de ter fechado os olhos, mas devo ter adormecido por alguns momentos. Quando os abri, minha expressão estava atordoada.

— Sinead?

— Tive o sonho mais incrível — suspirei. James mudou de posição, mas minha cabeça ainda repousava sobre seu peito, próxima ao coração. — Éramos velhos. Eu vi a gente andando entre as árvores, de mãos dadas. Eu estava usando calças de náilon e meu rosto estava redondo... — Cutuquei James nas costelas, mas ele nem sorriu. — E você estava tão bonito, com cabelos grisalhos e brancos, mas usava calças masculinas antigas e mocassins.

Puxei sua camiseta, mas ele ainda não reagia; pude sentir que seu corpo todo estava rígido. Cheguei perto para beijá-lo, e seu rosto estava molhado. Fingi não perceber. Seus olhos estavam muito tristes, e ele olhava para mim atentamente, como se quisesse, com cuidado, gravar na memória cada centímetro de meus traços. Beijou meus dedos e examinou um de cada vez, como se fossem obras de arte. Alisou o cabelo que me caía sobre o rosto e começou a beijar minha testa, desceu para o nariz, com a pele descascada por causa do sol, meu queixo, meu pescoço, até os lóbulos de minhas orelhas. Seus lábios percorreram meus braços, minha barriga e meu umbigo, desceu aos joelhos e tornozelos. Quando chegou aos dedos, ri e contorci os pés, afastando-os.

— Vamos ficar aqui e ver o pôr do sol? — sugeri.

James franziu o rosto.

— Eu prefiro o nascer do sol.

— Eu também — concordei, pensando no quanto ele estava silencioso. E, ainda assim, eu estava feliz, porque algumas coisas iam além das palavras. Passaram-se mais alguns minutos antes de ele falar novamente.

— E aí, Sinead? Por que não?

— O quê?

— Vemos o nascer do sol?

Minha voz estava confusamente rouca.

— Mas... pra gente ver o nascer do sol... você vai ter que ficar comigo...

— Por quanto tempo? — interrompeu.

Prendi a respiração.

— Até amanhecer.

James levantou-se em um movimento rápido e usou as mãos para me levantar.

— Eu acho que a gente pode dar um jeito nisso.

— Você confia em si mesmo? — sussurrei.

Eu não sabia ao certo se James tinha ouvido, até que tive sua resposta resoluta:

— Nem por um segundo.

Quando voltamos para a portaria, James não acendeu nenhuma das luzes, o que me deixou feliz. Apesar de minha convicção de que era isso que eu queria, eu estava com medo porque significava muito para mim. Meu coração tinha assumido uma batida própria que abafava todos os outros sons. Levei James para o pequeno quarto e parei abruptamente, fazendo-o colidir contra mim. Eu podia ver pelo movimento de subir e descer de seu peito que ele não estava à vontade também, o que me fez sentir melhor. Ficamos perto da janela, olhando um para o outro, de modo incerto, procurando controlar a respiração. A expectativa estava me matando. Dei um passo em direção a ele e descansei a cabeça em seu peito. Queria saborear cada segundo, mas meu desejo por James não me permitia. Seus braços envolveram-me, e eu o puxei para a cama comigo. Deitei-me de costas olhando para ele. Seus olhos pareciam ainda mais deslumbrantes desse ângulo, quase âmbar, com o branco surpreendentemente claro. Eu sabia que nunca iria esquecer a maneira como ele estava olhando para mim agora.

O calor permaneceu como uma camada de nevoeiro. Dormimos em cima do edredom, sem sequer um lençol nos cobrindo. A única coisa de que eu tinha consciência era de James deitado ao meu lado e a sensação de sua pele tocando a minha. Ficamos deitados com os rostos se tocando, mas eu me ressentia do sono, me ressentia de qualquer coisa que apagasse seus traços. O medo tomou conta do meu coração. Não era possível amar tanto. Queimava dentro de mim, consumindo-me. Eu sempre achei difícil confiar, mas, agora, não tinha defesas; minha vida estava nas mãos de James. Era horrível sentir-me tão vulnerável.

James apontou para a janela. Tínhamos deixado as cortinas abertas de propósito, e, agora, o redemoinho cinzento e brilhante das nuvens da noite se rompia como uma rachadura no céu. Devo ter cochilado e, quando abri os olhos, James ainda estava me observando. Então, ele sorriu e forçou minhas pálpebras a fecharem, pressionando os lábios contra elas. A próxima vez que acordei, o sol estava entrando e eu estava sozinha. Depois de me espreguiçar exuberante, olhei em volta, esperando ouvir a porta abrir e ver James aparecer, com os braços carregados de comida. Eu queria tanto abraçá-lo que meu corpo doía. Agora, eu estava confiante de que James ficaria. Ele poderia estender seu visto; ele tinha a família que vivia aqui e parecia não ter problemas de dinheiro. Talvez fosse a isso que sua avó e a irmã Catherine se referiram quando disseram que ele ficaria em casa para sempre.

Minha expectativa chegou a um ponto em que não pude mais esperar. Depois de um banho rápido, coloquei as roupas e fui à procura dele. Ele não estava no caminho para a casa principal, nem no jardim, embora eu tivesse procurado em cada canto, esperando que ele pulasse em cima de mim. Cheguei ao pátio de cascalho e olhei para a janela de James, lembrando quando ele saiu para a varanda. Ouvi um barulho atrás de mim e meu coração deu um salto. Ele estava tentando me surpreender.

Hesitei antes de me virar, querendo saborear o momento em que ficaríamos cara a cara. Devagar, virei em um pé só, com um sorriso absurdamente grande, mas meu mundo desabou. A irmã Catherine estava olhando para mim, e havia algo de terrível em seus olhos, algo que eu não tinha visto antes: compaixão. Abri a boca para falar, mas as palavras não saíam. Tentei engolir, mas a garganta já seca tinha se fechado ainda mais. Minha respiração estava irregular e cheia de angústia quando corri para o saguão da Casa Benedict, subi a grande escadaria e entrei no quarto de James. Parei com a plena percepção que me atingiu como uma marreta: o quarto estava vazio, a cama, arrumada. James tinha partido. Meus olhos percorreram ao redor freneticamente, tentando fugir da verdade. Respirei fundo. O cheiro de James estava aqui, e eu queria ficar, enterrar o nariz na cama e urrar como um animal. Não podia ser a hora de ele ir embora; eu teria sabido.

Você se recusou a reconhecer o amanhecer de um novo dia e pensou que poderia enganar o tempo. Mas isso não faz diferença. Ninguém pode deter o tique-taque do relógio. Você está simplesmente enganando a si mesma.

A irmã Catherine tinha me seguido.

— Será que ele me deixou um bilhete? — perguntei, ofegante.

Ela fez que não com a cabeça. A angústia incontrolável estava me fazendo respirar aceleradamente; sentei-me na cama e tentei parar de ofegar. Pelo menos uma vez na vida, eu não me importava com o quanto parecia patética. A culpa era minha. James tinha levado o que falei à risca. Eu lhe disse que não poderia vê-lo ir embora, que me recusava a vê-lo se afastar de mim. Ele tinha ido sem dizer adeus e já poderia estar no avião agora. Eu não tinha endereço, nem número de telefone, e minha única ligação com ele era sua avó, que não era exatamente racional.

Tropeçando, desci as escadas e corri pelo pátio em direção ao bosque. Meu rosto logo estava ressequido pelas lágrimas e minha visão ficou turva, mas eu me movia, compelida a visitar todos os lugares em que estivemos juntos. Cada caminho e cada centímetro de chão ganhavam um novo significado, porque nós os pisamos juntos. Com fome e com sede, logo me senti fraca, mas segui em frente, mancando. Na terra exposta perto do templo estavam os restos do colar de margaridas que James tinha feito. Peguei-o e o enrolei no pulso.

Eu queria me torturar, mas parecia não haver outra maneira de aliviar minha dor. Sem direção, aventurei-me pelas moitas escuras de vegetação rasteira, completamente sombreadas e cheias de espinhos afiados que rasgaram minhas roupas e cortavam minha carne. Eu sabia que deveria ir embora, mas não havia nenhum lugar para mim. Pelo menos aqui eu me sentia perto de James. Meus pés pareciam ter corrido oitenta quilômetros. Por fim, tive de admitir a derrota e tentar descansar. O único caminho de volta para a portaria passava por Eurídice, e, por algum motivo, eu temia vê-la mais do que qualquer coisa.

Meus olhos provavelmente estavam pregando peças em mim. Apertei-os bem e os abri novamente, piscando. Havia uma figura em pé ao lado dela. Era como se uma bala tivesse atingido meu coração. Não podia ser. Era mais uma ilusão. Eu queria correr, mas me forcei a caminhar lentamente, ainda convencida de que era um caso de mania de realização de desejos. Mas, mesmo estando a apenas um metro de distância, a figura ainda não tinha se movido. Minhas mãos tocaram-na para ter certeza de que era real.

— Eu sabia que você não ia partir — sussurrei.

— Como eu poderia? — disse James.

— Onde está sua bagagem? — perguntei, ainda aterrorizada que ele pudesse mudar de ideia.

Ele deu de ombros displicentemente, e eu dei um sorriso fraco, mas com alegria. Ele não estava partindo. Não haveria mais medo das horas correrem de nós; agora tínhamos todo o tempo do mundo. Arrastei James para a portaria. Meus olhos não desgrudaram dele, com medo de que ele pudesse evaporar.

— Eu não devia ter saído — disse ele várias vezes.

Havia dois pontos brilhantes em suas bochechas, e sua pele estava pálida e úmida. Coloquei a mão em sua testa com medo de que ele estivesse doente de novo.

— James, você precisa se deitar — insisti.

Ele pegou minha mão, e eu tive de inclinar meu ouvido para perto de sua boca.

— Não, eu não posso. Não me deixe dormir, Sinead. Eu não posso dormir.

Eu estava em êxtase por tê-lo de volta e deixei de lado esse comportamento estranho. Depois de uma hora ou mais dentro de casa, ele insistiu em sair, pois o calor ainda era sufocante. Era difícil acreditar que já fosse noitinha. Devo ter andado a maior parte do dia.

A disposição de James não melhorou. Quando o abracei, ele estava febril e tremendo.

— Desculpa, Sinead. Não era pra acabar assim.

Cutuquei-o suavemente em um sinal de repreensão.

— Nada está acabado. Esse é o começo para nós.

Ele parecia não me ouvir.

— Você é a resposta para minhas preces, Sinead, de me apaixonar antes de... — parou.

— Você é a única coisa que importa para mim — disse, com sinceridade. — Passei o dia todo andando pela propriedade e percebi que não há mais nada no mundo que realmente me importe a não ser você.

James pareceu profundamente afetado por essas palavras. Ele cobriu o rosto.

— Não diga isso, por favor.

Afastei seus dedos e segurei sua cabeça, forçando-o a olhar para mim.

— Você me disse uma vez que há lugares para onde eu não poderia segui-lo, mas não há. Não há nenhum lugar onde eu não possa estar com você. Você acredita em mim?

James olhou no fundo dos meus olhos e concordou com a cabeça, mas eu não conseguia ver nenhuma felicidade ali e me perguntava por que seus sentimentos eram tão confusos. À medida que a noite chegava, permanecemos em silêncio. Sua respiração tornou-se mais regular e o tremor acalmou. O sol poente lançava um brilho vermelho e laranja que refletia em seus olhos. Os meus se encheram de lágrimas novamente, sem saber por quê. Ficamos ali até a luz desaparecer e o véu negro da noite nos cobrir. Eu não conseguia ver nenhuma estrela, e a lua estava escondida, translúcida, atrás de uma nuvem. O bosque parecia diferente de alguma forma, cheio de formas escuras, as árvores dobradas e retorcidas. À noite, os cheiros ficavam mais pungentes e acentuados. Viemos até o salgueiro-chorão, e eu fiquei paralisada.

— Olha pro Orfeu — disse, apertando o braço de James.

A estátua estava fora da sombra, com as copas frondosas atrás dela agora. As nuvens cruzaram silenciosamente o céu, revelando a lua naquele momento. Ela iluminou a estátua, que brilhava como fósforo, expondo o desenho de seus profundos veios cruzados.

— O cavaleiro branco — gritou James.

Seu rosto foi acometido de horror, e ele caiu no chão, com os braços segurando o mármore liso e frio.

CAPÍTULO
TRINTA

Tentei acalmá-lo, mas seu coração estava batendo forte e ele falava rapidamente.

— Papai queria que eu atirasse, Sinead, para acabar com o sofrimento da lebre... O barulho foi horrível, parecia humano. Eu devia agir como homem e parar de chorar, parar de me esconder na barra da saia de minha mãe.

— Isso não importa — murmurei, acariciando seu cabelo. — Ele era um valentão, mas não pode mais fazer mal a você.

— Homens de verdade sabem matar. Era tempo de crescer, tempo de ser como ele... Eu puxei o gatilho...

— Você só fez isso porque foi forçado, James. Você não deve se sentir culpado.

— Orfeu ficou coberto de sangue e eu também...

— Foi um ato de bondade. Seu pai é que devia ter matado a lebre; ela estava sofrendo.

Ele pressionou as mãos dos lados de meu rosto, com os olhos muito agitados.

—Você não entende, Sinead. Você não entende. Eu estava coberto com o sangue *dele*! Eu não queria fazer isso... mas eu virei a arma pra *ele*.

Eu me sacudi para me soltar dele.

— Não, James. Você acha que fez isso. Você queria fazer e está imaginando que fez. Isso não é verdade, não pode ser verdade...

Ele passava os dedos pelos cabelos.

— Eu fiz. Eu sei que fiz. Eu posso vê-lo caído no chão e depois Cérbero pulando em minha garganta. Mamãe teve que bater nele com uma vara para ele me soltar.

Meus olhos estavam arregalados de horror e incredulidade.

— Mas o que aconteceu depois? O que sua mãe fez?

— Eu não sei. Eu devo ter desmaiado... Mamãe tentou me convencer de que isso não tinha acontecido... Ela me disse que papai tinha saído depois de uma briga. Ela vem contando mentiras para mim desde então, inventando um pai perfeito pra mim...

Fui assimilando devagar o que ele dizia, e eu sabia que aquilo que ele estava lembrando era a verdade.

— James, você não foi o responsável, você era só um menino...

— Eu matei meu pai, Sinead. Eu matei meu pai.

Ele repetiu isso até que coloquei um dedo sobre seus lábios.

Acariciei seu rosto com as costas da mão e o abriguei em meus braços até que as lágrimas se secassem aos poucos. Estava atordoada com sua revelação, mas isso não mudava meus sentimentos por ele. Nem um pouquinho. Nem por um segundo. Ele era uma pessoa linda e sensível que tinha sido levada a fazer algo tão terrível que era impossível compreender. Não era de admirar que ele parecesse tão assustado e cheio de sofrimento. Eu estava determinada a ajudá-lo a encontrar um jeito de conviver com aquilo que tinha feito. Mesmo que demorasse uma eternidade, eu iria fazê-lo perceber que não era culpado.

James esforçava-se para ficar acordado, mas estava exausto e seus olhos simplesmente não ficavam abertos. Esforcei-me para convencê-lo a parar de lutar contra o sono e dormir.

— Eu sinto muito — disse ele antes de, finalmente, sucumbir ao sono. — Não pense mal de mim, Sinead. Eu tentei muito não amar você... pro seu próprio bem... mas não foi possível.

Estávamos deitados tão próximos que nossos corpos pareciam estar fundidos. Não havia nenhum outro lugar em que eu quisesse estar mais do que nesta cama macia de folhas, envolvendo James. Ele se agitou, e eu o puxei para mais perto. Ele estava sereno agora, mas sua revelação parecia ter trazido à tona meu próprio episódio de exame de consciência. Meu teste já estava quase no fim. A irmã Catherine tinha me prometido respostas, e eu iria, finalmente, encontrar Patrick. O amor de James iria me libertar, e, juntos, poderíamos enfrentar qualquer coisa. Finalmente, eu tinha um futuro. Acariciei o cabelo de James, deleitando-me com a paz e o contentamento que tinha acabado de encontrar. Foi fácil dormir.

Estava extremamente escuro. Estremeci; alguma coisa deve ter me acordado. Uma coruja-das-neves nos galhos de um grande carvalho olhava fixamente para mim. Então, ela se lançou nos ares e mergulhou silenciosamente para algo no chão, com as garras estendidas. Fiquei maravilhada com sua assombrosa envergadura e a beleza de seu voo, mas minha admiração foi tingida de tristeza, enquanto eu tentava não olhar para sua presa. Meu pescoço estava duro e era impossível me mexer sem incomodar James. Mas eu ainda podia sentir a pele dele perto da minha, e foi um alívio perceber que sua temperatura estava bem baixa. Sem nenhum esforço, cochilei novamente.

— James?

O dia estava nascendo e meu braço estava completamente dormente. Tínhamos dormido a noite toda, mas eu precisava me levantar e me esticar. Ri quando tentei escapar do abraço dele e não consegui. Eu o sacudi.

— James? Acorda!

Ele estava em um sono inacreditavelmente profundo, e eu ainda não conseguia movê-lo ou ver direito seu rosto. No entanto, minha mão livre podia acariciar seu rosto, e não havia nem sinal de febre ou da terrível agitação da noite passada. Meus dedos tocaram seus lábios, desenhando seu contorno, desejando que ele se virasse para mim e me beijasse. Ele não reagiu. Coloquei minha mão sobre sua boca para sentir sua respiração quente. Meu coração disparou no peito.

Em questão de segundos, consegui me libertar e me curvar sobre o corpo de James. Ele estava deitado de costas e havia pulsação, mas era tão fraca que tive de pressionar com força os dedos para detectá-la. Seu rosto tinha cor de giz e os lábios já estavam azulados. Eu tinha de inflar ar em seus pulmões, mas estava tão nervosa que fiz três tentativas de começar a ressuscitação. Todos os meus instintos estavam paralisados e eu tinha de me distanciar de mim mesma e fingir que não era James, fingir que eu ainda estava praticando com um boneco. Se pensasse muito sobre quanto o amava, eu seria inútil. Uma cor tímida voltou às suas bochechas e seus olhos tremeram para abrir. O alívio foi tão grande que comecei a rir histericamente ou talvez estivesse chorando, não sabia ao certo.

— Você me assustou. Você mal respirava!

Ele estava grogue e confuso, o que era totalmente natural, mas havia alguma coisa em seus olhos que fez meu coração bater ainda mais rápido. Ele parecia quase desapontado, como se não estivesse feliz por estar vivo.

— James? Diz alguma coisa!

Ele baixou os olhos.

— Desculpa — balbuciou, por fim, mas não estava claro pelo que se desculpava.

Usei o tom mais autoritário que consegui.

—Você precisa ir pra um hospital.

Peguei o celular para ligar para a emergência, mas a mão de James segurou meu pulso e o apertou com força.

— Se você me ama mesmo, não faz isso.

— Você não está falando coisa com coisa — disse, furiosa. Deitei-me ao lado dele e forcei-o a olhar para mim. — Acabei de encontrar você e agora... Eu não entendo. É como se você quisesse morrer.

Meu estômago contorceu-se com essas palavras, pois me lembrei de algumas de nossas conversas profundas. James estava mesmo cheio de desesperança e desespero? Toda a luz tinha se ido de seus olhos e eu não suportava vê-lo desse jeito. Olhei para as árvores que farfalhavam delicadamente e para os rasgos de céu cinza-claro. Parecia que tudo estava girando, ou podia ser só minha cabeça.

— Você não quer ficar aqui comigo? — indaguei, com voz súplice.

—Você sabe que eu quero — respondeu, claramente comovido. — Mais do que qualquer coisa no mundo.

— Então, confia em mim. — Eu me apoiei em um braço. — Me deixa levar você a um médico. Você está meio... pálido.

Pálido era modo de dizer. Sua respiração era inconstante e havia um estranho murmúrio em sua garganta que me assustava.

Pareceu ter passado muito tempo antes de James falar.

— Eu não posso voltar pro hospital, Sinead.

Minha voz tornou-se vividamente impaciente para esconder minha crescente agitação.

— *Voltar?* O que você quer dizer com isso?

— Você sabe — continuou ele, em tom triste. — Você sabe desde o começo, mas não quer ver.

Adotei minha melhor voz firme e direta.

— Você não está dizendo coisa com coisa, James, e essa conversa é... ridícula!

Sentei-me de modo a não olhar para ele e girava loucamente o relógio em torno do pulso.

— Qualquer um poderia pensar que você está mesmo doente.

O silêncio era tão profundo que rugia em meus ouvidos, ou podia ser o som de meu sangue bombeado furiosamente por meu corpo, uma vez que o terror se apoderava de mim. Era como se aquelas palavras tivessem aberto minha mente para a verdade que eu tinha tentado ignorar: as cicatrizes que tinham muitos anos, as marcas de agulha, a letargia, a anemia óbvia e o mal-estar geral. Sua estranha obsessão pela morte e a aceitação quase sempre fatalista dela. *Eu podia morrer em seus braços, Sinead.* Eu não podia me voltar, pois a expressão nos olhos dele podiam, de repente, fazer sentido e trazer luz sobre a razão verdadeira pela qual ele não podia ficar.

— Eu estou morrendo desde que deixei este lugar.

Coloquei as mãos sobre os ouvidos, esperando que bloquear as palavras pudesse fazer seu significado ir embora. Mas James estava atrás de mim agora, com o peito pressionado contra minhas costas. Delicadamente, colocou os braços ao redor de meu pescoço para impedir-me de tentar escapar. A dor era visceral, como se cada terminação nervosa de meu corpo estivesse sendo apunhalada ao mesmo tempo.

— Eu estou morrendo há muito tempo, Sinead. Há quase metade de minha vida.

— Não diga isso — supliquei.

— Leucemia mieloide crônica — suspirou.

Minha língua colou no céu da boca e eu me virei, tendo a raiva como minha primeira defesa.

— Você não ia me contar?

— Teria sido mais fácil não...

— Pra você, talvez — resmunguei.

— Você acha mesmo? — perguntou, vencido pela emoção. — Mas a verdade é... eu estava feliz por não ter contado. Era importante saber que você não sentia só pena de mim.

Esfreguei os olhos, que estavam sensíveis, como se nunca tivessem visto a luz do dia.

— Transplante de medula óssea?

Ele deu uma risada sem graça.

— Já foi feito. E também radioterapia, quimio, transfusão de sangue, até transplante de células-tronco... Tudo falhou, e eu voltei ao ponto de partida... exceto... que não há mais pra onde ir.

— Não seja bobo! — estourei, com o desespero aumentando. — Sempre existe alguma coisa nova pra tentar!

— Oito anos. — Ele fez uma careta. — É esse o tempo em que venho fazendo tratamento. Eu mal consigo lembrar de como era antes... o tempo em que eu não estava doente.

Ficamos em silêncio por alguns minutos; agora, minha respiração estava irregular como a dele. Eu estava me agarrando a qualquer coisa, a esperança que minguava me deixando desesperada. Erros médicos acontecem o tempo todo. James tinha recebido um diagnóstico errado desde o início. Ele não parecia como se estivesse para dar o último suspiro.

— Eu já vi pacientes terminais, James. Eles não se parecem com você...

— Eu sei — interrompeu com orgulho. — Esse tempo com você é a razão para eu ter retornado pra cá... lembrar como é sentir-me vivo de verdade e apaixonado. Você é meu destino, Sinead, mas no

NÃO OLHE PARA TRÁS

segundo em que nos encontramos, eu já estava deixando você. Eu tentei ir pra casa pra poupar você disso.

O choque profundo não havia tirado totalmente minha capacidade de raciocinar. Dobrei os dedos.

— Não há mais nada que a medicina possa fazer por você? Nada mesmo?

James começou a arrancar tufos de grama, tentando ganhar tempo, com a testa cheia de rugas profundas.

— Com mais procedimentos invasivos, talvez eu ganhe umas semanas. Eles podem me dar mais tempo, mas não *tempo de qualidade*. — Seus olhos procuraram os meus. — Eu já estou morto, Sinead.

Tentei me recompor enquanto assimilava suas palavras. Uma vez, papai me disse que parte de ser um bom médico era saber quando parar de tentar, que morrer bem era tão importante quanto viver bem. Eu queria, egoisticamente, gritar ou bater os pés, revoltar-me com o mundo. Eu queria implorar a James que aceitasse outro tratamento por mim, que aproveitasse cada segundo que lhe era oferecido. Mas, quando, por fim, consegui voltar-me para olhar profundamente nos olhos dele, eu soube o que ele estava me pedindo para fazer: aceitar a verdade do fato. *Se você ama alguém, deixe-o livre*, Harry tinha me dito. E era isso que James estava me pedindo para fazer agora. Mas ele estava louco se pensasse que eu iria deixá-lo ir sem mim.

— Eu vou com você...

James estremeceu visivelmente e abraçou-se com firmeza.

— Você não pode deixar de viver por minha causa.

Sacudi o cabelo, com a voz ficando histérica.

— Talvez eu queira. Talvez não haja nada mais pra mim aqui.

— Você terá uma grande carreira, certamente vai encontrar outra pessoa e...

— Eu não tenho futuro — interrompi com uma fúria obstinada.

— Promete que você não vai tentar me seguir. Promete que você não vai...

A respiração de James ficava cada vez mais difícil.

Estava tudo errado. Eu tinha feito James ficar mais agitado. Eu tinha de ser forte por ele. Meu único consolo secreto era que eu não o deixaria ir sem mim, embora eu negasse veementemente minha intenção. Cruzei os dedos atrás das costas e fiz alguns sons de alívio para assegurar-lhe que eu não estava falando sério. A crueldade desse momento me atingiu como um soco no estômago. Eu tinha ido dormir com planos para nossa vida juntos e acordei para descobrir que só nos restavam algumas horas antes de termos de dizer adeus para sempre.

Sorri entre as lágrimas não derramadas.

— Nós vamos envelhecer. Lembra do meu sonho? Tínhamos mais do que duas semanas... tínhamos a vida toda.

— Tínhamos a vida toda. — Ele deu um sorriso largo, e seu rosto pareceu infantil de novo.

— Algumas pessoas chegam à velhice — sussurrei com a voz pouco clara —, mas elas não vivem de verdade, só existem. — Eu o puxei para a grama comigo, face a face, com os olhos meio fechados por causa da luz forte. — O sol ainda não nasceu. Você está com alguma dor?

— Não quando estou com você — murmurou com gratidão. — Você nunca saberá o que isso significa. Eu tinha imaginado tubos e gotas... uma máscara de oxigênio... máquinas para registrar cada batida do coração. Se eu tivesse imaginado que seria dessa forma, eu não teria tido medo.

— E por que teria? — insisti, com cada palavra me matando um pouco mais. — Não há nada a temer.

— Quando você me diz isso, eu, de repente, acredito.

Usei cada pedaço de força que me restava para continuar.

— Quase não encontrei você de novo. Eu tive um acidente no apartamento de Patrick e quase morri. Foi tão estranho porque... bem no fim... eu aceitei. — Enxuguei uma lágrima antes que ela se esparramasse nele. — Um dia com você vale uma vida toda.

— Que lindo! — respondeu ele, com um suspiro cansado.

De repente, ocorreu-me um pensamento perturbador que me deixou gelada.

— James? Sua mãe...!

— A gente já conversou — disse ele, com um esforço insuportável. — Ela teve um tipo de... sexto sentido de que alguma coisa estava errada, e ela está no aeroporto agora. Falei de você pra ela.

— E se...? — Minha garganta apertava-se.

— Se ela não conseguir chegar a tempo? — concluiu James, e seus olhos eram poças translúcidas de tristeza. — Ela me disse a coisa mais estranha, Sinead: que dizia adeus a cada dia ao longo de minha doença e... que cada segundo extra era um presente.

Um mar de lágrimas salgadas escorreu por minha face. Eu tinha desespero por ter um coração e, agora, sabia como era sentir ele se partindo em um milhão de pedaços. Depois de um tempo, James perdeu a consciência, mas eu continuei a falar. O último sentido a desaparecer é o da audição, papai tinha me dito. Eu queria que James ouvisse minha voz, que ele a carregasse consigo aonde quer que fosse. Eu lhe falava agora de como as nuvens estavam hoje e qual era a sensação da luz do sol em minha pele. Eu descrevia as árvores e as flores que ele amava. Eu tinha sido tão cega para toda a beleza ao meu redor, mas, agora, podia vê-la por seus olhos e descrever cada pétala e folha. Falei várias vezes que o amava. Ele estava mais do que sereno; aquela expressão horrível que se usa para descrever pacientes terminais; seu rosto estava coberto de felicidade e paz.

Chorei em silêncio.

De que adiantaria o amor se não fosse eterno?

Essas foram as últimas palavras que lhe disse. Ele abriu os olhos e respirou profundamente, tremendo. Eu não precisava de um monitor cardíaco para me dizer que foi o último suspiro. Dentro de mim, eu estava implodindo em um longo e silencioso grito, mas fiquei com James em meus braços, alisando seu cabelo louro e descansando meu rosto sobre o dele até ele ficar frio ao toque. Até o fim, rezei por um milagre, mas eles não acontecem para pessoas como eu.

CAPÍTULO
TRINTA E UM

Não parecia possível, mas era um belo e novo dia. Tentei trazer minha mente para uma nova e inexplicável realidade: o sol iria nascer e se pôr, a lua ficaria cheia ou minguante e o mundo continuaria a girar mesmo que James não estivesse mais vivendo nele. Eu o deixei deitado em um tapete de folhas, parecendo um anjo. Mas, dessa vez, ele não estava dormindo. Nesse momento, o desespero me envolvia como uma nuvem negra e sufocante. Eu não podia mais adiar o plano de segui-lo. Ele podia se afastar muito de mim. Eu não sabia como a morte funcionava, mas não queria correr nenhum risco. Meus pés levaram-me para dentro do bosque, até que comecei a sentir o cheiro de terra úmida. Cambaleei, desesperada para alcançar a lagoa. Minhas ações eram totalmente premeditadas e focadas. A morte tinha tentado me levar antes; agora, eu estava me entregando a ela. Entrei na água sem tirar a roupa, esperando que as roupas me fizessem afundar e tornassem tudo mais fácil. Hoje não haveria ninguém para me salvar. Eu nem mesmo encheria os pulmões de ar antes de ser puxada para baixo.

Fiquei tensa, esperando os primeiros rumores debaixo da água, mas nada perturbou a superfície tranquila. Meu corpo permaneceu imóvel e suspenso pelo que parecia ser uma eternidade, desejando que o fim viesse rapidamente. Mergulhei a cabeça nas águas turvas várias vezes, mas, em todas elas, eu voltava à superfície. Por fim, arrastei-me para fora. A loucura foi substituída pela raiva quando percebi o quanto aquilo tinha sido inútil. Não havia nada aqui para me machucar. Como sempre, era minha mente me pregando peças. Mas, agora que não havia uma maneira de chegar a James, o impacto de sua morte me atingiu de outra forma.

O grito veio do mais profundo de meu ser e foi um alívio soltá-lo. Até as árvores pareciam entender, e sua exuberante cobertura de folhas e de galhos não abrandou meu grito, mas pareceu se abrir para liberar minha fúria e minha impotência para o céu. Meus dentes cerraram-se e devem ter machucado minha língua, pois senti gosto de sangue. Bati na árvore mais próxima com o punho, fazendo a casca se abrir como uma noz quebrada e deixando a marca de um losango em minha pele. Cambaleei um pouco, com a dor física momentaneamente ofuscando a dor aguda que sentia por dentro. Para onde eu poderia ir e o que poderia fazer sem James? Eu não podia sair da Casa Benedict, porque me sentia perto dele ali. Senti-me constrangida a dar uma volta pela propriedade lamentando sua morte, com lágrimas quentes ardendo no rosto, mesmo que isso parecesse uma sentença de prisão perpétua. Um arrepio desceu por minha espinha.

Seu destino é ficar aqui em uma prisão que você mesma escolheu. A terra chorará com você e, de suas lágrimas, brotarão novos rebentos.

A avó de James provavelmente sabia da condição dele e de meu sofrimento, quase escarnecendo de mim.

A voz de irmã Catherine me fez pular.

— Essa não é a resposta, Sinead.

Ela estava em pé ali perto, com as mãos cruzadas à frente do corpo. Devia ter me ouvido gritar, mas não perguntou por quê. Por sua expressão, era como se sempre soubesse sobre James e que eu estava tentando me juntar a ele.

Meus dedos apertaram o arranhão no pulso, deixando-o avermelhado.

— Então, o que é? — perguntei, veemente.

— Aqueles que se amam de verdade não podem ser separados.

Suas palavras não me confortaram.

— Eu não tenho sua fé. E não tenho ideia de onde James está.

Seu sorriso era beatífico.

— James está à sua espera.

— Como é possível? — Engasguei. — Eu o vi morrer.

Ela fez que não com a cabeça lentamente, mas não explicou.

— Seu teste acabou, Sinead. Agora você pode conseguir aquilo que veio procurar aqui e encontrar seu irmão.

— Claro! Mas eu não posso esquecer James... não posso simplesmente abandoná-lo...

— Você não vai. Suas respostas estão no mesmo lugar.

Suas palavras só me confundiram mais.

— Nós temos um trato — gritei. — Você prometeu que iria me dizer...

— Guiá-la — interpelou —, quando chegasse a hora.

— Então, me diga onde ficava a primeira igreja?

Ela pressionou os lábios e falou com cuidado.

— O lugar é sagrado, Sinead. Isso basta.

— Se... Quando eu encontrar o lugar, o que devo fazer?

— Não entre com pressa nem com animosidade, Sinead. Primeiro, limpe sua consciência.

— Como posso entrar, afinal? Ela foi demolida há anos.

— Os alicerces da igreja nunca foram destruídos. Você vai encontrar um modo.

— E se eu não conseguir?

— Enfrente seus medos. Sua liberdade está próxima. Mas não demore. Você não tem muito tempo.

Apertei os olhos com desespero. Quando os abri de novo, estava sozinha.

Voltei ao salgueiro-chorão e descobri que o corpo de James tinha desaparecido, embora ainda pudesse ver seu formato desenhado na grama amassada. A irmã Catherine não podia tê-lo carregado e não havia mais ninguém ali capaz de fazê-lo, a menos... — Meus joelhos fraquejaram e caí no chão. *James está à sua espera.* Só havia uma maneira de James estar à minha espera: se ele não estivesse morto. Talvez eu tivesse me enganado e o coração dele não tivesse parado de bater. A doença prolongada de James podia ter, de alguma forma, diminuído sua pulsação para uma morte aparente. A irmã Catherine, com certeza, não podia ser tão cruel assim. Se ele estava vivo, ela teria de me dizer agora mesmo, em vez de me confundir com suas palavras estranhas. Ou não?

Senti-me tonta e respirei lentamente pela boca para acalmar meu coração acelerado. A irmã Catherine estava testando meu amor por James ou meu senso de responsabilidade em relação ao meu irmão? Os destinos dos dois estavam unidos agora? Nada fazia sentido, mas eu tinha de me agarrar à crença de que James ainda estava vivo e de que, ao encontrar Patrick, eu estaria reunida com ele. Tudo dependia de encontrar a primeira igreja, mas, nos últimos dias, James e eu tínhamos percorrido quase cada centímetro desta propriedade. Tudo o que a irmã Catherine me dizia era que o local era sagrado, como se isso fosse o suficiente para encontrá-lo. Mas, e se não fosse o suficiente? E se eu não estivesse à altura da tarefa? O pensamento do que estava em jogo era aterrorizante.

NÃO OLHE PARA TRÁS

Andei e andei, mas todos os caminhos pareciam levar de volta para o salgueiro-chorão. Quando eu me vi de volta lá pela terceira vez, joguei os braços em torno de Orfeu, contente por ter algo a que me agarrar. Sorri com tristeza, lembrando como James o tinha movido para fazer uma brincadeira comigo. Ele achava que o lugar dele era do outro lado da ponte, junto com os mortos. Não houve um clarão de luz ofuscante. Quando a resposta veio, foi uma percepção lenta e tranquila que quase me fez acreditar que James tinha sussurrado as palavras em meu ouvido. Ele não podia brincar perto dos túmulos porque a terra era sagrada. A primeira igreja e o cemitério deviam ser a mesma coisa. A irmã Catherine tinha esperado até o fim de meu teste para me dar a última peça do quebra-cabeça. Tremi ao pensar no que poderia estar à frente.

Segui o caminho para a clareira e meus olhos examinaram a ponte. Ouvi um grunhido baixo de advertência, e meu estômago se contorceu de medo. A irmã Catherine não tinha me dito como passar por Cérbero, mas tinha me avisado que eu não tinha muito tempo. Eu tinha de fazer isso, e tinha de fazer agora. Andei em direção ao cão gigante, tentando parecer o mais dócil e amigável possível. As orelhas de Cérbero imediatamente recuaram e ele mostrou os dentes. Minhas pernas ficaram bambas e meu coração batia tão alto que quase abafava o rosnado sinistro. Coloquei um pé hesitante na primeira ripa de madeira, com a mente cheia de pensamentos indesejáveis. O pai de James tinha ido embora fazia oito anos, mas o cão tinha permanecido, sobrevivendo com coelhos e outros animais selvagens. Agora, ele estava habituado a matar e comer a presa. Ele baixou as patas dianteiras de modo ameaçador, ficando em uma posição agachada, que eu sabia que normalmente era um prelúdio para o ataque. Até o grunhido tinha se transformado em um latido animado, como se tivesse sentido cheiro de sangue. Minha visão começou a enevoar e dei um passo para trás, sabendo que não tinha coragem suficiente para fazer isso. Nesse instante, ouvi uma voz dentro de minha cabeça: "Enfrente seus demônios, Sinead".

Os cães podem sentir o cheiro do medo. Diminuí o ritmo da respiração e imaginei o rosto lindo de James; então, caminhei com determinação para Cérbero, dizendo seu nome com a máxima autoridade que podia invocar. E o mais estranho aconteceu: quando me aproximei, ele começou a recuar com uma série de gemidos até chegar do outro lado da ponte. Então, sentou-se e não mexeu um músculo. Concentrei-me apenas em colocar um pé na frente do outro. Quando me aproximei, Cérbero não reagiu. Ele me permitiu passar ilesa. Eu ainda estava apavorada, imaginando que podia sentir seu bafo quente na parte de trás de minhas pernas.

A parede circular de azevinho apareceu diante de mim. Devia ter mais de três metros de altura. Olhar para cima fez-me ficar um pouco desorientada. Dei uma volta completa antes de notar uma pequena abertura, quase uma porta, tão regular como se tivesse sido especialmente cortada. Entrei. Era como se estivesse entrando em outro mundo. Havia um círculo de céu azul, mas a luz era difusa e o ar, pesado e abafado, como se estivesse segurando a respiração. Olhei ao redor, embalada pelo silêncio. Não havia lápides; os túmulos permaneciam sem identificação, mas notei uma espécie de monumento. Aproximei-me, curiosa, para examiná-lo.

A estrutura de tijolos era surpreendentemente sólida, com uma porta em uma parede e um telhado inclinado. Enquanto eu lia a inscrição, tive uma sensação de terror e de euforia. "Eu te darei as chaves do reino dos céus." Eu conhecia aquelas palavras. Voltei ao dia em que tinha começado minha busca por Patrick, o dia em que quase caí da torre do relógio. O bilhete pelo qual eu tinha arriscado a vida para recuperar tinha me levado à igreja de São Pedro. O padre tinha me dito que São Pedro tinha recebido as chaves do reino dos céus. Ele esperava que a chave de Patrick me levasse ao mesmo lugar. Eu tinha guardado o desenho na memória. O adorno distinto da flor-de-lis em sua haste combinava exatamente com o desenho ao redor da fechadura da porta à minha frente.

Tremi com minha descoberta. Tudo estava se encaixando. Eu deveria ter ficado eufórica, mas não conseguia esquecer as palavras de irmã Catherine: "Não entre com pressa nem com animosidade, Sinead. Primeiro, limpe sua consciência."

Havia um lugar para onde eu tinha de ir, e não havia muito tempo.

CAPÍTULO
TRINTA E DOIS

Parei na beira da estrada com o polegar levantado. Apenas cinco veículos tinham passado, quando um carro freou de repente e ligou o pisca-alerta. Duas senhoras idosas estavam sentadas nos bancos da frente e tiveram uma breve conversa antes de abrirem a janela. Contei-lhes uma história triste sobre ter tido um bate-boca com meu namorado e ter sido abandonada no meio do campo sem nenhum dinheiro. Elas mostraram interesse pela história e desaprovaram o acontecido, farfalhando os vestidos, e eu me senti mal por enganá-las. Elas se recusaram a deixar-me simplesmente na cidade, mas saíram de seu caminho para me levarem direto para minha casa.

Era uma sensação estranha estar de volta. Minha casa parecia totalmente familiar e, ainda assim, tão distante de mim. Mamãe abriu a porta em questão de segundos e ficou olhando para mim como se eu fosse uma estranha. De repente, perguntei-me se ela sempre tinha feito com que eu me sentisse assim.

— Você tem mais alguma notícia de seu irmão? — perguntou.

Em vez de ficar furiosa com ela, senti-me incrivelmente triste. Fui para a sala e me sentei no sofá. Ele tinha um encosto alto que obrigava a pessoa a sentar-se com a coluna ereta, tão confortável quanto estar sob interrogatório. A sala estava impecável, como sempre.

Mamãe me seguiu, ainda à espera de uma resposta. Respondi à sua pergunta com uma minha.

— Você não ficou preocupada quando parei de ligar?

Ela moveu a mão como se fosse matar uma mosca.

— Você voltou e procurou Patrick?

— Procurei. — Sua expressão rabugenta indicava que meus esforços não tinham sido suficientes. — Eu acho que posso ter encontrado a... mmmm... a chave para onde ele está, mas... eu quero perguntar uma coisa antes.

As sobrancelhas pintadas de minha mãe se ergueram. Passei a língua sobre os lábios, nervosa.

— Eu queria perguntar o que você quis dizer quando disse que eu estava... perturbada. É muito importante que eu saiba.

Ela suspirou.

— Por que falar disso agora? O estrago já foi feito.

— Que estrago? — perguntei.

— O estrago que você fez ao seu irmão, Sinead, o estrago que você fez a Patrick.

— Eu não entendo — disse, balançando a cabeça. — Como posso ter prejudicado Patrick?

Minha mãe massageou o pescoço com uma expressão de dor.

— Você realmente quer saber?

Meus olhos estreitaram-se.

— Eu realmente quero saber.

Ela cruzou os braços sobre o peito.

— Se você não estivesse sempre procurando atenção, a vida de Patrick poderia ter sido diferente.

— Procurando atenção? — Engoli em seco, espantada. — Eu era invisível pra você. Você me ignorou durante anos... você me cobria com um cobertor!

Eu tinha voltado para casa para eliminar a tensão, desesperada para deixar nossas diferenças para trás. Em vez disso, eu ainda era o bode expiatório; mas, dessa vez, algo tinha mudado. Eu tinha detectado uma nova amargura em sua voz.

— Não vamos discutir, mãe — disse, arrependida. — Isso é difícil de explicar. Eu sei que você não costuma se preocupar comigo, mas algumas coisas estranhas têm acontecido...

— Coisas estranhas têm acontecido... — ela imitou com uma voz horrivelmente aguda. — Você sempre foi assim, mesmo quando era pequena, inventando histórias, tentando se fazer de importante. É por isso que...

Ela bateu na boca com as mãos e se afastou de mim. Contudo, eu podia ver seu reflexo no espelho, com o rosto contorcido pela emoção reprimida.

— É por isso quê? — perguntei, perplexa.

— É por isso que Patrick é... tão vulnerável.

Gemi por dentro, odiando seu jeito de banalizar os problemas de Patrick e fingir que ele era inocente.

— Então... você está dizendo que a culpa de ele ter se tornado um viciado doido varrido é minha?

Ela estremeceu com a dureza de minhas palavras.

— Pense bem, Sinead, e encare a verdade do que você fez.

Havia muitas coisas em minha consciência nesse momento, mas o modo como tinha tratado Patrick não era uma delas. Eu não esperava que ela estendesse o tapete vermelho para mim, mas estava realmente perplexa com a ferocidade e a natureza deste ataque.

— Não, você me deixou confusa, mãe. — Apesar de todas as minhas intenções de manter a calma, eu estava ficando mais furiosa e incomodada. — Refresca minha memória.

Seus olhos faiscaram.

— Aquela *mentira* infantil que você contou sobre Patrick, Sinead.

Isso estava ficando mais bizarro. O desaparecimento de Patrick deve ter desequilibrado seriamente minha mãe. Eu nunca inventei mentiras infantis sobre ele, porque ela não teria acreditado em mim. Durante anos, ela se recusou a acreditar que ele era um viciado, mesmo quando a evidência estava bem em sua cara. Papai, por fim, obrigou-a a encarar o fato, mas ela não o perdoou.

— Naquela noite, você não conseguia respirar — continuou, com a voz parecendo estrangulada pela fúria reprimida.

Eu tinha a impressão de que a raiva de minha mãe tinha sido reprimida por muito tempo e que as comportas estavam prestes a ser abertas.

— Eu tinha... cinco anos — disse, hesitante, — e tive uma crise de asma horrível... Você sabe que tive.

Determinada, ela fez que não com a cabeça, e seu rosto estava estranhamente satisfeito.

— Você não tinha asma.

— Sim, eu tinha. Eu tinha um inalador.

— Seu inalador estava vazio. Era só uma chupeta.

A sensação de pânico estava voltando à minha garganta como se meu ar estivesse sendo lentamente cortado.

— Então, por que você me dizia que eu tinha asma e que papai estava tratando de mim?

Ela ignorou minha pergunta e declarou com uma veemência que me chocou:

— Sua *mentira* mudou o curso da vida de Patrick.

Isso era incompreensível para mim, mas algo importante estava acontecendo. Eu nunca tinha visto minha mãe tão misteriosamente enfurecida. Meus olhos fecharam-se, e eu estava de volta ao meu quarto, acordando de um sono profundo. Era uma noite de vento, e os galhos da castanheira lá fora batiam no vidro e a chuva soava como cascalho contra as janelas. As cortinas deviam estar um pouquinho abertas, porque passava um pequeno feixe de luz que vinha da rua, e eu fiquei muito imóvel, porque sabia que alguma coisa não estava certa. Veio do nada, um peso macio, aveludado, abafando meu nariz e minha boca. Eu inalava freneticamente, desesperada para levar ar aos pulmões, mas não havia ar, como se a escuridão em si estivesse me sufocando. Em seguida, papai estava soprando em minha boca e me implorando para respirar.

— Eu não sabia fazer... papai teve que fazer respiração boca-a-boca.

Seu olhar gélido dava-me arrepios na espinha. Patrick tinha os olhos de minha mãe. Eu o vi nos olhos dela naquele momento, e, naquele instante, soube o que tinha acontecido de diferente naquela noite.

— Havia mais alguém no quarto — sussurrei, — alguém escondido nas sombras. Meu Deus! — Cobri o rosto com as mãos, sentindo náuseas. — Patrick tinha colocado um travesseiro sobre meu rosto. Foi no meio da noite — consegui falar em voz baixa e áspera. — Ele pressionava cada vez mais forte. Eu não conseguia tirá-lo, ele era muito forte, e então... eu desisti... desisti... desisti de lutar...

— Era apenas uma brincadeira — insistiu minha mãe, com os dentes cerrados. — Patrick me disse que você fazia o mesmo com ele. Não havia nada de mal nisso.

Olhei para ela completamente horrorizada.

— Ele quase me matou, e você acreditou nessa história patética dele de que era uma brincadeira?

— Vocês eram crianças — protestou ela. — Você não devia ter feito tanto alarde.

NÃO OLHE PARA TRÁS

Ao ouvir essas palavras, foi me ocorrendo pouco a pouco outra lembrança, e meus olhos permaneceram parados, incapazes de piscar.

— Eu contei o que tinha acontecido... Eu contei a verdade, mas você disse que se eu repetisse minha história, Patrick desapareceria em um buraco negro e nunca mais sairia de lá. — Deixei escapar um soluço. — Passei a vida atormentada por pesadelos sobre o que ele fez comigo, contando o tempo, porque pensei que eu ia morrer...

O rosto de minha mãe estava corado de vergonha, mas, ao mesmo tempo, ela não tirou a armadura de dona da verdade. *Eu é que sei o que é fazer escolhas difíceis e ter de confiar nos instintos para proteger o próprio filho.* Mamãe tinha me dito essas palavras na última vez em que estive em casa. Contudo, ela não tinha me protegido; ela sempre só protegeu Patrick. Uma terrível fraqueza tomou conta de mim. Levantei-me e caminhei em sua direção, atordoada como uma sonâmbula.

— Você... não acredita nele, acredita? — perguntei, com um gosto amargo subindo à garganta. — Você sabia o que ele tinha feito, você sabia o que ele era, mas... ainda assim, você me culpou. Mesmo agora, você me culpa. Como uma mãe pode fazer isso?

Ela nem tentou negar.

— Patrick nunca mais foi o mesmo depois de sua acusação... ele perdeu todo o brilho dos olhos; algo morreu dentro dele.

Algo morreu dentro de mim, eu queria gritar. Lembrei-me, de repente, de meu pai. Onde ele se encaixava em tudo isso? Tive uma lembrança momentânea do rosto sorridente de meu pai quando ela me levantava alto para me girar. Ele sempre foi muito divertido e amoroso. Ele não teria ficado do lado dela se soubesse o que Patrick tinha feito.

— Você nunca contou pro meu pai, não é? Você me aterrorizou para me manter de bico fechado e fez com que eu nunca repetisse a verdade pra ninguém.

Minha mãe franziu o nariz.

— Seu pai sabia o quanto você ficava nervosa e pensou que você tivesse tido algum tipo de ataque de ansiedade. Ele lhe disse que era asma para deixar sua mente tranquila.

Baixei a cabeça por um minuto, tentando me recompor. Tudo havia ficado assustadoramente claro, mas o choque maior foi como isso fez eu me sentir. Junto com o nojo e a náusea provocados pelas ações de minha mãe, fui dominada por um sentimento inesperado de liberdade. Ela havia me sacrificado por causa de Patrick e não merecia minha lealdade nem meu amor. Ao vir aqui hoje, eu tinha enfrentado meu maior demônio.

Minha mãe aproximou-se para me examinar e, pela primeira vez, não recuei.

— Você só consegue ver o mal nas pessoas, Sinead.

— Eu tinha cinco anos — repeti, devolvendo-lhe o mesmo olhar. — Eu não sabia que o mal existia. Você devia ter tratado o ciúme de Patrick, mas, em vez disso, você o alimentou. Talvez *você* seja o motivo que fez com que ele fosse assim.

Minha mãe aprumou-se e projetou o queixo.

— Quando era pequeno, Patrick me amava tanto que não conseguia me dividir com ninguém. Ele simplesmente queria que as coisas fossem do jeito que eram... quando éramos só nós dois.

— Patrick roubou minha infância, quase tirou minha vida, e você deixou que isso acontecesse.

Sua testa franziu, como se tudo isso fosse levemente confuso para ela.

— Você se colocou entre nós... Eu fiz uma escolha difícil, mas foi a certa. Patrick sempre precisou mais de mim.

— Você nunca me deu a chance de precisar de você... — Parei, reconhecendo que isso era inútil. Era inútil continuarmos trocando insultos, e eu precisava conservar minha força. Eu sabia que havia pouca esperança de nos reconciliarmos.

Ela olhou para mim à distância e falou de uma forma quase despreocupada.

— Muitas vezes, Sinead, lamento o dia em que você nasceu.

Este parecia ser um final adequado para os últimos dezesseis anos de minha vida: minha mãe desejando nunca ter me tido. Sua revelação realmente tornou as coisas mais fáceis de certa forma; não havia nada aqui para mim, nada para deixar para trás. Contudo, eu ainda precisava encontrar uma maneira de voltar à Casa Benedict. Eu tinha lhe pedido tão pouca coisa; agora, havia uma coisa que ela podia fazer por mim.

— Você pode me emprestar um dinheiro para o táxi, mãe? Eu preciso ir a um lugar.

Ela pegou a bolsa e colocou algumas moedas em minha mão. Dei uma última olhada para a casa onde tinha crescido e murmurei que tinha de sair. Minha mãe esfregou as mãos como se as estivesse lavando.

— Aonde quer que você tenha de ir, Sinead, você irá sozinha.

Virei-me para ela e, com meio sorriso, sussurrei:

— Eu sei.

CAPÍTULO
TRINTA E TRÊS

Seria muito mais difícil encarar Patrick agora. Que diabos eu iria dizer a ele? Será que ele lembrava o que tinha feito ou minha mãe tinha feito uma lavagem cerebral nele também? A igreja de São Pedro apareceu à vista. Considerei a possibilidade de entrar, mas pensei melhor; toda aquela coisa dourada, a decoração e a pompa simplesmente não eram para mim. Mandei uma mensagem para Harry me encontrar lá fora e fiquei batendo a ponta do tênis na parede, enquanto esperava nervosamente que ele aparecesse. Quando ele me viu, começou a correr, o que me fez sorrir por dentro. Joguei os braços em torno dele e quase o sufoquei. Ele tinha um cheiro tão bom e estava tão fantasticamente livre de todo o lixo do mundo.

— Você está bem? — perguntou com preocupação. — Você está branca como um fantasma!

Lágrimas encheram meus olhos. Não havia tempo para saborear nosso encontro, o que podia ser uma bênção, uma vez que ver Harry novamente era muito doloroso.

— Eu não tenho muito tempo — disse, fracamente.

— A história de sua vida — brincou ele.

Mordi o lábio e olhei para o chão, preparando-me para a confissão.

— Tem uma coisa que eu devia ter contado pra você há semanas, Harry. Sara é completamente louca por você... e eu escondi isso de você.

Ele tentou tocar meu rosto, mas eu dei um passo para longe dele.

— Eu sempre vou amar você... mas só como amigo. Ela vai amar tanto você a ponto de sentir o coração partido quando vocês estiverem separados, e o rosto dela vai se iluminar sempre que ela...

— Eu não quero ninguém além de você — interrompeu ele, mas eu o calei.

Lembrei-me de como James olhava para mim, e isso foi um minuto antes de eu ter coragem de falar.

— Quando alguém corresponde ao seu amor, o sentimento é tão maravilhoso que seu coração canta e tudo no mundo muda de cor... você quer eternizar o momento. É isso que você merece e é isso que pode ter. Não desperdice isso. Agarre com as mãos, porque você nunca sabe quanto tempo tem.

Harry não respondeu, mas eu podia ouvir sua respiração dolorida e superficial. Intencionalmente, evitei olhar para ele, porque não queria lembrar dele desolado e sofrendo.

Tentei engolir em seco e fiz um barulho horrível com a garganta.

— Por favor, vá, antes que você me veja chorar.

Ele sussurrou:

— Se cuida, Sinead. — Em seguida, deu o sorriso tímido e torto que eu adorava e se virou para ir embora.

Dei alguns passos para frente e pus os braços em volta dele, abraçando-o com força. Minha cabeça descansou em suas costas. Em seguida, meus braços ficaram vazios e eu estava abraçando apenas o ar. Só ergui os olhos quando tive certeza de que ele estava completamente fora de vista.

. . .

Voltar à Casa Benedict parecia tão correto; era como voltar ao meu verdadeiro lar. Acelerei o passo ao perceber a atmosfera elétrica e as sombras se alongando. Eu queria ver a irmã Catherine, receber alguma confirmação de que estava no caminho certo, mas ela não estava perto da casa. A porta da frente estava aberta, e eu entrei. Hesitei diante da cena que me cumprimentou. O magnífico saguão, que eu tinha lustrado e polido à perfeição, estava agora sujo, com o mármore lascado e manchado. A escadaria estava destruída e rachada. Fui para a sala principal e a encontrei em total desordem, com os móveis e acessórios danificados e as janelas sujas de fuligem. O restante do andar de baixo estava na mesma situação, e a infiltração de água tinha deixado manchas úmidas nas paredes. Apesar de meus catorze dias de trabalho duro, a casa estava em um estado muito pior do que quando cheguei. Cheirava à decadência e a abandono, como se tivesse desocupada há anos.

O que estava acontecendo? E onde estava a irmã Catherine? Saí para avaliar a situação, com dificuldade para respirar como se tivesse corrido uma maratona. Olhei para cima. A elegante fachada estava arrebentada também, assim como as molduras das janelas estavam apodrecidas e faltavam partes do telhado, com vigas enegrecidas visíveis, como se atingidas pelo fogo, cortando o edifício. Nada mais me surpreendia aqui, mas minha mente estava girando. Eu precisava voltar ao monumento, a única coisa real que minha mente podia entender nesse momento.

Era início de noite, e o céu tinha escurecido nos últimos minutos, com nuvens negras e cinzentas arrastando-se furiosamente lá em cima, quase extinguindo os últimos vestígios da luz do sol. Por causa da umidade prolongada, uma série de tempestades estava prevista e um estrondo soou à distância, como a batida de címbalos. O vento aumentou, lembrando-me do dia em que comecei a procurar Patrick, quando quase caí da torre do relógio e o dia em que conheci James. Isso já parecia ter sido há um século. No momento em que cheguei à clareira, a chuva batia no chão. O vento tinha se intensificado, e eu tinha de andar contra ele. Cada passo era como se eu estivesse tentando escalar uma montanha. Esfreguei os olhos, incrédula. A terra estava tão seca que a chuva tinha corrido para o canal mais próximo. Agora, o córrego seco não parava de subir com a água, com uma torrente fluindo quase no nível da ponte. Tive de atravessar rapidamente.

Pisei na primeira ripa, mas ela balançou violentamente e minhas mãos se agarraram em ambos os lados. Meus pés escorregavam, o que me obrigou a ficar de joelhos. O vento parecia o rugido de um furacão em meus ouvidos, jogando-me de um lado para outro como uma boneca de pano. Eu queria me enrolar para fugir dele, mas, se soltasse as cordas, seria jogada na água. Encostei o queixo no peito para proteger o rosto enquanto me arrastava cegamente para frente, um centímetro por vez. Algo passou zunindo por meu ouvido, arranhando-me o rosto. Parecia ter o aspecto de uma pedra, como se atirassem pedras em minha direção, e a água continuava a subir, cobrindo meus pés e minhas panturrilhas enquanto eu continuava a rastejar. Era um córrego de dois metros de largura e não um rio revoltoso, dizia-me a razão, mas parecia tão real quanto qualquer um de meus testes anteriores.

Finalmente, consegui chegar ao outro lado, arrebentada e exausta, mas em pé. Seria preciso mais do que isso para me deter, pensei com orgulho. Pude ver o contorno escuro de Cérbero se escondendo ao lado do monumento. Ele não tinha rosnado, mas eu ainda estava com medo dele. Seria terrível se ele me detivesse agora, justamente quando eu estava tão perto. Tentei andar com um ar determinado, contente quando minhas mãos encontraram o tijolo maciço. Com os dedos trêmulos, enfiei a mão no bolso, tirei a pesada chave de ferro e a inseri na fechadura. Não fiquei surpresa por ela servir perfeitamente e girar com facilidade. Criei coragem para olhar por cima do ombro para os olhos de Cérbero. Ao anoitecer, o sol quase poente se refletia neles como pequenas chamas em passos de dança, mas ele já não parecia agressivo. Estava deitado no chão, alerta e vigilante, quase como se tivesse sido instruído a ficar de guarda.

A porta era esculpida em madeira antiga e nodosa, com, pelo menos, dez centímetros de espessura e ainda sólida. Ela se fechou atrás de mim, e mergulhei imediatamente na escuridão, tremendo como uma folha verde em minhas roupas encharcadas. Depois de alguns minutos, meus olhos se ajustaram, e a escuridão pareceu ser composta de tons de verde, roxo e carvão. Em algum lugar, havia um pequeno ponto de luz branca. Olhei para baixo, grata por não ter tentado me mover, pois havia degraus bem à minha frente. Não havia escolha a não ser descer, com a terrível certeza de que era esse o lugar que sempre esteve destinado para mim.

Os degraus íngremes pareciam ter sido entalhados na própria terra. Estar em um lugar subterrâneo deu-me uma sensação claustrofóbica horrível. O ar estava abafado, e era como se eu tivesse tufos de algodão nos ouvidos. Enquanto descia, pude ver uma pequena sala à frente, medindo não mais que três metros quadrados, e a fonte de luz se revelou: uma única vela em um pequeno recipiente de vidro que estava sobre um simples altar de pedra. Quem teria vindo até aqui para acendê-la? Havia um crucifixo de madeira pendurado acima. As paredes e o teto eram feitos de terra em um tom de ferrugem, sustentados por suportes em arco feitos de pedras. Havia apenas outro item na sala: um livro encadernado em couro claro. Eu não o tinha visto a princípio, porque a capa era da mesma cor do altar. Eu o abri no início, e havia uma página inteira com uma iluminura em latim. Algumas das palavras eram vagamente familiares, e logo entendi: foi dali que Patrick tinha extraído a passagem. A palavra *infernus* saltou-me à vista. O padre deu a entender que poderia significar "subterrâneo" ou "inferno". Se Patrick estava tentando me assustar, ele estava conseguindo.

Eu estava com medo e frustrada. Não havia mais nada aqui. Eu tinha seguido os passos de meu irmão à risca e não poderia ficar muito mais tempo, porque estava me sentindo fraca; cada célula de meu corpo estava clamando por céu aberto. O único caminho a seguir era voltar à superfície, encontrar a irmã Catherine e lhe perguntar por que eu tinha falhado. Eu tinha feito tudo certo e, ainda assim, não tinha as respostas que ela havia me prometido. A subida de volta parecia mais longa; os degraus pareciam não ter fim. Meus olhos tinham se adaptado à escuridão e, agora, minha visão estava limitada. Encostei o ouvido à porta, tentando ouvir qualquer som, mas minha audição ainda estava abafada. Delicadamente, empurrei a porta, mas ela não se moveu. Empurrei-a com mais força e, por fim, usei todo o meu peso, mas ela continuou imóvel; não houve nem um rangido. Fui tomada por um pânico impetuoso e suado. Um túmulo: era nisso que esse lugar tinha se transformado. Ninguém sabia onde eu estava e ninguém viria me procurar. Por livre e espontânea vontade, eu tinha caído naquela armadilha para morrer lentamente de fome e de sede. E, de repente, percebi que estava queimando debaixo da terra.

Não tenho certeza se apaguei por alguns minutos ou se o pânico me fez flutuar em minha própria órbita, separada do mundo. Contudo, havia uma voz me chamando, e parecia real, uma voz ecoando em algum lugar distante, mas cada vez mais alta. Virei a cabeça para um lado. Ela não vinha de fora. Parecia impossível, mas os sons emanavam de baixo. Meus pés chegaram às escadas outra vez tão rapidamente que tropecei mais de uma vez.

Havia um vulto em pé nas sombras. Eu o teria reconhecido em qualquer lugar.

CAPÍTULO
TRINTA E QUATRO

Patrick tinha um enorme sorriso no rosto, e eu estava tão chocada em vê-lo que fiquei muda. Ele parecia tão bonito, como havia anos eu não o via, com o semblante vibrante e cheio de cor e a voz ansiosamente animada. Eu esperava sentir alívio, mas estava consumida pelo medo. Meu tremor piorou e meus dentes batiam incontrolavelmente.

— Eu sabia que você ia me encontrar, Sinead. Bom trabalho!

Coloquei os dedos no rosto.

— Mas onde...? Quero dizer, como você conseguiu passar por mim?

Patrick moveu-se para um lado e estendeu a palma da mão em um gesto antigo, como se me convidasse para dançar com ele. Fiquei olhando para a parede até que ele deu um passo em direção a ela e, com uma expressão endiabrada, atravessou-a. Fiquei espantada. Era uma ilusão de ótica. O que parecia ser terra firme era, na verdade, um lugar escavado. A irmã Catherine tinha me dito que os alicerces da igreja tinham permanecido; eles deviam formar uma série de túneis, talvez catacumbas. Patrick tinha uma tocha acesa na mão para iluminar nosso caminho. Isso era surreal. Esfreguei os olhos, caso estivesse tendo alucinações novamente.

— Por que você demorou tanto? — perguntou.

NÃO OLHE PARA TRÁS

Patrick estava agindo como se nada estivesse errado, o que me deixava muito mais assustada.

— Suas pistas eram tão... bizarras — respondi. — Eu estava preocupada de verdade com você.

— Mas você decifrou todas elas, Sinead... exceto a da cobra. Eu a guardei para o fim.

— Não preciso saber — disse, com o pavor surgindo dentro de mim.

— Você precisa, sim — insistiu. — É importante. Era por isso que eu estava esperando.

Tentei, mas não consegui tirar os olhos de Patrick. Ele rasgou a camisa e pude ver uma cobra vermelha e preta tatuada na diagonal, da cintura ao ombro. Seus músculos contraíram-se e a cobra pareceu ganhar vida, com o corpo escamoso ondulando sobre seu peito. Era de arrepiar.

— Mamãe odeia tatuagens — disse, cautelosamente. — O que levou você a fazer isso?

— Foi meu novo eu — respondeu. — Você nunca quis se libertar e se tornar a pessoa que sonhou ser?

— Eu mudei também nas últimas semanas...

— Não fique pra trás — pediu, caminhando à frente.

Minha respiração era lenta e pesada.

— Por que você me fez passar por isso, Patrick? E por que aqui, na Casa Benedict?

Ele não respondeu. Meu medo aumentava, mas eu ainda era obrigada a segui-lo.

— Patrick! Calma! Você está indo rápido demais e eu não consigo acompanhar.

Outra coisa que estava me preocupando: o teto do túnel foi ficando mais baixo e eu tive de me inclinar. Minha claustrofobia estava piorando também, a sensação familiar de clausura inflando minha boca e me sufocando, como se o teto estivesse cedendo. Havia passos acima, um movimento para trás e para frente que me fez entender que devíamos estar debaixo da caminhada interminável da irmã Catherine. Parei de repente quando ouvi outro som e meu coração deu um salto.

— Tenho que voltar! — gritei. — Eu ouvi a voz de James.

Patrick virou-se um pouco. Eu podia ver apenas uma parte de seu rosto, mas a luz da tocha dava à sua pele um brilho laranja queimado.

— Não é ele, Sinead. Ele está morto, você sabe disso.

— Eu não sei — gritei. — O corpo dele desapareceu e a irmã Catherine disse que ele estava à minha espera.

A voz de Patrick tornou-se mais veemente.

— A irmã Catherine mentiu, e, se você me deixar agora, nunca mais vai me ver de novo.

— Não seja bobo... Eu vou atrás de você e... encontro você em casa.

Patrick caminhou até mim com raiva.

— Você não pode simplesmente me abandonar outra vez, Sinead.

Eu estava acostumada com suas violentas mudanças de humor e tentei acalmá-lo.

— Eu não estou abandonando você...

Ele fez uma careta sarcástica que me fez recuar; ele nunca tinha se mostrado tão ameaçador.

— Você sabe o que eu tentei fazer quando éramos crianças. O que você pensa de mim agora?

Patrick devia ter falado com mamãe nas últimas horas. Ela devia ter contado que eu sabia o que tinha acontecido anos atrás, e ele estava, sem dúvida, cheio de remorso. Cada fibra de meu corpo ansiava por procurar James, mas a lealdade habitual me fez hesitar.

— Eu perdoo você — disse, rapidamente. — O que você fez... a culpa não foi só sua. Mamãe deveria ter se esforçado mais para ver o que acontecia debaixo do nariz dela.

Patrick agarrou meu pulso, e seus dedos pareciam queimar minha pele. Gritei de dor.

— Você não vai voltar, Sinead. Você chegou longe demais e ficou perdida por muito tempo.

Não havia saliva em minha boca e minha voz saiu pastosa e sentimental.

— Fiquei confusa e sem rumo, talvez, mas não perdida... e desde que conheci James...

— Ele não é suficiente para salvar você — interrompeu Patrick.

Suas palavras gelaram-me até os ossos.

— Eu mudei — gritei, como se quisesse convencer a mim mesma. — Desde que conheci James, eu sou outra pessoa.

— Você não mudou o suficiente — disse Patrick, presunçosamente, com os olhos brilhando como brasas.

James estava chamando meu nome novamente. Em um impulso, virei-me para correr ao se encontro, mas fui impedida por uma parede de chamas.

— Não é ele — insistiu Patrick. — Ele está tentando enganar você. Você só está segura comigo.

E, então, a voz calma e suave de James surgiu em minha cabeça. "Não dê ouvidos a Patrick. Se você for atrás dele, vai se perder de verdade. Passe pelo fogo; ele não vai queimar você."

Eu não podia passar pelo fogo; seria impossível! Mesmo que isso não fosse real, como das outras vezes, e meu corpo continuasse ileso, eu ainda sentiria a dor. E se

Patrick estivesse certo e isso fosse um truque? Eu ainda não tinha visto James com meus próprios olhos!

"Você tem que acreditar que pode fazer isso, Sinead. Concentre sua mente. Não há nada a temer."

Minha respiração era uma série de suspiros violentos e minha mente, um poço de dúvidas. Patrick afirmava que eu pertencia a esse lugar. Por que tentar lutar contra isso? Eu o estava seguindo há muito tempo. Algo me chamou a atenção: uma partícula branca se movendo no túnel escuro. Olhei para cima e vi uma pena girando no ar até que pousou em meu ombro, macia e aveludada em meu pescoço. Senti uma onda de força de imediato. Com os olhos bem fechados e as chamas ainda trêmulas em minha consciência, dei um passo à frente.

O fogo estava tão perto agora que minhas sobrancelhas ficaram chamuscadas e parecia que a pele de meu rosto estava descascando; mais perto ainda, e havia brasas em meu cabelo, fazendo-o chamuscar e enchendo minha garganta com o cheiro de enxofre. Estendi a mão trêmula para a parede de chamas, mas o calor escaldante, na verdade, transformou meu corpo em um pedaço de gelo até eu ficar completamente entorpecida. Meus olhos não se abriram enquanto todo o meu corpo passava pela fornalha. Nem mesmo saiu uma pequena nuvem de fumaça de minhas roupas; apesar disso, eu me dava tapas furiosamente.

Quando tive coragem de abrir um dos olhos, ainda não pude ver James, embora continuasse ouvindo sua voz, agora vinda de trás de mim.

— Siga para a entrada. Aconteça o que acontecer, não olhe para trás.

Obediente, comecei a andar. Eu não iria me virar. Por mais que quisesse vê-lo outra vez, eu não iria me virar. Parecia que minha cabeça estava sendo girada no pescoço como se fosse um saca-rolhas manejado por uma força invisível, enquanto eu me esforçava para continuar a olhar para frente. James estava tão perto de mim que eu podia sentir o calor de seu corpo através de minhas roupas, sua respiração em meu pescoço. Se eu estendesse a mão, poderia tocá-lo; se eu virasse a cabeça só um pouquinho, poderia olhar de relance para ele. Mas eu repetia para mim mesma, como um mantra, *não olhe para trás, Sinead; não olhe para trás...*

Cheguei ao topo da escada e encarei a antiga porta esculpida, imaginando o que eu faria se ela não se abrisse dessa vez. Mas ela se abriu, e eu me lancei para a luz, com os braços cruzados no rosto para amenizar a luz forte e ofuscante. Tudo estava calmo; a tempestade tinha diminuído.

— James? Iss... Isso tudo é... real? — hesitei.

— É real, Sinead.

Havia uma pergunta fundamental que eu tinha de fazer.

—Você... morreu?

Ele hesitou por um momento.

— Sim.

— Então, como pode...

Parei. Eu tinha visto James dar o último suspiro. Eu estava ansiosa para perguntar como ele podia estar comigo agora, mas estava tomada pela comoção. Passaram-se minutos antes que eu pudesse falar.

— Seu corpo, como ele saiu de lá?

— A irmã Catherine pode mover céus e terras — respondeu James suavemente. — Eu sabia que você não olharia para trás — acrescentou, e havia um riso em sua voz.

Eu ainda não podia olhar, apavorada com o que pudesse ver. *Ainda será James*, prometeu a voz dentro de minha cabeça. *Esteja* como estiver, ele ainda será James. Você ama a alma dele. Ele cheirava à chuva morna misturada com frutas de verão. Seus dedos acariciaram meu rosto, e minha cabeça se aninhou em seu pescoço, mas eu ainda não podia encará-lo. Por fim, suas mãos agarraram meus ombros e forçaram-me a me virar. Meu coração estava batendo tão alto de alegria e de medo que pensei que fosse explodir. Parte de mim desejava isso.

Ele estava bonito como sempre; não, mais bonito, porque sua pele irradia vitalidade e seu cabelo brilhava como o sol. Eu o envolvi com os braços e nos abraçamos por tanto tempo que me senti congelar nessa posição. Se ele se afastasse, eu, com certeza, ficaria assim, lamentando constantemente o vazio deixado por seu corpo. Como se reconhecesse isso, James tirou meus braços que estavam ao redor de seu pescoço e os baixou para os lados de meu corpo.

Uma sensação de euforia tomou conta de mim. A irmã Catherine tinha me dito que ele estava à minha espera. Devia haver uma maneira de podermos ficar juntos. De algum modo, nesse lugar maluco, tinha de haver um meio de enganar a morte.

— Agora você pode ficar comigo? — perguntei, com uma esperança desesperada.

O rosto de James fechou-se.

— Não é assim tão fácil.

— Eu sobrevivi a todos os testes — falei de forma impetuosa. — Eu vou amar você até que as montanhas desmoronem, que cada estrela no céu desapareça e que o sol morra.

James cerrou os dentes e ele olhou para longe com desespero.

— Eu vou amar você para sempre, Sinead, mas eu tenho que ir a um lugar antes de poder ficar com você.

Minha voz vacilou.

NÃO OLHE PARA TRÁS

— Não seja bobo. A gente se encontrou de novo. Eu desafio qualquer um a me tirar de você.

— Mas você ainda está viva.

— É só isso? — perguntei, sossegada, entrelaçando meus dedos nos dele. — Eu sinto como se estivesse sempre vivendo em um tempo emprestado. Eu já tentei antecipar a morte.

— Promete que não vai tentar de novo — disse James com urgência — ou pode ser que eu não consiga encontrar você.

Suspirei.

— Prometo, mas... aonde você tem que ir?

James não respondeu, mas apertou os lábios rapidamente nos meus.

— Você sabe que eu tenho sangue nas mãos.

— Mas você não foi culpado!

Colocou a mão em meus lábios. Levei um minuto para perceber que ele estava escorregando por entre meus dedos novamente.

— Ninguém é perfeito — gemi. — Quem está no comando aqui deve perceber isso.

James fechou um olho para olhar para mim e seus lábios se curvaram para cima.

— Não sou só eu. A maioria de nós que encontra o caminho para esse lugar precisa de um tempo.

— Você quer dizer... que eu encontrei você de novo... só pra dizer adeus? — Eu mal conseguia expressar as palavras.

Ele fez que sim com a cabeça com tristeza.

— Quanto tempo a gente tem?

James consultou seu relógio imaginário e sorriu ironicamente.

— Eu já estou atrasado.

Ele ainda podia brincar. Eu queria agarrá-lo, suplicar-lhe que me levasse com ele, dizer-lhe que nós dois estávamos dispostos a ser condenados por toda a eternidade se isso significasse que ficaríamos juntos, mas James tinha uma chance de redenção. Eu não podia estragar isso.

Ele levantou a mão em sinal de advertência.

— Não me veja ir embora, Sinead. Aconteça o que acontecer, não olhe... Você não conseguiria suportar.

Fechei os olhos, indicando ter entendido suas palavras. Ele deve ter hesitado, pois houve uma sombra à minha frente e seus lábios tocaram os meus. Apenas alguns segundos se passaram para que eu sentisse todo o peso de sua partida. Eu não seria covarde dessa vez. Iria vê-lo partir para ter um vislumbre dele pela última vez. Com hesitação, minhas pálpebras se abriram e vi o brilho de seu cabelo, mas um feixe de luz brilhou diretamente sobre mim, fazendo-me cair de joelhos.

— Você está bem? — perguntou a irmã Catherine.

Estendi a mão e toquei de leve seu braço, enquanto ela se agachava ao meu lado. Havia um buraquinho no centro de minha visão que deixava o mundo amorfo.

— Eu encontrei James, mas o perdi de novo — disse.

— O tempo dele longe será breve, Sinead.

— Muito breve?

— É impossível dizer. Quatro minutos podem parecer quatrocentos anos quando se está privado da pessoa amada.

— Então, o que será de mim? — perguntei, furiosamente.

Talvez fossem as manchas solares em frente de meus olhos, mas a irmã Catherine parecia mudada: o cabelo preto, os lábios carnudos e os olhos agora estavam salpicados de manchas violetas.

— Você tem uma escolha — disse-me. — Volte para a vida que você deixou para trás. Ou fique aqui esperando James.

— Mas o que eu faria aqui sem James?

— O que tenho feito — respondeu. — O trabalho de um guardião é incansável, não é para os covardes.

— Posso sair daqui ou ver alguém?

— Você não pode ir além do muro que cerca a propriedade. As únicas pessoas que você vai ver são as que estão à beira da morte. Caberá a você ajudá-las, convidá-las a fazer a escolha certa.

— Foi por isso que Patrick veio aqui. Você lhe enviou seu próprio convite pessoal.

— Ele esteve perto da morte tantas vezes — disse ela com tristeza. — Era só uma questão de tempo.

Entendi perfeitamente a seriedade do que ela estava me pedindo. Eu estava pronta para abrir mão de minha vida? Tudo nessa jornada parecia ter me levado a esse ponto, mas, ainda assim, vacilei. Havia uma coisa que poderia mudar minha mente.

— James parece já estar tão longe — disse. — Como vou alcançá-lo?

Eu podia ouvir o farfalhar suave das vestes da irmã Catherine e sua voz parecia tão gentil como uma brisa.

— Você está no meio do caminho, Sinead. Nunca se esqueça disso.

Ouvir essas palavras fez algo explodir dentro de minha cabeça. Era como se todas as minhas lembranças do passado e o futuro que nunca veria fossem condensados em um único e belo momento. Meu coração estava explodindo de emoção, mas eu não queria voltar. Respirei fundo, agora certa do que deveria fazer.

— Vou assumir suas responsabilidades, irmã Catherine — disse com convicção. — Vale a pena esperar James.

A irmã Catherine deve ter se levantado, porque cores subiam diante de mim e o espaço vazio em minha visão ficava maior. Ela segurou minha mão por apenas um segundo.

— Estou indo agora, Sinead. — Pela voz dela, eu podia dizer que ela estava sorrindo.

Apertei os olhos, tentando focá-la. A irmã Catherine não estava sozinha. Ela estava de mãos dadas com um homem um pouco mais alto que ela, e o sol brilhava em seu cabelo, criando um halo de luz. Eles foram desaparecendo no horizonte. Então, tudo ficou escuro.

EPÍLOGO

Harry afastou as trepadeiras que desciam em cascata até o chão. Ficou olhando, confuso. Uma rede de espinheiros, de heras venenosas e de trepadeiras tinha interditado a entrada secreta para a propriedade Benedict. Ele não podia passar por ali, a não ser que quisesse ficar todo dilacerado. Tentou espiar lá dentro. O terreno estava abandonado e cheio de mato, embora as trilhas estivessem livres de vegetação, como se alguém caminhasse por elas com frequência. Era difícil imaginar o que Sinead esteve fazendo ali durante catorze dias. De acordo com os aldeões, a Casa Benedict estava em um estado terrível de conservação, praticamente abandonada. Durante anos, até sua morte recente, a velha senhora Benedict tinha sido a única ocupante.

Harry encostou-se no muro em ruínas, com o rosto retorcido de angústia. Ele ainda se sentia responsável pelo desaparecimento de Sinead. Se ele tivesse revistado o apartamento de Patrick com mais atenção, as coisas poderiam ter sido diferentes. Pelo menos, ela teria sido poupada da descoberta sinistra do corpo do irmão pendurado na torre do sino. Era horrível demais pensar nisso. Enquanto Sinead estava hospedada na capela transformada à procura de Patrick, ele estava tão perto dela.

Ouviu um bipe no celular. Era uma mensagem de Sara, perguntando a que horas ele estaria de volta. Ela não precisava dizer o que realmente queria dizer, mas ele sabia. *É hora de voltar pra mim. É hora de deixar Sinead ir.*

Harry deu uma última olhada. Havia alguma coisa estranha em relação a esse lugar; o silêncio total e absoluto era profundo e inquietante. Ele pulou. Parecia haver o rosto de uma mulher olhando para ele, mas era apenas uma estátua de mármore com o olhar triste ao longe. Era estranho, mas ele se sentia perto de Sinead ali. Apanhou um dente-de-leão do chão e soprou delicadamente as leves sementes brancas, observando como elas se espalhavam pelo ar. Ele esperava que Sinead tivesse encontrado o que estava procurando.

Ele esperava que ela encontrasse todo o tempo do mundo.

AGRADECIMENTOS

Um enorme agradecimento a Darley Anderson por me dar a oportunidade de ver meu romance publicado.

Um agradecimento colossal à minha agente, Madeleine Milburn, uma mentora (e anjo de meio período) maravilhosamente talentosa e inspiradora, por seu apoio constante e por me dizer que tudo ficaria bem quando eu mais precisava ouvir.

A todos da Quercus, minha imensa gratidão por TUDO — são muitas coisas para listar —, mas um agradecimento especial a Sarah Lilly, uma editora incrível, por sua percepção e orientação, sem falar na paciência e na resistência — ambas necessárias em abundância!

A Talya Baker, editora de texto fabulosa, linguista e rainha da gramática.

Aos meus editores estrangeiros, um obrigada insanamente grande — vocês tornam o mundo muito menor e mais amigável.

À minha mãe, por ser tão orgulhosa, e ao meu pai, a estrela mais brilhante, por ainda estar comigo.

À minha irmã Jan por sua revisão, conversas estimulantes e otimismo incansável.

A Pete, por preparar refeições maravilhosas para mim e por aturar minha angústia (insanidade) por escrever!

A Linda Harris, por toda a sua ajuda e por ser uma pessoa tão amável.

A Karen Murray: eu não teria conseguido sem o queijo *brie* e a empatia, e a Alex Murray, obrigada imensamente por ser meu primeiro leitor adolescente.

Aos meus filhos, Mike, Chris e Mark, por simplesmente estarem no mundo.